सुलगनि

उपन्यास

सुलगन

कैलाश वानखेड़े

राजकमल प्रकाशन

ISBN : 978-93-88753-65-4

मूल्य : ₹395

पहला संस्करण : 2019

प्रकाशक : राजकमल प्रकाशन प्रा. लि.
1-बी, नेताजी सुभाष मार्ग, दरियागंज
नई दिल्ली-110 002

शाखाएँ : अशोक राजपथ, साइंस कॉलेज के सामने, पटना-800 006
पहली मंजिल, दरबारी बिल्डिंग, महात्मा गांधी मार्ग, इलाहाबाद-211 001
36 ए, शेक्सपियर सरणी, कोलकाता-700 017

वेबसाइट:www.rajkamalprakashan.com
ई-मेल:info@rajkamalprakashan.com

मुद्रक : बी.के. ऑफसेट
नवीन शाहदरा, दिल्ली-110 032

SULGAN
Stories by Kailash Wankhede

बाबा को
इनसानी बराबरी के लिए चलने वाली
कलम, आवाज और गति को

क्रम

सुलगन

उन्नति जनरल स्टोर्स

"मेरे को अर्नेस्ट मनी वापस नहीं मिली।" दफ्तरी कायदे को ठेंगा दिखाकर वह आदमी बोला, जो सीधा ऑफिस में चला आया था। टेबल के सामने खड़े होकर उस आदमी ने एक हाथ से पकड़ी हुई पॉलिथिन में दूसरा हाथ डाला। हतप्रभ राजेश उस आदमी को देखता रह गया चलते काम को छोड़कर। आदमी की उम्र का लिहाज कर कुछ नहीं बोला। जब टेबल पर कागज फड़फड़ाने लगे तो राजेश ने खूबसूरत चिकने पेपरवेट को कागजों पर रखा। पेपरवेट, लिहाज जैसा लगा। आदमी ने पॉलिथिन में से हड़बड़ाहट में नजर हटाई, वापस हाथ डाला। टटोलता रहा। लगा कोई अलग चीज होगी जिसे हाथ का भिन्न स्पर्श मिलेगा तब बाहर निकलेगी। बाहर वैसे भी गर्मी बहुत है। मार्च आधा गया लेकिन गर्मी पूरी आ गई। आदमी गर्मी में बफा गया। ऊपर से धूल-धुआँ और बदबू लगातार भीतर जाने की हुज्जत कर रहे हों। आदमी उम्र की ढलान पर काफी नीचे आ चुका था। अचानक उसे कुछ याद आया। उसने राजेश से कहा, "याद है...।" शायद उसे याद आ चुका है, अब राजेश को याद दिला रहा है। जवाब तैयार करने के लिए राजेश चला गया यादों में। आदमी को देखता रहा चुप होकर। कुछ वक्त एकटक देखता रहा आदमी भी राजेश को। आदमी को पूरा भरोसा हो गया कि उसे तो याद आ गया है। वह सही है। उसने पॉलिथिन में से कागज निकाला और बोला, "दो साल से लिखा-पढ़ी कर रहा हूँ। मेरी अर्नेस्ट मनी है लेकिन लौटा नहीं रहे हैं। कितना परेशान...।" उसकी बात पूरी होने से पहले ही राजेश के बाईं तरफ वाली दूसरी कुर्सी वाला बोला, "ये यहाँ का नहीं है। गलत जगह आ गए हो..."

"ये दो हजार दस के कागज...।" गलत जगह आने का आरोप नागवार गुजरा आदमी को। उसने अपनी बात पूरी करने के लिए कहा, "कागज-वागज की बात नहीं है। गलत जगह आ गए हो। यहाँ का मैटर नहीं है..." सामने वाली कुर्सी पर बैठा महेश बोला। उसके हाथ में खुला हुआ पेन है, जो तत्काल निर्णय सुना चुका था और अब फैसले को हकीकत में बदलकर उस आदमी को हटाना चाहता था। इसलिए महेश की आवाज में कठोरता और आँखों में यह अन्दाज है कि अबे समझ

में नहीं आ रहा है क्या? यहाँ से जाता क्यों नहीं। ''लेकिन...।'' आदमी को समझ नहीं आ रहा कि वह कहाँ आ गया। उसे लगा अगर ये गलत जगह है तो सही जगह कहाँ है? गलत जगह पर ये दोनों क्यों बैठे हुए हैं? गलत जगह बैठकर कोई कैसे कह सकता है कि गलत जगह पर आ गए हो। गलत जगह पर गलत आदमी बैठा है? नहीं, ये तो सही आदमी है, इसे तो जानता हूँ बचपन से। ये सही आदमी गलत जगह पर क्यों आ गया? गलत जगह पर सही आदमी भी होते होंगे? उसके निरंतर सोचने से परेशान होकर महेश बोला, ''इतना मत सोचो बाबा...वो पास में है, इस दीवार के पार...वहाँ का मैटर होगा।'' वह जिसे नहीं बोलना था इस कमरे में बैठकर वह लगातार बोल रहा है।

राजेश अपने मोहल्ले, स्कूल और रास्ते को याद कर आदमी के चेहरे का मिलान कर रहा है। हल्की चमक आती है दिमाग के भीतर और राजेश से पूछती है, तब इस आदमी ने क्या किया था? क्या करता था? क्या बेचता था? हँसकर बोलता था या इसी तरह खामोश—पेड़ बनकर क्या देता था, छाया...फल...फूल... लेकिन यह आदमी किसी से भी मैचिंग नहीं हो पा रहा था।

कई बार हुआ ऐसा कि साड़ी के मैचिंग के ब्लाउज के लिए कपड़ा नहीं मिलता और पत्नी के साथ भटकना पड़ता कई दुकानों पर। ढेर सारे कपड़ों के बीच कोई रंग दिखता, चेहरा खिलता। जब कपड़ा बाहर आता तब लगता कि ये वाला नहीं है रंग, और फिर असफल होने के अहसास के साथ नजर फिर तलाश करती। यहाँ यादों के संग भटक रहा है राजेश।

''याद आया?'' आदमी बोला और पॉलिथिन के भीतर अपने कागज रखकर गलत जगह कैसे आ गया, का जवाब खोजने में खो गया...गलत जगह...गलत जगह...।

''हाँ।'' राजेश बोला और हँसने में नाकाम हुआ। झूठ बोलकर अपने पेंडिंग काम पूरा करने के लिए।

''वो मित्तल इंटरप्राइज है न...बस उसी के पास, बल्कि उसके भीतर ही है ऑफिस, वहीं पर जाइए।'' महेश फिर बोला। उसकी आवाज में मार्गदर्शक की नमी है। महेश को लगा ये आदमी बहाने बनाकर यहाँ आया है। जान-पहचान निकाल रहा है। निकाले जान-पहचान लेकिन अभी महेश को जाना है महावीर जयन्ती के जुलूस की तैयारी करने और वह चाहता है ये मैटर निपटे तो वह निकल जाए इसलिए अब ये आदमी झटपट यहाँ से निकले।

''कब आ गए यहाँ?'' आदमी बोला और पॉलिथिन की थैली को मोड़कर अपने हाथ में लेने की कोशिश करने लगा। चर्र...चुर्र सी आवाज आई। उसने न आवाज रोकी न ही महेश को देखा।

''बस दो महीने हो गए।'' राजेश ने कहा और मैचिंग में लगा रहा उस आदमी की। यह आदमी कौन है? ''चलो अच्छा हुआ। दो साल से बहुत लिखा लेकिन

जवाब नहीं आया...चलो देखता हूँ।'' वह आदमी मुस्कुराने की कोशिश करता रहा। राजेश मुस्कुरा न सका। न जबान ने कुछ कहा।

आदमी चला गया। राजेश उसके चेहरे, शब्द और शरीर के आधार पर याद करने लगा। ये कौन हो सकता है? इसे रोकना चाहिए था, यह खयाल आया और वायरलेस घंटी पर उँगली गई।

''सर...ये अर्जेंट भेजना है सर...इस आदमी ने बहुत सारा टाइम खा लिया...पता नहीं कहाँ-कहाँ से आ जाते हैं लोग। सूझ ही नहीं पड़ता।'' बीच में बोलने वाला महेश तपाक से फिर बीच में बोला कि राजेश की उँगली रुक गई। महेश मान चुका है कि यादों के पहाड़ पर तपती दोपहरी में चढ़ना मुश्किल होता है। जैसे-तैसे चढ़ भी जाए तो सामने भटकाव ही मिलना है। कोई नहीं मिलता सही रास्ता दिखाने के लिए। तो बेहतर है अपने को भटकाने की बजाय काम में मन लगाएँ या भगवान में। काम करें न करें लेकिन मन को काबू में रखें। मन भटकेगा तो भावुकता, उदासी या निराशा आ जाएगी, उससे काम करना मुश्किल तो होगा ही जीना भी सरल नहीं रह जाता। उलझ जाता है आदमी।

उलझ गया राजेश। आदमी को रोक न सका। रोकता तो शायद पहचान का कोई सिरा पकड़ में आता। शहर में बाईस साल बाद तबादला होकर राजेश आया था तो चौराहे नहीं मिले थे, सड़क किनारे के पेड़ों का कत्ल किया जा चुका था। वे साइन बोर्ड भी नहीं मिले जो शहर के पेंटर बनाया करते थे। बाईस साल में कितना बदल चुका था। जिस भी जगह को ढूँढ़ रहा था वह वहाँ नहीं मिल रहा था। तिराहे, चौराहे, गली, पेड़ सब...। कोई नहीं मिला। डाका पड़ने के बाद बदन में घुसे हुए जेवरात भी नहीं छोड़ते डकैत। किसी को भी नहीं छोड़ा। जिनके भरोसे आगे जाने के लिए रुक सकते थे वे नहीं मिले। जो मिल रहे हैं वे भरोसे लायक नहीं हैं। अब इन दो साल में शहर क्या इतना बदल गया कि ये आदमी गलत जगह पहुँच गया?

राजेश को लगा वह खुद कितना बदल गया है कि पहचान नहीं पा रहा है आदमी को और वह आदमी ''याद है?'' बोलकर क्यों गया। याद है, से क्या मतलब था इस आदमी का...क्या याद है?

बॉस याद आ गए। वो इस तरह से बोलते हैं कि वर्तमान की बजाय अतीत या भविष्य की ओर संकेत होता जिसमें काम समय पर न होने का अहसास और नौकरी चली जाएगी का डर देकर हँसते हुए चले जाते हैं। इस तरह बोलते हैं अधीनस्थों से कि वे कन्फ्यूज हो जाएँ। ये गुस्सा है या अपनत्व से भरी झिड़की, डाँट है या सहज रूप से बोला गया वाक्य। वह उलझ जाए और आखिरकार काम में लग जाए। काम मन को भटकने से रोकता है और हताशा को अपने पास फटकने भी नहीं देता है। काम...बस काम...यह कहा गया हमेशा...यह मान लिया

गया। लेकिन अभी काम करने का मन नहीं है राजेश का। अभी उस आदमी की तलाश में जाना चाहता है।

यह वह आदमी हो सकता है, से जिसकी याद आई, उसकी तोंद का खयाल आया। तोंद बड़ी थी उसकी, इस आदमी की तो तोंद ही नहीं। इतनी बड़ी तोंद कैसे गायब हो सकती है? उसे खुद का पेट नजर आया जो तोंद बनने में तल्लीन हो चुका है। वह रुका नहीं। तोंद बढ़ती जा रही है और सयाने टाइप के लोग कहते हैं अगर एक बार तोंद बढ़ गई तो कम नहीं हो सकती। आप कितनी भी एक्सरसाइज कर लो, दौड़ लो, वाक कर लो, खाना-पीना कम कर दो...। दवा खा लो...। मतलब कुछ भी कर लो लेकिन तोंद कम हो ही नहीं सकती। इस बात को इतनी बार सुना गया कि उसे यकीन हो गया। यही यकीन था जिसने सिद्ध किया कि यह आदमी वह नहीं जिसे वह मान रहा है। राजेश को लगा कि उसने एक झटके में मान लिया कि यह वह नहीं है और अपने काम में लग गया।

पेपरवेट हटे। कलम की नोक से थोड़ी बूँद घनीभूत होकर चलने लगी कि लगा अब चाय का वक्त हो गया। वायरलेस घंटी का बटन दबाया, सुरमई आवाज बिखरी और एक ढल चुकी उम्र का पुरुष दाखिल हुआ। "चाय...।" राजेश ने कदमों की आहट से अन्दाज लगाकर बिना देखे कहा। पेपर के साथ सिर उठाया तब तक वह पुरुष चला गया सुनकर। राजेश को उसने कोई प्रतिक्रिया नहीं दी। सुनने के लिए आया और सुनकर चला गया। जवाब नहीं, सहमति नहीं...आवाज नहीं निकली, गरदन नहीं हिली...। अरे ये कोई बात है? राजेश को पहली बार लगा। यह तो...अवज्ञा है...उपहास है...। बेरुखी है या कुछ और है...क्या है?

जब समझ में नहीं आया तो थोड़ी देर बाद बटन दबाया। पूछा जाए, ढल चुकी उम्र के पुरुष से। आवाज सुरमई थी। घंटी की आवाज कोयल की थी। ये आवाज कोयल की है? आज पहली बार लगा जबकि यह आवाज दो महीने से है। कोयल...कोयल बोली दुनिया डोली...। बचपन में सुना हुआ गाना गुनगुनाने का मन हुआ लेकिन याद नहीं आई धुन न शब्द। नहीं आया सुरमई आवाज सुनकर ढलती उम्र का पुरुष तो राजेश ने फिर बटन दबाते ही तत्काल उँगली हटा ली। चाय लेने गया है, तो सुनेगा कैसे? तब उसे कोयल का गला दबाते-दबाते बचाने का अहसास हुआ, एक अपराध होने से बच गया। अपराध से अचानक वही आदमी याद आ गया जिसने जाते-जाते कहा था, "कोई बात नहीं, आपसे मुलाकात हो गई।" जाते हुए आदमी का चेहरा यकीन नहीं कर पा रहा था कि उसे पहचाना गया है और वह गलत जगह कैसे आ सकता है।

थोड़ी देर बाद ढलती उम्र का पुरुष हड़बड़ाहट में सामने आ गया। किसी ने बताया होगा, उसके जाते ही बजी थी घंटी। उस सुरमई आवाज से पैदा हुई हड़बड़ी में चायवाला पीछे-पीछे चला आया तो उस ढलती उम्र के पुरुष को सूझ नहीं पड़ा

कि चायवाले को डाँटे या डाँट सुने। उस आदमी की पहचान की तलाश में अचानक अवरोध आ गया। ढलती उम्र के पुरुष के साथ आए बच्चे को देखकर 'बाल श्रम' शब्द याद आया और हकीकत में पाया। समक्ष घटित हो रहे अपराध के समय क्या किया जाए जबकि वह आदमी जिसकी वह पहचान नहीं कर पा रहा है, दिमाग के भीतर जाकर किसी कागज की तलाश कर रहा है। उस आदमी ने कहा था, "विभूति ट्रेडर्स की अर्नेस्ट मनी है।" वह आदमी उस वक्त बोलते हुए देखता रहा, इन्तजार करता रहा, जबकि उसे बतौर निर्णय सुनाया जा चुका था, गलत जगह आ गए हो। तब भी वह कागज निकालने में लगा रहा था। कोई कमांड दे दें तो फिर उसे रोकने की कोशिश में आप कहीं के नहीं रहते।

राजेश को याद आया आदमी ने पॉलिथिन को अपने पेट पर इस तरह से रखा था कि पुरानी आदत हो। पेट का जो हिस्सा तोंद में तब्दील हो जाता है, उसके ऊपरी हिस्से को किसी हल्की चीज का स्टैंड बना दिया जाए। आज सपाट था आदमी का पेट फिर भी इस तरह पॉलिथिन को सहारा देने का मतलब...। मतलब उसकी तोंद थी। मतलब यह वही तोंद वाला था। राजेश ने उसकी पहचान का एक पड़ाव पार कर लिया। चाय रखकर कब गया ढलती उम्र का पुरुष, राजेश को याद नहीं। वह तो खुश हुआ और चीनी पत्थर के रंग-बिरंगे सफेद कप में चाय का घूँट पीते ही, घंटी का बटन दबाया। सुरमई कोयल की आवाज बन्द होने से पहले ढलती उम्र का पुरुष दाखिल हुआ। संकोच का पानी चेहरे पर ही था जिसे वह पोंछ न सका। खड़ा हुआ। कुछ नहीं बोला। पहले सामने वाला ही बोलेगा कि वह ओहदे में बड़ा है।

"वह लड़का कहाँ है?"

"वो तो चला गया।"

"उसे लेकर चाय लाते हो?"

"जी।" समझ नहीं पा रहा है ढलती उम्र का पुरुष। क्या चाह रहा है मुझसे ये ढलती उम्र वाला?

"जब जाते ही हो तो साथ में थर्मस लेकर क्यों नहीं ले जाते हो? पता नहीं किस-किसके हाथ लग जाते हैं। मजबूरी में चाय पीनी पड़ती है। अगली बार थर्मस लेकर जाना।" चाय की चौथी घूँट लेकर महेश फिर बीच में बोला। और ढलती उम्र का पुरुष "जी।" बोलकर कमरे से बाहर आया। महेश ने कप रखते हुए कहा, वह आदमी फिर चायवाला...। पता नहीं कैसे-कैसे लोग आ जाते हैं...। सर ये रहा सर्कुलर...। सर कल देखते हैं। आज आपका भी मूड ठीक नहीं लग रहा है। राजेश ने कुछ नहीं कहा। महेश चाय खत्म कर फाइलें समेटने लगा। समेट न सका राजेश अपने आपको। उसका मन हुआ घर जाए लेकिन अपने नहीं किसी दोस्त के घर। किसके घर जाना चाहिए...। चार नाम याद आए लेकिन निष्कर्ष में किसी के भी यहाँ न जाने का फैसला किया और टेबल पर रखे कागज उलट-पलटकर देखने

लगा लेकिन क्या देखना चाहता है? तय नहीं कर पाया। रुक गया। उसने पाया कि वह आदमी बार-बार पूछ रहा है, याद है...।

राजेश बचपन के अपने मोहल्ले में पहुँच गया ऑफिस में बैठे-बैठे। मोहल्ले के आखिरी छोर के दुकानदार से मिलने लगा इसका चेहरा। वह मुँह में पान रखा करता था हरदम जबकि पान की दुकान नहीं थी अगले तीन-चार मोहल्ले में। फिर कैसे लाता होगा पान...अकेला दुकानदार, हरदम ग्राहकों को सामान देता। पैसा लेता-देता। उसके पास वक्त नहीं रहता, हरदम डूबा रहता। उसका एक पान पूरे दिन को सँभालता। उसके मुँह में पान की पीक, बलगम, थूक का मिश्रण होता। एक बार उसकी दुकान पर खड़ा था और एक महिला ने पूछा था, कितने हुए? दुकानदार जो बोला वह कोई नहीं समझ पाया तो फिर पूछा महिला ने। तब वह भरे हुए मुँह से बोला, तीस...महिला बोली तीस कैसे हुए? तीस दे दो तीन रुपये देता हूँ...भरे हुए मुँह से सत्ताईस बोल नहीं पाया था। यह आदमी वही दुकानदार हो सकता है। दुकानदार काँच की बरनी में से चीजें निकालता, तौलता और कागज की पुड़िया बाँधता। चीजों से सने हाथ अपने पेट पर इस तरह से फेरता कि कपड़े पर प्रेस कर रहा हो। हाथ साफ करने वाले के पेट पर कोई बरनी ही थी। उसकी तरह शर्ट से पेट के हिस्से पर हाथ साफ करने जैसा ही बच्चे हाथ साफ करते थे। डाँट खाते थे, शर्ट से हाथ साफ करने पर। करीब तीसेक साल पहले की याद के साथ अपने होंठों पर मोटे होते रेशमी बाल की चमक दिखी राजेश को और रोमांच सा महसूस हुआ। किराने की दुकान पर नहीं लिखा था तब किराने की दुकान। न नाम था न साइन बोर्ड। लेकिन सब जानते थे ये किराने की दुकान है। जैसे उसकी मूँछ तय कर रही थी उसके बड़े होने को।

दुकान से याद आई उन्नति। छत पर कपड़े सुखाती हुई दिखती थी राजेश को। स्कूल जाते वक्त राजेश की नजर टकराती थी उन्नति से। उसी वक्त वह अपनी या माँ की सलवार को मरोड़ती या पिता के पैंट का एक हिस्सा पैरों तले दबाकर उसका पानी निकालती थी। नल से निकलने वाले पानी की धार के कपड़ों में से निकलने के बाद टप-टप पड़ता पानी और जोर से ताकत लगाने से उन्नति का चेहरा सख्त होता जाता। वह इसी तरह कपड़ों को मरोड़ती दिखती थी। राजेश किराना दुकान पर दिन में एकाध बार ही जाता था जबकि वह घंटों खड़ा रहना चाहता था सड़क पर लेकिन खड़ा होने का कोई बहाना नहीं, कोई दोस्त नहीं। एक ही दुकान होने के कारण सड़क पर ज्यादा देर खड़ा नहीं हुआ जा सकता था। अपने मोहल्ले से खाली पड़े मैदान को पार करती हुई राजेश की नजर छत पर ही रहती थी। इस दुकान के आसपास कुछ रहवासी मकान ही थे।

किराना दुकान पर भीड़ बढ़ी तो डायरी के पन्ने बढ़ने लगे। उस डायरी में दर्ज था राजेश की माँ का नाम। नाम दर्ज करवाने के लिए जरूरी न्यूनतम योग्यता थी राजेश के माँ की। डायरी में उधार लेने वाले के नाम बकाया और रकम का दिनांक वार विवरण लिखा होता। वह लिखावट देवनागरी में गुरुमुखी के साथ होती। राजेश को यह तो बाद में पता चला कि स्टोर्स वाला गुरुमुखी में नहीं अरबी लिपि में लिखता था जो सिन्धी भाषा थी, जिसका सम्बन्ध पैशाची भाषा परिवार से है। तब वह उस दुकानदार को पंजाबी क्यों समझता था? पूरी उम्र भर न जाने किसे क्या समझते हैं जबकि वो कोई और होता है। किशोर उम्र में लगता था लिखने वाला लिखते वक्त भावविहीन होता है और लिखवाने वाले की साँस ऊपर-नीचे होती। तब उसमें इतनी हिम्मत नहीं होती कि वह सवाल करे कि इस पन्ने पर क्या लिखा जा रहा है, जहाँ उसकी माँ का नाम एक लम्बी रेखा में लटका दिया था। राजेश अपने सामान को देखता और डायरी में नजर के साथ पूरा सिर डालता लेकिन समझ कुछ नहीं आता, जैसे सकल घरेलू दर, मुद्रा स्फीति, आर्थिक सर्वेक्षण, सेंसेस, दलाल स्ट्रीट के मायने। उन्हीं दिनों आरक्षण विरोधी प्रदर्शन हो रहे थे। मंडल आयोग लागू करने के फैसले के बाद स्कूल के रास्ते वाले कॉलेज में विरोधी पक्ष वाले नारे उछालते थे।

तीनेक साल बाद उन्नति के पिता के घर दुकान की छत पर दीवार उठा दी गई। अब छत से कोई नीचे नहीं देख सकता। उन्नति भी नहीं। सड़क के किनारे या आसपास की कोई जगह से भी किसी को यह नहीं दिख सकता कि छत पर कौन है या क्या है? इसके अलावा किराने की दुकान के साथ वाले कमरे को मिलाकर नया फर्नीचर लगाया गया और दुकान को नये सिरे से सुधार कर सजाया गया। किराना दुकान को सजाकर बोर्ड लगाया गया—उन्नति जनरल स्टोर्स। किराने के सामान के अलावा घर की जरूरत का सामान भी रखा गया। दुकान का विस्तार होने लगा जबकि अखबार में नई नीति, कम्पनियों और उद्योगपतियों से विकास की बातें छपने लगीं। तब लगने लगा था—बस अब इस किराने की दुकान से खुले में आटा और मीठा तेल रोज-रोज लाना बन्द हो जाएगा। यह खुशी थी जो उन्नति को रोज देख न पाने के गम से कम थी। खुशी-गम के इन महीनों में दुकान की लाइन के मकानों के टूटने और नई दुकानों के बनने का कॉम्पिटिशन होने लगा। खुले मैदान का आकार घटने लगा। धीरे-धीरे उन्नति जनरल स्टोर्स से आटा और तेल अब पैकेज्ड रूप में मिलने लगा। जिस जगह पर सेव, मिक्चर से भरी हुई बरनियाँ होती थीं अब वहाँ बादाम, काजू, अखरोट से भरी बड़ी बरनियाँ सज गईं। बड़ी काँच की बरनियों ने कई नये ग्राहक दिए। पैकेज्ड आटे-तेल की मात्रा इतनी थी कि उन्हें खरीद न पाने के कारण राजेश और मोहल्ले वालों का उस दुकान पर जाना कम और फिर बन्द होने लगा। उस दुकान पर जाने का आखिरी दिन याद है क्योंकि

दुकानदार जान चुका था कि ये लड़का मेरी लड़की को फँसाने के चक्कर में है तभी तो दुकानदार ने कहा था, "पढ़ना-वढ़ना नहीं। सड़क पर भटको। इधर-उधर ताको, झाँको। तुम्हें क्या? रिजर्वेशन के चलते नौकरी तो मिलनी ही है, दुकान तो बना नी पाओगे जिनगी में कभी। है न। यह भी समझ लो हमें हमारी दुकान से कोई हटा नी सके भले ही नौकरी नी दिला सके बच्चों को। नौकरी चाहिए भी नी।" राजेश को समझ में आ गया था। इस तरह से जलील करने का मकसद कि इस दुकान और आसपास अब पैर भी मत रखना। राजेश समझ गया था अच्छी तरह से। स्कूल में भी अलग-अलग तरह से समझाया जा रहा था। "मंडल का बंडल, मंडल का अंडा। मंडल की मलाई, खाए सरकारी जमाई।" इस तरह के नारे और बातें कान को सुनाई जाने लगीं।

दूर जगह की आर्थिक नीति का उदार रुख था कि किराना दुकान मतलब उन्नति जनरल स्टोर्स का प्रभाव कि मकानों पर नये किस्म के रंग लगने लगे। रंग का बाजार घर के भीतर आकर दीवार तुड़वाने और नई सीढ़ियाँ बनाने में होड़ करने लगा। उन्नति जनरल स्टोर्स ने फोटो कॉपी के लिए एक कोना बनाने के साथ 'ऑर्डर' पर किसी भी प्रकार का सामान दिलवाने का धन्धा शुरू किया। दुकानदार का हायर सेकंडरी स्कूल जाने वाला बेटा और मिडिल से आगे न पढ़ने वाला किशोर बेटा, दोनों काउंटर के पार खड़े रहने लगे। पुरुष में तब्दील होता एक चेहरा रुपये रखने वाले काउंटर को सँभालने लगा। उसके चेहरे से ही तय हो गया था कि ये दुकानदार का बेटा है जो यहाँ नहीं रहता। बाहर किसी शहर में रहता था। अनुमान लगाया गया कि लिखने-पढ़ने गया होगा। अब दुकान सँभालने के लिए आ गया है।

कॉलेज में अखबार में पढ़ने लगा कि बहुत उन्नति हुई। उन्नति शब्द पढ़ते ही उन्नति का सख्त होता चेहरा याद आता जिसके भरोसे था, घरवालों के गन्दे कपड़े को धोना, सुखाना और उन्हें पहनने लायक बनाना। उन्नति की मासूमियत को सुखाने का सिलसिला बन्द हुआ कि नहीं, नहीं जान पाया था राजेश।

पुरानी यादों से बाहर निकलकर राजेश ने उन्नति की याद के साथ विभूति के नाम को जोड़ दिया। उन्नति की बहन है विभूति या भाई, राजेश को पता नहीं। कहीं उन्नति की औलाद का नाम तो नहीं विभूति...। विभूति ट्रेडर्स...। किराने से जनरल स्टोर्स फिर विभूति ट्रेडर्स...। क्या हो सकता है ट्रेडर्स? क्या बेचते-खरीदते होंगे विभूति ट्रेडर्स पर? अर्नेस्ट मनी से लगता है टेंडर भरा होगा मतलब सप्लायर या ठेकेदार होगा जिसने ठेका लेने के लिए एडवांस में पैसा जमा किया होगा। किस चीज की सप्लाई करता होगा? किस काम का ठेका लिया होगा? किराने वाला ठेकेदार बन गया था और अब अपना ही जमा पैसा पाने के लिए भटक रहा है। दो साल से उसे न पैसा मिला न जवाब और अब भूल गया कहाँ जमा की थी अर्नेस्ट मनी?

दो साल बाद गलत जगह क्यों कागज दिखा रहा है? क्या उसे पता था, राजेश बन गया है बड़ा अफसर और वह यहीं मिलेगा? मिलेगा तो बैठाकर उसका काम करवा देगा। क्या वह अपना काम करवाने आया था? उसे राजेश ने न बैठाया न पानी को पूछा जबकि उस वक्त गर्मी का इतना असर था कि कितना भी पानी पी लो लेकिन प्यास बुझती नहीं। एक गिलास पानी पिला सकता था राजेश...सिर्फ एक सुरमई आवाज को निकालने के लिए एक उँगली रखनी थी। जोर नहीं लगाना था, ज्यादा नहीं बोलना था, ज्यादा समय बर्बाद नहीं होना था, बस इतना कहना था उस ढलती उम्र के पुरुष से, पानी। और वह समझ जाता। एक ट्रे में पानी लाता...। ट्रे...प्लास्टिक की ट्रे सबसे पहले उन्नति जनरल स्टोर्स पर ही देखी थी राजेश ने। ट्रे पर गुलाब की दो कलियाँ हरी काँटेदार डंडी के साथ। चित्र इतना मोहक लगा था कि अब कोई हकीकत का गुलाब भी उतना खूबसूरत नहीं लगता। सच तो यह है कि राजेश को आज तक उन्नति से ज्यादा खूबसूरत चेहरा कोई दिखा नहीं। उन्नति राजेश को देखा करती थी छत से, यह मालूम था उसके पिता को। क्या उसी बात को 'याद है?' कहकर रुका था वह? क्या वह उन्नति की याद दिलाने के बहाने अपना काम करवाना चाहता था? नौकरी तो तुम्हें मिलनी ही है, यह याद दिलाना चाहता था राजेश को? विकास, विस्तार की गति से उजड़ा हुआ आदमी, एक बेबस दुकानदार जो सही जगह पर अपने रुपये लेने के लिए भटक रहा है? विकास के नाम पर यह क्या हुआ कि पॉलिथिन की थैली में कागज की तलाश करता हुआ दुकानदार, आदमी ही नहीं रहा? वह आदमी जिसने मुझे इनसान माना ही नहीं वह आज आदमी नहीं रहा...। अपने ऑफिस में बैठकर राजेश को अहसास होने लगा कि पेपरवेट तो काँच की बरनियाँ हैं जिसमें किराना सामान रखा गया है। टेबल पर फड़फड़ा रहे कागज अब पुड़िया में बदल जाने हैं। वह अभी उन्नति जनरल स्टोर्स में बैठा हुआ है। आज उन्नति का बाप खरीदने आया था। लेकिन उसके पास नोट नहीं है। तब राजेश के पास पैसा नहीं था लेकिन जाति थी इसलिए लौटा दिया था उसे। उस आखिरी दिन भी नहीं देख पाया था उन्नति को आखिरी बार। आज भी नहीं देख पा रहा है उन्नति को, उन्नति जनरल स्टोर्स में, ऑफिस में।

निराशा, चुप्पी, अपमान, गुस्सा, कमतरता, अभाव, जाति, प्रेम सब एक-दूसरे में उलझ गए। उलझा हुआ राजेश अपनी यादों को समेटता है। कुर्सी से उठता है कि जो दुकानदार था, उस आदमी के साथ एक कप चाय पी लूँ।

(2017)

जस्ट डांस

उसने कहा था, मैंने सुना था। वो चली गई थी। उसके जाने का वक्त अभी भी धड़क रहा है। न जाने ऐसा क्यों लग रहा है कि वह लौटेगी सधे कदम से, खुद को सँभालती हुई। मुस्कुराहट को दबाती हुई धीमे से अपने पैरों को देखते हुए आँख और चेहरे को नीचे कर कुर्सी पर बैठने के बाद कहेगी। वह ऐसा ही करती है वो ऐसा ही करेगी अभी। अभी लगातार दरवाजे की तरफ देख रहा हूँ। लग रहा है वो बैठकर अपने बालों को ठीक करने के अन्दाज के साथ बोलेगी, "बात यह है कि...।"

बात यह है कि वो जा चुकी है। जब जा रही थी तब लगा था उससे रुकने का आग्रह करूँ। तब अजीब सी लड़खड़ाहट आ गई थी आवाज में। बोल नहीं पाया था। बस इतना कहा था मैंने, "ठीक है।" कह नहीं पाया था अपना खयाल रखना। कोई बात हो तो बताना। तब लगा था कि ठीक है, सुनने के बाद वो कुछ कहेगी लेकिन उसने कुछ नहीं कहा। क्या कहेगी? क्या सुनना था मुझे? नहीं मालूम पंखे को देखने लगा जो घूम रहा है। दरवाजे को देखा जो बन्द है।

वो अब निकल चुकी होगी। बस स्टैंड से बस राइट टाइम पर निकल जाती है। नहीं रुकेगी बस। बस को अगला शहर समय पर पकड़ना है। लग रहा है बस खराब हो गई होगी। खराब बस जा नहीं सकती है। बस स्टैंड पर कोई इतनी देर रुकने की बजाय वो लौट आएगी। कमरे का दरवाजा खुलेगा और आकर कुर्सी पर बैठेगी। खयाल इन्तजार के इर्द-गिर्द चक्कर लगाते हुए अटक गए।

उस वक्त कमरा तप रहा था। पंखे के बस के बाहर था तापमान को एक जैसा रखना। मुश्किल और बेचैनी में तमाम पूर्वानुमान के बावजूद बरसात इस जगह नहीं हुई है। सूरज तेज धूप के साथ पूरी मुस्तैदी से अपनी ड्यूटी निभा रहा था। खेत में अंकुरित बीज झुलसते हुए खुद को बचा रहे हैं। धरती से गीलापन नमी छोड़कर जा चुकी है।

चार दिन-चार सूरज-चार चाँद और हजारों-हजार चाँदनियों के बावजूद करोड़ रूपधारी अँधेरे के बीच कैसे रह पाऊँगा अकेला। अखबार में दूसरी आजादी, अन्ना

की खबर पसरी हुई है। इस पेपर से पंखा करने का मन होता है लेकिन उसी वक्त बिना किसी को कुछ कहे उठता हूँ। निकल आया हूँ बाहर।

इधर-उधर भटककर जब थक गया तब घर आया रात में। टीवी के इस रियलिटी शो में विदेशों में जाकर ऑडियंश लिया गया। सुभाष जिसके पुरखे बंगाल छोड़कर विदेश चले गए। जज बनी सराह खान ने पूछा, ''तुम किसी से प्यार करते हो?'' सुभाष ने बिना सोचे, बिना वक्त गँवाए कह दिया, हाँ। इस धधकते सवाल का जवाब इतनी जल्दी? कैसे दे सकता है कोई? प्यार शब्द ध्वनि अभी कान के गलियारे में ही पहुँची होगी और सुभाष की जबान ने झट से हाँ कह दिया। इस हाँ को सुनकर आश्चर्य में पड़ गई सराह खान। वो जज जिसने अन्तरजातीय, अन्तरधर्मीय विवाह किया था उसे यकीन ही नहीं हुआ कि कोई इतनी जल्दी सबके सामने प्यार को मंजूर करेगा। मैं प्यार करता हूँ, सरेआम कहना गुनाह माना गया। अपराध। सामाजिक अपराध जबकि चोरी-छिपे प्यार करना और उस अहसास को सीने से लगाए रखने के दौर में, देश में देख रहा हूँ, सुन रहा हूँ। सुभाष जो मंच पर है, लन्दन के हॉल में है। सबके सामने बेधड़क निर्भीक होकर कहता है, ''हाँ मैं प्यार करता हूँ।''

मैं अकेले में, एक कमरे के भीतर बोल नहीं पाया और वो चली गई। हाँ, शब्द फैसले से उबर नहीं पाई सराह खान कि अपने को समझाने के लिए सवाल करती है, ''किससे?'' सराह खान उलझी हुई दिखती है जबकि मैं खुद से बोल चुका था, ''किससे प्यार करते हो सुभाष?''

तुम मुझे प्यार दो मैं तुम्हें प्यार दूँगा, का नारा देश-विदेश में छा जाएगा। सुभाष ने रेडियो की जगह टीवी पर सबके सामने कह दिया। उस हाँ में चमक थी। रोशनी थी। दंग से भरा, संगीत में डूबा था पूरा माहौल टीवी में। और मेरे घर के भीतर टीवी की रोशनी के अलावा कुछ नहीं था। बल्ब नहीं जल रहा था। भीतर कुछ जल रहा था। कुछ समझ नहीं पा रहा हूँ। सराह खान वो जज है कि वो उलझन में है अब कौन सा सवाल करे, सुभाष से? सुभाष की आँखें, चेहरा और जबान के साथ कदम तैयार थे। जो चाहे पूछो, जो चाहे करने को कहो, वह तैयार है पूरी तैयारी के साथ मंच पर लेकिन सराह खान के साथ वैभवी जो दूसरी जज है, वो भी हतप्रभ थी। सराह बोली, ''फिर?''

सुभाष बोला, ''उसके माँ-बाप पंजाबी हैं। वे नहीं चाहते हैं कि उनकी बेटी की शादी डांसर से हो। वे चाहते हैं इंजीनियर या डेंटिस्ट दामाद। जिसकी कमाई पचास हजार डॉलर हर महीने हो। वो प्रेमी की बजाय इंजीनियर या डेंटिस्ट से शादी करवाना चाहते हैं। कमाई से शादी करवाने वाले माँ-बाप की बात सुनकर, मेरे भीतर कुछ टूटा। तभी खड़ा हो गया मैं। मेरी समझ में नहीं आ रहा था कि इस सुभाष को आजादी मिलेगी या नहीं। उस लंदन में जहाँ रहता है सुभाष, जहाँ रहती है

लड़की, वहाँ बेबस दिख रहा है। निराशा की तरफ जाती हुई खाई के मुहाने पर खड़ा है। उसको उस जगह पर देखता हुआ, खुद को अकेला महसूस करने लगा। तभी तो जब कुछ सूझा नहीं सराह खान को तो बोली, "हमारे देश में तो हालात बदले हैं, इस तरह की बातें नहीं की जाती हैं, यहाँ...यहाँ विदेश में? ताज्जुब है।" अपनी अस्थिरता को छिपाने के लिए सराह खान ने अपने बालों में दोनों हाथों की उँगलियाँ डाली। इस बहाने कुछ सुलझ जाए लेकिन उलझ गया था मैं, हैरान था कि हमारे देश में, बोलते हुए सराह खान किस जगह की बात कर रही है? बतौर नागरिक भले ही इस देश की हो लेकिन वो बॉलीवुड की है, जो सच नहीं दिखाता है, वो सपने बेचता है, सपने को ही हकीकत मानता है उसमें प्रेम सुहावना लगता है, आसान लगता है, कितना मुश्किल है प्रेम, मुझसे पूछो, मेरी बात सुनो।

कोई नहीं है सुनने वाला। अकेला हूँ और खाना पकाना है। उसे हमेशा भूल जाता हूँ याद नहीं रहता। याद करना नहीं चाहता कि खाना पकाऊँ। याद रहता है कि उसे कहूँगा। याद रहता है उसका चेहरा, उसकी बात, उसकी हँसी, आईने में उसकी ही तस्वीर दिखती है। तभी खयाल आता है कि सुभाष को एक सैल्यूट दूँ। नजर टीवी पर गई तो सुभाष नहीं दिखा। अँधेरा फक्क से हो गया। बिजली चली गई। कभी भी जाती है। कभी भी आती है। उसके होने न होने से कोई विशेष असर नहीं पड़ता मुझे। अब आँख बन्द कर वहीं लेट गया हूँ। जमीन पर, सोचता रहा और ठंडी जमीन सुकून देती रही। उसका चेहरा आँखों के भीतर नाचता रहा।

सभी चैनलों पर नाचना-गाना हो रहा है, जिसे रियलिटी शो कहा जा रहा है। इसे नाचना-गाना नहीं कहते। एक हल्कापन लगता है सुनने में। नृत्या कहते ही अभिजातपन आ जाता है पर नहीं कहा जा रहा है नृत्य लिखते हैं नृत्य लेकिन शो का नाम नहीं है। नृत्य के नाम जो सिखाया या किया जाता है, उससे दूर हैं लोग, नृत्य शुद्धतावादी के कमरों में, हॉल में है वह यहाँ-वहाँ नहीं दिखता, दिखता है डांस, जिसे चाहे वो कर सकता है, करना चाहता हूँ मैं भी डांस। उठता हूँ कि बिजली आ जाती है, टीवी चालू करता हूँ, सिगड़ी का प्लेग लगाता हूँ, टीवी बन्द हो जाती है। बल्ब की रोशनी एकदम कम हो जाती है। खाना पकाने की सिगड़ी के तारों का गर्म होना टीवी को स्वीकार नहीं है। अपने घर में अपने हाथ से खाना पकाना टीवी को, बल्ब को मंजूर नहीं है। सिगड़ी जलेगी तो हम बन्द हो जाएँगे, एक धमकी है, डांस देखूँ या खाना पकाऊँ?

आटा गूँधता हूँ। उसके खयाल में होता हूँ। सिगड़ी पर खुद को पाता हूँ और गूँधते आटे में उसको। लगता है कि वो टीवी देखते हुए बैठी है और मैं आटा गूँध रहा हूँ। पानी के हल्के से छींटे जैसे ही आटे पर डालता हूँ लगता है उसके चेहरे पर छींटे मारे हैं। वो मुस्कुराती है, उठती है और एक गिलास पानी डालने के लिए बढ़ती है कि उसका हाथ पकड़ लेता हूँ। छलकता है गिलास में से रह-रहकर पानी कि

हमारी इस पकड़-जकड़ में बरसती है भीतर-बाहर कोई कल-कल करती नदी। भिगोती है कि डुबाती है कि हम बहते चले जाते हैं। पता नहीं कहाँ जाना है। बस बहते रहना है। आटा गूँधते हुए बहता जा रहा हूँ कि अचानक लगता है गरमाहट हो रही है। सिगड़ी की आग अपने चरम पर है। उसकी आग में अपने चेहरे का ताप है। लगता है कि सिगड़ी बन गया हूँ।

तवा रखता हूँ, सिगड़ी पर। रोटी बेलता हूँ कि बल्ब का वोल्टेज बढ़ जाता है कि अब टीवी भी चलाई जा सकती है। नहीं करना ऑन। सिगड़ी बना हुआ हूँ कि नदी बनना चाहता हूँ कि कहना चाहता हूँ।

टीवी चलाया। समाचार चैनल लगाया। डेढ़ सौ साल से बन्द पद्मनाभन मन्दिर के तहखाने को खोलने का आदेश सुप्रीम कोर्ट ने दिया था। सात में से पाँच तहखाने खुले हैं। माना जा रहा है कि डेढ़ लाख करोड़ की सम्पत्ति है। हीरा-मोती, सोने-चाँदी के जेवरात, सिक्के, प्रतीक चिह्न मिल रहे हैं, इतनी राशि का मतलब है केरल का तीन साल का बजट, मनरेगा की तीन साल की राशि है। दुनिया का सबसे महँगा मन्दिर। इस मन्दिर ने तिरुपति मन्दिर को शिखर से हटा दिया, जिस मन्दिर में सदी का महानायक अपने बेटे के वैवाहिक जीवन के लिए मन्नत माँगता है। डरा हुआ महानायक पैदल चलता है। टीवी वालों को बुलाता है। दिखता है टीवी पर कि वह दिखना चाहता है टीवी पर, समाचार-पत्रों में कि होने वाली बहू के कुंडली के मांगलिक दोष निवारण के लिए भागता है कि बेटे की सगाई अब न टूट जाए कि जिससे इश्क किया था, वो तो नहीं मिली लेकिन जिसने इश्क किया था सल्लू से, विवेक से वो अरेंज होने के बाद बनी रहे।

इस डरे हुए, डराए हुए समाज में प्रेम डर का नाम बन गया कि समाचार के बजाय जस्ट डांस देख लूँ कि महानायक के डांस में संगीत नहीं है। लय नहीं है, सुर नहीं है, न गायन है कि रोमानिया की लड़की पिया बसन्ती रे काहे सताए आ जा, पर डांस करने के बाद गाने का अर्थ बताते हुए आँसुओं में डूब जाती है कि उसका मंगेतर बाहर खड़ा डबडबाई आँखों से स्क्रीन पर देखता है। वैभवी भावुक हो गई है, सबने देखा उसके आँसू, डबडबाई आँखें, भावुकता को। मेरी आँखें नम हैं, इन्तजार में बैठा हुआ हूँ कि गुनगुनाना चाहता हूँ, काहे सताए आ जा...पिया बसन्ती रे...

दरवाजे के खटखटाने की आवाज आई। साँकल को लगातार दरवाजे के पटिये पर बजाया जा रहा है कि सताने के इस दूसरे तरीके पर उठता हूँ। इस खयाल के साथ कि वो आ गई है, उसने ही दरवाजा खटखटाया है, दरवाजा खोलते ही फटाक से वो अन्दर आ जाता है।

''क्या कर रहा था बे? कब से बजा रहा हूँ।'' खयालों की छत भरभराकर टूटती है कि उस मलबे में दब जाता हूँ। हवा नहीं है। रोशनी नहीं है, फिर भी उसकी

याद में ही हूँ कि वो कैसे आ सकती है? इतनी रात में वो अकेली कैसे आ सकती है? वह आना चाहती है कि डरती है। देख न ले कोई उसे, मेरे घर के भीतर जाते हुए। अँधेरी रात में एक लड़की किसी के घर में चली गई, यह एक आँख से, एक जबान से निकलकर इस कस्बे की आवाज लाउडस्पीकर में बदल जाएगी और जगह-जगह खड़े एंकर पूछेंगे, "सारा देश जानना चाह रहा है कि आप किसलिए गई थीं? सारा देश देख रहा है, बताइए क्यों किया अन्दर? सारे देश की नजर आप पर है, क्यों डर रही हैं आप, क्या किया ऐसा जो इतना डर रही हैं? सारा देश जानना चाह रहा है, बताइए...बताइए...।

और देश को बताना नहीं चाहती है वो। वो इश्क में है, प्रेम में है। प्रेम में जो होता है, इश्क में जो डूबी रहती है, उसे किस निगाह से देखते हो कि पीठ पर धौल जमाते हुए प्रेमशंकर कहता है, "क्यों कर रहा था बे, किसी के साथ या अकेले-अकेले..." वो हँसता है। वो जोर से चीखते हुए हँसना चाहता है और जानना चाहता है कि क्या कर रहा था मैं।

"चुप कर जस्ट डांस देख, जस्ट?" मैं कहता हूँ कि अभी भी दिमाग में वही छाई हुई है।

"फिल्म देखनी है। बोर हो रहा था।" वो टीवी के रिमोट को ढूँढ़ रहा है।

"फिल्म नहीं जस्ट डांस देख। देख कि विदेश में भी अपने देश वाला पैसे वाले को दामाद बनाना चाहता है।"

"वो तो सब जगह है, गरीब की जोरू कौन बनना चाहती है? कौन बनेगी तेरी जोरू?" हँसता है प्रेमशंकर। इस तरह कि मेरे चेहरे पर चिपकी हुई 'रोशनी' को हटाने के लिए फूँक मार रहा हो।

"प्यारे बता तू गरीब है या नहीं।"

"तू ही बोल।" अभी उसके खयालों में हूँ कि सब्जी पकाने के लिए दाल ढूँढ़ रहा हूँ।

"तेरे पास पंखा है। मतलब तू गरीब नहीं है।" उसने फैसला दे दिया। मैंने कहा, "ये तो चाइना मेड है। सस्ता है।"

"जब देखा जाता है सरकारी नजर से तब सस्ता-महँगा नहीं देखते। पंखा है न और फिर तेरे पास पक्की दीवार वाला घर है मतलब गरीब नहीं है।"

"अरे ये कौन सी बात है, ये तो किराए का मकान है।"

"हाँ, मतलब तू आवासहीन नहीं है। खुले में नहीं सोता मतलब गरीब नहीं है रे तू।" भावुकता वाले अन्दाज में उसने कहा।

"अरे छत तो होनी चाहिए सिर छिपाने के लिए।"

"टीवी...। ये सबसे कीमती सामान है। अब तू कुछ भी कर ले, तू गरीब हो ही नहीं सकता। चल जस्ट डांस करते हैं।" वो हँसते हुए अपनी कमर हिलाने लगा।

"ये तो ईएमआई पे है, वो भी दिल्ली मेड।" विवशता में तब्दील होता जा रहा हूँ मैं कि प्रेमशंकर बोलता है, "तू गरीबी रेखा के नीचे नहीं आ सकता है। तू तो गरीबी के ऊपर है। ऊपर चढ़ा हुआ।" हँसता है कामुकता से भरी हुई हँसी में डूबा हुआ है।

"ऊपर-नीचे... ?"

"बन्धु, सरकार तेरे को गरीब मानती नहीं और लोग तुझे अमीर समझते नहीं।"

"अभी तो बोल रहा था कि गरीब नहीं हूँ और अब... ।" उसने मेरी बात काट दी और बोला, "देख, भाभी की नजर में तो तू गरीब है। तेरे पास कार नहीं है। तेरे पास खुद का मकान नहीं है। बहुत अच्छी कॉलोनी में रहता नहीं है। नौकरी भी परमानेंट नहीं है। चिटफंड कम्पनी का डिब्बा कभी भी गोल हो सकता है। छोड़, जस्ट डांस ही देख लेता हूँ। अरे ये तो रिपीट है। वैसे भी अगले राउंड में जाने वाले को एक करोड़ मिलेंगे।"

"एक करोड़ मिल जाए तो... ।"

"तो भी भाभी नहीं मिलेगी।" अट्टहास था सपनों को फूँक देने वाला अचानक गिरा देने वाला। जैसे आसमान में उछलकर भाग गया अब धरती पर पटक दिया। बुरा लगा। बहुत बुरा। मूड खराब हो गया। चेहरा उतर गया। चाकू ढूँढ़ने लगा हूँ।

प्याज काटते वक्त नम हुई आँख। प्याज का असर नहीं था। सपनों की टूटन थी। प्रेमशंकर टीवी देखते हुए बोला, "करोड़पति बनना और जिससे प्यार करते हो उसका पति बनना दोनों अलग-अलग है। प्यार करो अपनी तरफ से। वो चाहे न चाहे। आगे बढ़े न बढ़े। एक बात बताऊँ सच्चा प्यार तो एकतरफा होता है। अपने धुन में मगन रहना। सपनों को खोजना। सपनों में होना। शादी-वादी का इससे कोई लेना-देना नहीं है। प्यार को प्यार ही रहने दो इसे कोई नाम न दो।" वो गुनगुनाता है। मैं चुप हूँ कि अब जस्ट डांस चल रहा है।

सौमित्रा को एंकर बंगाली बताता है, भारतमाता बनकर करती है डांस, गाने के शुरुआत में गूँजती है आवाज, हमारी भारतमाता जकड़ी है, आतंकवाद, भ्रष्टाचार, तानाशाही में, आरक्षण में..." भारतमाता बनी हुई सौमित्रा ने देश भक्ति की लहर फैला दी। ये किसकी भारतमाता है, जो आरक्षण से भी जकड़ी है? सवाल दिमाग में घूम रहा है।

प्रेमशंकर जस्ट डांस देखते हुए कहता है, "अबे सारा देश आजादी की बात कर रहा है और तू जस्ट डांस देख रहा है। तू तो पक्का देशद्रोही है।" वो हँसता है। ब्रेक आते ही चैनल बदलता है। समाचार चैनलों में दूसरी आजादी जनलोकपाल, भ्रष्टाचार के अलावा कोई शब्द सुनाई नहीं दे रहा है। कोई-सा भी चैनल लगा दो, यही बात यही चेहरे हैं। जैसे कोई विज्ञापन हर चैनल पर दिखता है। एक ही वाक्य है। एक

ही भाव। एक लाइन में विज्ञापन एजेंसी सारे चैनल से खरीद लेती है। चाहो न चाहो वो वाला विज्ञापन देखना ही पड़ता है। विवशता, सहजता में बदल दी गई है। अब गुस्सा नहीं आता है। वही वाला विज्ञापन हर जगह होगा तो चुप रहो, देखो–सुनो उसी तरह का यह मामला है, चुप रहो और हाँ, इसके खिलाफ कोई भी सवाल किया तो सब ऐसे टूट पड़ते हैं कि लगता है गुनाह किया है। मैंने फेसबुक पर इसे अतिरंजित परिवर्तन की बात कही, जो किसी और के दिमाग से चल रहा है। जिसका मकसद स्पष्ट नहीं है, तो कइयों ने अनफ्रेन्डम कर दिया। असहमति पढ़ना–सुनना ही नहीं चाहते हैं। और दाल चढ़ा देता हूँ मैं सिगड़ी पर।

प्रेमशंकर बताता है, ''देखो, किरण कैसे डांस कर रही है। विश्वास का कपड़ा किरण ने सिर पर डाला और डांस...भाषण के बीच में डांस होना चाहिए कि नहीं?''

''ये तो जस्ट डांस का प्रायोजित रियलिटी शो है।'' कुकर की सीटी ढूँढ़ रहा हूँ। सीटी बजाने के लिए जरूरी है। प्रेमशंकर को गुस्सा आ गया, ''यार ये बता भ्रष्टाचार से सभी परेशान हैं, हैं कि नहीं। सब चाहते हैं भ्रष्टाचार मुक्त हो देश।''

''हाँ, चाहते हैं सब लेकिन होना नहीं चाहते और ये जो आन्दोलन है न जिस भ्रष्टाचार को रोकने की बात कर रहे हैं, उसके नियम, कायदे–कानून सब पहले से हैं बस उन्हें इम्प्लीमेंट करना है। उसे छोड़कर नया ढाँचा खड़ा करना मतलब आयोग बनाने जैसा है। और तू जानता है आयोग क्या करते हैं? कैसे करते हैं काम। किसी एक का नाम बता जो पूरी ईमानदारी के साथ अपना काम कर रहा हो।''

''लेकिन विरोध करना तो गलत है।''

''जो मुझे ठीक न लगे, जिसके तौर–तरीके, उद्देश्य, जमा हुए लोगों के स्वार्थ दिख रहे हैं, तो क्या अपने आपसे झूठ बोलूँ? अपने साथ मैं क्यों करूँ भ्रष्टाचार?''

''सच तुमको दिखता नहीं। ये जिस चिटफंड कम्पनी में काम कर रहे हो न, वो किसको सहारा देगी? किसे दिया है? तुम लोग अपना मुनाफा देख रहे हो। चिटफंड कम्पनी का कर्ता–धर्ता अपना पैसा बना रहा है और बेवकूफ कौन बन रहा है। जनता और तू आन्दोलन का विरोध कर रहा है, तू...।''

''उस लोकपाल में चिटफंड कम्पनी शामिल नहीं है। वो सिर्फ बातें हैं और हाँ, ये भी बता दूँ कि ये दूसरी आजादी की बात मुझे अपील नहीं करती है।'' कुकर की सीटी बजती है और बातों को रोकती है।

अपने घर से इतनी दूर आकर अकेला रहता हूँ। इस कम्पनी से भागने का सालभर से सोच रहा हूँ लेकिन मेरा पैसा अटका पड़ा है। हर बार आश्वासन दे रहे हैं। कमीशन के आकर्षक पैकेज के अलावा इस कम्पनी का बड़ा नाम, बड़े काम देखे थे तो लगा कि लाइफ बन जाएगी लेकिन अब पगार के लाले पड़ रहे हैं। बड़े–बड़े विज्ञापन में भारतमाता दिखाता है मालिक। मालिक का फोटो अपने बेटे–

बहुओं के साथ इस तरह से दिखाता है कि लगता है, ये ही है राष्ट्र निर्माता परिवार। सोचते हुए मन ही मन में हँसी आती है। इसने भारतमाता की जय बोला और अब दूसरी आजादी वालों को देखता हूँ तो लगता है आजादी की बात तो सब करते हैं, सब एक जैसे हैं। सोचता हूँ, बोलना नहीं क्योंकि असहमति व्यक्त करना गुनाह बना दिया गया है।

इतनी देर में घूम-फिरकर फिर जस्ट डांस देखने लगा हूँ। पता नहीं पुराने एपिसोड एक के बाद एक क्यों दिखा रहे हैं। इतना टाइम है कि उसे खपाने के लिए बस जस्ट डांस...।

शरमाता हुआ लड़का आया। बेहद दुबला-पतला। जज बनी हुई सराह खान मजे लेने लगी है। उसने नाम बताया जयेश। आप्रवासी भारतीय, एनआरआई जिनके भीतर गाने और देश प्रेम भरा हुआ है, बताता है कि गुजराती है। खुश होकर सराह खान बताती हैं कि वैभवी भी गुजराती हैं। उसका अन्दाज इस तरह का है कि वैभवी भावी दुल्हन है। वैभवी इस तरह से भाव बनाती है कि वह भावी दूल्हे को देख रही हो। गुजराती होने से लगा—प्रान्त-भाषा मैच कर गए। तो सराह ने कहा, कौन हो? वो भाषा-प्रान्त के बाद जाति पर पहुँच गई।

मेरे कान खड़े हो गए। मेरे भीतर का कोई बाहर आने वाला है कि जैसे मुझसे पूछ लिया गया हो, तुम्हारा सरनेम क्या है? मैं बोलता उसके पहले जयेश बोला, "पहचानो।" मैं दंग हूँ। सरेआम जाति पहचानो अभियान चल रहा है। अखबार की वैवाहिकी से विज्ञापन पढ़ने लगे हैं ये। प्रेमशंकर अधीरता में दोनों जज का सहयोगी बन गया। सरनेम पूछा जाना, मतलब विवाह की सबसे बड़ी शर्त की पूर्ति। कि इठलाती है वैभवी और शरमाती हुई सराह पूछती है—

"पटेल हो?"

"ना।" वो माइक हाथ में लेकर अपनी कमर को इस तरह से हिलाता है कि उसका शरीर हिलने लगता है। वो कहता है, "सोचो?" भारतवंशी नये लड़के को यह गर्व है कि वह उसकी जाति जानने वालों के जिज्ञासा में है। बोलती है वैभवी, "शाह हो।" और वह लड़का उछलता है कि मुझे पहचान लिया गया है। खुशी है उसके भीतर। वो बिखर रही है कि दोनों जज खुश हैं कि शाह मिल गया शाह...। जाति आखिर पहचान ली गई। वे तीनों खुश हैं। खुश हैं तमाशबीन कि देखो, ये जान गए जाति को।

सराह को अपने ज्ञान के परिपूर्ण का अहसास हुआ। मुझे अपूर्णता का अहसास हुआ कि कैसे जान लिया? रंग है, रूप है, शरीर है, कपड़े हैं, तो किस आधार पर तय कर लिया कि ये कौन है? सुभाष को पंजाबियों ने क्यों खारिज किया? सुभाष की उदासी मेरे भीतर उतर आई, क्या सुभाष पंजाबी होता तो 50 हजार डॉलर कमाने वाली शर्त लागू होती? विदेश में रहकर इतना प्यार करने वाले का पेशा तय करता

है कि किससे शादी करने दी जाएगी। प्यार या पेशा? पेशा से पैसा बनता है, पैसा चुनेंगे। पैसा पेशे से आएगा, तो पेशा किससे आएगा? हमारे देश में पेशा किससे आया? वर्णव्यवस्था से आया है पेशा और फिर इससे जाति।

जयेश के डांस पर सराह हँस रही है, वैभवी लोट-पोट है कि सब हँस रहे हैं, ये डांस नहीं था। एक मिक्चर था, जिसमें न लय है न ताल इसलिए सब हँस-हँसकर बेहाल हो रहे हैं कि मैं अभी उदास हूँ कि वैभवी ने किस आधार पर तय किया कि ये पटेल नहीं है, तो शाह ही होगा?

मेरे गाँव झापादरा से गुजरात की सीमा करीब बीस कि.मी. है। हमारे इस इलाके में दूर-दूर तक हम ही हम रिश्तेदार हैं और कोई भी नहीं है पटेल या शाह। तो जिस गुजराती को मैं जानता हूँ, उसे ये जज क्यों नहीं जानते, क्यों नहीं उनकी जुबान पर आया कि तुम भूरिया हो, परमार, बुनकर हो?

सुबह हो गई। प्रेमशंकर अपने घर नहीं गया और मैं सपने देख रहा था। वो आएगी और दरवाजा खटखटाएगी। अहसास हुआ कि सचमुच मेरे ही घर का दरवाजा खटखट कर रहा है। जागते हुए लगा कि दरवाजा तो पिटा जा रहा है। इतनी सुबह कौन हो सकता है? हल्की सी रोशनी दरवाजे के भीतर से आ रही है। लाइट बन्द करके सोता हूँ तो सुबह का अहसास बाआसानी से हो जाता है फिर आज तो इतवार है और नौ से पहले उठता नहीं हूँ। इतनी जल्दी कौन होगा? आँख मलता हूँ और पूछता हूँ कौन? उस आदमी ने अनायास पूछ लिया, "चल भई अपना नाम बता।" उसके हाथ में छोटा सा काला बैग है। समझ ही नहीं पाया क्या हो रहा है।

"क्यों?" जानना चाह रहा हूँ कि ये आदमी जिसके हाथ में रजिस्टर, फार्म, बैग है, वो इस तरह कैसे नाम पूछ सकता है। वो बोला "जाति वाली सेंसस है, जनगणना। आई समझ में।" गुस्सा था उसकी बात में जैसे मैंने कोई गुनाह किया हो। मेरा नाम पूछने से पहले यह बताना था। लेकिन वो ढीठ सा खड़ा देखता रहा। चुप था। मैं भी कुछ बोला नहीं। वो थोड़ी देर बाद बोला, "नहीं बताना हो तो मत बता। कोई जरूरी तो नहीं है? जाऊँ क्या?"

"आप तो बुरा मान गए।" मैंने कहा। जबकि उसको यह कहना था। फिर मैंने क्यों कहा? नींद, सपना, दरवाजा पिटने से बड़ा गन्दा उसका बर्ताव लग रहा है।

"चलो छोड़ो। नाम बताओ?" उसका पेन तैयार था।

"आकाश भूरिया।"

"पिता का नाम?"

"शान्तिलाल भूरिया।"

"उम्र?"

"छब्बीस।"

"शादी तो हो ही गई होगी?"

"नहीं।"

"हमारे यहाँ तो इस उमर में दो-तीन बच्चे होके मामला खत्म हो जाता है।" पेन वाला ही-ही करने लगा। उसका इस तरह ही-ही करते हुए हँसना बुरा सा लगने लगा।

उसने कहा, "लो इस पर साइन करो।"

मैंने कहा, "क्या लिखा है? जरा देखूँ।" उसने कहा, "हम टीचर हैं। गलत नहीं भरते। काहे का टाइम खराब कर रहे हो?" मेरी जिज्ञासा को उसने अनावश्यक समझा और थोड़ी देर चुप रहने के बाद भरा हुआ फार्म मेरी तरफ सरका दिया। मैंने हँसते हुए कहा, "आपने तो मेरी जाति भी लिख दी। मुझसे बिना पूछे।"

"टीचर हूँ सब जानता हूँ और वैसे भी सबको पता है भूरिया एसटी में आते हैं।" वो अपनी जानकारी सगर्व उड़ेलता हुआ बोला। मैंने कहा, "धर्म में ये क्या लिख दिया आपने, बिना पूछे ही।"

"तो मुसलमान कर दूँ?" वो चिढ़ते हुए बोला। उससे सवाल करना अर्थात् उस पर भरोसा न करना जैसे लग रहा था उसे।

"क्यों?"

"तो वैसे भी वनवासी ईसाई कन्वर्टेड होते हैं झाबुआ के।"

"आपको नहीं लग रहा कि आप कुछ ज्यादा बोल रहे हैं। वैसे भी जातिवार जनगणना में सारी जानकारी पूछकर ही लिखनी चाहिए। आपने तो मेरी जाति, मेरा धर्म, मेरी भाषा सब अपने मन से भर दी।"

"तो क्या गलत भरी?" टीचर अपने अहंकार के शिखर पर जा रहा था।

"हाँ, गलत लिखी है जानकारी।" मैं अपनी नाराजगी जाहिर करता हूँ। वो जो ज्ञानी बन बैठा था जिसे लग रहा था कि वो सारी जानकारी सही-सही भर चुका है। वह बोला, "धर्म में क्या लिखवाना चाहते हो, बता दो?"

"आदिवासी।"

"आदिवासी?" आदिवासी कोई धर्म नहीं होता है।

"आप इसका फैसला करेंगे? हम जो कहें वो आपको लिखना पड़ेगा।"

"इसमें धमकाने की कोई बात नहीं है मेरे बाप का क्या जाता है, जो कहोगे वो लिखूँगा...। लिख दिया, अब और क्या बदलवाना है बता?"

"भाषा? भीली है। भीली लिखिए। मेरी मातृभाषा हिन्दी नहीं है।"

"भीली, भिलीली, निमाड़ी, मालवी, मारवाड़ी, सब हिन्दी ही तो है।"

"इसमें तो आप वही लिखिए जो लिखवा रहा हूँ और यह भी बता दूँ कि ये हिन्दी नहीं है।"

"कौन सा फरक पड़े, कुछ भी लिखवाओ।" उसे जाने की जल्दबाजी थी। उसे उम्मीद नहीं थी कि कोई इस तरह कहेगा, टोकेगा।

“फरक तो बड़ा पड़े। आपने मेरी जाति, भाषा, धर्म, व्यवसाय कुछ भी नहीं पूछा। आपने सब अपने मन से लिखा।”

“सड़क को देखकर पूछूँ, तेरा रंग क्या है? डामर के साथ क्या मिलाया? ये तो बेवकूफी होगी न। क्योंकि ये सब मेरे को मालूम है। मालूम है तुम लोग वनवासी होते हो। झाबुआ, भूरिया तो तुमने बताया बाकी तुम्हें देख-सुन के सब लिख लिया तो क्या गलत लिखा मैंने?” मेरी खिल्ली उड़ाने, अपने आपको सर्वज्ञानी समझते हुए उसका अहंकार बोला। मेरे बदन पर, मेरे दिमाग में, अपने अधूरे गन्दे ज्ञान को डलवाने की कोशिश, सर्वे करने वाला कह रहा था। उस कीचड़ को साफ करने के इरादे से पूरी मजबूती से मैंने कहा, “आपने मेरा धर्म अपने मन से मान लिया। मेरे सरनेम से आपको पता चल गया कि मैं कौन हूँ? आपको पता है कि झाबुआ में सफाई करने वाले का भी सरनेम भूरिया है। टोकरी बनाने वाला भी भूरिया है। तीर चलाने वाला भी...फिर कैसे तय कर लिया आप ने कि मेरी जाति क्या है? मेरी भाषा क्या है? यह तक नहीं पूछा, लिख दिया, हिन्दी। मुझे अपनी भाषा लिखवानी है, मेरी भाषा भीली है। भीली और मैं आदिवासी हूँ। भील। भील लिखिए।”

वो समझ गया। पेन निकालकर बोला, “अपना क्या जाता है, जो सामने वाला लिखवाता है, वो लिख लेते हैं। टाइम खोटा नहीं हो इसलिए झटपट लिख लिया। बुरा मानने की तो कोई बात ही नहीं है। इस तरह बोलने की जरूरत ही नहीं थी कोई।” उसके भीतर का संचित ज्ञान टूटने का अहसास उसके चेहरे से, उसकी आवाज से महसूस कर रहा हूँ। अपने आपको मजबूती के अहसास की राह पर चलता देख रहा हूँ।

“मैंने कहा, चाय पिएँगे?”

“भोत कुछ पिला दिया, अब कुछ नहीं पीना है, धन्यवाद श्रीमान आपका। आप तो यहाँ सब पढ़-पुढ़कर साइन करो दो बस।” इस आदमी का चेहरा, हाव-भाव देखकर लगा कि ये जस्ट डांस का एक प्रतिभागी है, जिसे अपनी प्रस्तुती पर शाबाशी नहीं मिली और इसलिए नाराज सा हो गया है। मुझे लगा मेरे आसपास न जाने कितने लोग हैं जो जस्ट डांस करते हैं या करना चाहते हैं। उन्हें लगता है कि लोग उनके बारे में पूछें, बात करें और शाबाशी दें। वे किसी की तारीफ नहीं करेंगे। ढंग से बात नहीं करेंगे लेकिन चाहेंगे कि सामने वाला उसके सामने बिछ जाए। दरी-चादर बन जाए।

घर के भीतर प्रेमशंकर से एनडीटीवी कह रहा है, “जीत गए अन्ना जीत गया इंडिया।” जश्न मनाओ दोस्त ने कहा। उसने बताया, कल सुबह 10 बजे अन्ना का अनशन टूटेगा। स्टार न्यूज ने आधी जीत का जश्न बताया है। मैंने कुछ नहीं कहा। देश जीत गया, इस पर अटक गया था। यह कौन सा खेल है और देश के नाम पर

क्यों खेला जा रहा है? पूछना था लेकिन यह दौर ऐसे सवालों को सुनने वाला नहीं है। यहाँ जवाब नहीं मिलेंगे ऐसे सवालों के, बस वे जो कह रहे हैं। मान लो, जैसे टीचर ने मान लिया था। उसके बारे में सब कुछ। अब लोग टीचर में बदल गए हैं और मेरा दोस्त टीवी बन गया था जो नाच रहा है, नचवा रहा है। सारा जहाँ डांस कर रहा है, सब कर रहे हैं डांस। समाचार डांस के इस रियलिटी शो का सीधा प्रसारण देखने की बजाय मैं मनोरंजन चैनल पर जस्ट डांस देखने लगा कि याद आया पिछली बार इस शो में एंकर ने जज वैभवी से कहा था आप स्टेज पर आकर डांस करें तो नहीं मानी वैभवी जो दूसरों को नचवाती है कि एंकर कहता है, ''सारा देश चाहता है। ये पब्लिक है और आपको डांस करना पड़ेगा।'' देश की बात सुनकर वैभवी डांस करती है।

इतवार की सुबह के उजाले में मैंने साइन कर उसे धन्यवाद कहा। प्रेमशंकर अपने घर गया। नहा-धोकर खाना पकाना शुरू ही किया था कि दरवाजा खटखटाने की आवाज आई। फिर उसकी याद आते ही मुस्कुराहट छा गई। गिलकी काटते-काटते चाकू हाथ में लेकर खड़ा हो गया।

'मैं।' मैं से तत्काल अन्दाज लग जाता है ये चपरासी, चौकीदार, घरेलू नौकर, सारे काम करने वाला गुलाब। गुलाब नाम है इनका। दरवाजा खुलते ही गुलाब बोलता है, ''सेठ जी ने बुलाया है।''

एरिया मैनेजर को ये आदमी सर, साब नहीं बोल पाया। उसकी निगाह में ये सेठ है। सेठ...। हँसी आती है लेकिन उससे सवाल करता हूँ, ''क्यों?''

''नी पता बोले जल्दी बुलाके ला जैसा है वैसा ही। टेम नी करने का बोला।'' उसकी आवाज में सेठ जी का हुकुम था। उसके शरीर में नौकर का अहसास था। उसकी आँखों में हुकुम तामीली सफलतापूर्वक पूरा करने का अनुरोध था। विनय था, नम्रता से लाचारी थी। उसे इस तरह से भरकर भेजा गया था कि वो यहाँ-वहाँ से तरह-तरह से बिखर रहा था। सँभलते नहीं बन रहा था उसे। बस यह हाव-भाव थे कि मुझे उठाकर साथ में ले आना। उसे देखकर सिर्फ पानी पिया और ताला लगाकर अपनी मोटरसाइकिल पर उसे बैठाकर निकल गया।

खेत में बसी नई कॉलोनी में है हमारे एरिया मैनेजर का नया मकान, बँगला। जिसे सड़क कहा गया था वो बरसात में बह गई है। खेत की काली मिट्टी का कीचड़ है। जा नहीं सकते। कीचड़ में फँसने और गन्दा होने के डर के कारण मैं बाइक कोने में खड़ा कर देता हूँ। साबुत जगह को देखता हूँ, पैर रखता हूँ, गुलाब की निगाह साबुत जगह नहीं देख रही है। वो अपने प्लास्टिक के जूते के साथ कीचड़ की परवाह किए बिना आगे निकल जाता है। वक्त से पहले पहुँचकर दिखाना है सेठ जी को कि देखो, जो हुकुम दिया वो कर आया। आदेश का पालन कर लिया। उसकी तरफ नहीं देखता है एरिया मैनेजर। वो मोबाइल पर भड़भड़ा रहा है। उसने

गुलाब के विजयी भाव को देखा ही नहीं और मोबाइल कान से हटाकर पीठ की तरफ कर बोलता है, "अरे वो नालायक भूरिया कहाँ है?"

उसकी तल्ख आवाज मेरे कानों में पड़ी। जैसे वो गुलाब को समझता है, वैसा ही मुझे भी समझता है। तभी तो इतनी बेअदबी, इतनी वाहियात ढंग से बोला। मेरे सामने हमेशा मीठा बोलने वाला मेरा हित-चिन्तक मुझे क्या समझता है? कुछ टूट गया। वो बोलते-बोलते दरवाजे के पास आया। उसने देखा। झेंपा। कुछ गलत हो गया का अहसास उसे हुआ। उसने कहा, "अरे आकाश...। सॉरी यार, इतनी सुबह तुम्हें कष्ट दिया। आय एम रियली सॉरी। किन्तु बात ही कुछ ऐसी थी कि बुलाना पड़ा। तुम तो जानते हो यहाँ तुम्हारे सिवा मेरा कौन है? एरिया मैनेजर का पोर-पोर माफी, विनम्रता और मेरे सिवा और कोई न होने के कारण अपना होने का अहसास दिलाना चाह रहा है। इसका मुझ पर असर नहीं पड़ा। चाँटे के बाद गाल सहलाने से दिल के भीतर की टूटन इतनी आसानी से नहीं जुड़ती।

"प्लीज यार। कार स्टार्ट नहीं हो रही है और अर्जेंट जाना है। तुम्हें पता ही होगा। दूसरी आजादी मिल गई है। सेलिब्रेट करना है। दिल्ली में वो जूस पिएँगे इधर हम भी जूस पिएँगे...अंगूर का...चलो जल्दी करो। तुम दोनों कार को धक्का लगा दो। मैं स्टार्ट करता हूँ। जल्दी...। प्लीज जाना है।" विनय और परेशानी के हाव-भाव के साथ बोलते-बोलते वो कार की चाबी लेने घर के अन्दर जाता है। लगता है ये भी डांस कर रहा है। जस्ट डांस करो और करोड़ जीतो, देश को जीत लो। बस एक डांस। सोचता हूँ और चुप होकर बाहर खड़ा हो जाता हूँ। मेरे साथ गुलाब भी खड़ा है, जमीन में नजर धँसाकर। उसकी नजर ऊपर उठ जाए कि गुलाब से पूछता हूँ, "कहाँ जा रहे हैं साब?"

"नी पता। बोल रहे थे दोस्तों के साथ कोलार डेम निकलना है। पाल्टी है।"

काटो तो खून नहीं का अहसास हुआ, अरे ये कौन सा तरीका है कार को धक्का लगाने के लिए और वो भी पिकनिक के लिए? सुबह-सुबह बुलाया। मैं समझ ही नहीं पाया। तभी वो हड़बड़ाता, नाचता हुआ आया और बोला, "तुम दोनों धक्का मारो। मैं स्टार्ट करता हूँ।"

"कार मैं भी चला लेता हूँ। स्टार्ट मैं करता हूँ।" मैंने चाबी के लिए हाथ बढ़ाया तो एरिया मैनेजर का चेहरा फक से उतर गया।

"क्या बात करता है? तू धक्का लगा मेरे दोस्त।" मुस्कुराने की असफल कोशिश करते हुए बोला।

"धक्का आप लगा लो। स्टार्ट मैं करता हूँ।" मैं अडिग था। मेरे इरादे स्पष्ट थे। कीचड़ में खड़े होकर पीछे से धक्का लगाते हुए कीचड़ झेलने का मन नहीं था। इस आदमी ने जिस तरीके से नालायक कहा है वो पता नहीं मुझे क्या समझता है। उसे देखता हूँ वो हक्का-बक्का है। उसे समझ नहीं आ रहा कि मेरा मातहत, मेरे से

नीचे वाला ये भूरिया कैसे ऐसे बोल सकता है। मैं समझ चुका था इस आदमी की निगाह में, मैं झाबुआ का आदिवासी हूँ जो मजदूरी करता है। सुबह हो या रात बस मजदूरी। हर बात मानने वाला और अब नहीं मान रहा है।

वो कुछ सोच रहा था कि बोला, "रहने दो आकाश। तुम जाओ।" मुझसे नजर मिलाए बगैर वो अपने घर के भीतर घुस गया। उसे अभी भी उम्मीद थी कि मैं कह दूँगा, ठीक है धक्का लगाता हूँ लेकिन मैंने कहा नहीं।

"गुलाब, चल भाई। कीचड़ में कब तक खड़ा रहेगा?" मैं कहता हूँ। वो झिझकता है। हाथ के इशारे से उसे बुलाता हूँ। गुलाब कीचड़ से बाहर निकलने के लिए कदम उठाता है।

(2017)

जिन्दगी और प्यास

बचपन की गली में माँ का धुँधला सा चेहरा याद आते ही माँ की बात याद आती रही। माँ हमेशा सुनाती थी कि मेरे को पैदा इसलिए नहीं किया कि मस्त होके खाए-पिए। तू तो काम करने के लिए पैदा हुआ है लेकिन दो कौड़ी का काम करे नी। नालायक इतना बड़ा हो गया लेकिन धेले भर की अकल नहीं आई।

अब हँसी आई। अकल क्या होती है? कब आती है अकल। अभी तक नहीं आई मुझे अकल। अकल कैसी होती है? किसे कहते हैं अकल? सबकी अकल अलग-अलग होती है, लेकिन इस बात को कोई भी अपनी अकल से नहीं मानता। जो यह मानता है, क्या उसे अकल है?

उस नौ-दस साल की उमर में घर से भाग गया था। क्यों भागा था? उस घर में सोता था, उस घर में खाता था और माँ की सुनता था, पिता की आवाज सुनी ही नहीं। पिता का चेहरा भूल गया हूँ। अब पिता की तस्वीर यादों में, दिमाग में कहीं नहीं बनती। माँ का तमतमाया हुआ चेहरा धुँधला हो गया है। बोल होने से याद में जुड़ा हुआ है। माँ इतना बोलती नहीं तो माँ का चेहरा भी याद नहीं रहता।

माँ की याद के साथ देखता हूँ गुलमोहर। गुलमोहर लाल नहीं है। छिटपुट हरी पत्तियों के साथ गुलमोहर के फल, बीज लेकर लटके हुए हैं। फूलों का रंग उड़ गया क्या? बूढ़ी आँखों से तो यही लगता है। इतवार को मजदूर दिवस पर समाचार सुनने की बजाय गुलमोहर के बारे में सोचता हूँ। ये घनी छाया नहीं देता है। घर पर लगे हुए टीन की चद्दरें घनी छाया देती हैं लेकिन शीतलता नहीं देतीं। गुलमोहर का तना, टहनी, फूल की छाया में बैठकर, लेटकर मैं पेड़ के बारे में सोचता हूँ, लगता है पेड़ से बात करता हूँ। हम दोनों की बातचीत में कोई खलल नहीं डालता। उम्र के इस आखिरी पड़ाव में भी बातें करता हूँ गुलमोहर से।

अब निकल जाना चाहिए घर। घर है इस सूनी जगह से दूर। अब लग रहा है बहुत दूर है। उम्र के साथ घर की दूरी लम्बी लगने लगती है। खाँसते और हाँफते हुए मेरा सफर चलता है। तपती हुई धूप में निकलता हूँ कि पानी पीना है। पानी नहीं

मेरे पास। होंठों का पता नहीं, गला बुरी तरह से सूख गया है। अपने होंठ पर उँगली ले जाता हूँ, तो लगता ही नहीं कि ये मेरे होंठ हैं। जीभ के स्पर्श से दूर है, बहुत दूर। जीभ निकल नहीं पाती, यह बात धीरे-धीरे इतनी समझ में आई कि जैसे चलने में पैर साथ नहीं देते, वैसे ही जीभ चल नहीं पाती लेकिन चलता हूँ कि लू लग जाने का डर हावी हो जाता है। घर जाऊँगा तो लगेगा कि भट्ठी पर बैठा हुआ हूँ। अब कहाँ जाऊँ? सूझ नहीं पड़ता। सच तो यह है कि उम्र के किसी भी मकाम पर मुझे सूझ ही नहीं पड़ा। मेरी उम्र का कोई साल याद नहीं है, जिसमें मुझे सूझ पड़ा हो, तो अब खुद से क्यों उम्मीद कर रहा हूँ? मेरे चलने की गति हर रोज कम हो रही है लेकिन उम्मीद बढ़ती जा रही है। प्यास बढ़ती जा रही है, लगता है कि पानी नहीं मिलेगा, तो क्या होगा? प्यास से मर जाऊँगा मैं। मैंने कभी नहीं सुना कि कोई प्यास से मरा हो। मैं प्यास से मर जाऊँगा तो लोगों के अनुभव में यह घटना होगी लेकिन मेरा नाम नहीं होगा। सुनाने के लिए एक बात होगी कि प्यास से भी मरते हैं लोग। पानी नहीं है मेरे पास, घरों के दरवाजे बन्द हैं। पूरा मोहल्ला काम की तलाश में चला गया है। किसी ने शहर की सीमा पार की, किसी ने अपने देश की। किसी का दरवाजा खटखटाना नहीं चाहता हूँ कि चलता हूँ, लगता है रेगिस्तान के बूढ़े क्या प्यास से नहीं मरते होंगे? अपनी उम्र की सारी यादों में चला जाता हूँ, लेकिन हर बार बिना समाचार के निकल आता हूँ।

बन्द हवा चलने लगती है, यह अनुमान लग जाता है। कदम, साँस, प्यास की बजाय जीवन की आस के साथ चलने लगते हैं। प्यास कभी लगी नहीं इस तरह। ऐसा कभी नहीं हुआ कि प्यास लगी है, तो पानी चाहिए। पानी के लिए सब काम छोड़ दिए हों, ऐसा याद नहीं आता। भूख का तो पता ही नहीं चलता। भूख लगी हो और खाना खाना चाहिए, ऐसा खयाल भी जिन्दगी में कभी नहीं आया...। कभी भी नहीं।

चला नहीं जा रहा मुझसे। प्यास लगी है जोर से। धूप पड़ी है जोर से। साँस तेज हो गई है। सिर घूमने लगा है। लगता है कहीं गिर जाऊँगा। लोगों की बातें सुनूँगा कि चलते-चलते हुई एक बूढ़े की मौत। मौत का कारण प्यास को छोड़कर कुछ भी बताया जा सकता है। कोई भला मानुष अगर डॉक्टर हो और उस डॉक्टर से कोई पूछेगा मेरी मौत का कारण तो वो बता देगा सबको, प्यास से हुई है मौत।

डॉक्टर क्यों कहेगा? चलते-चलते बैठ गया हूँ। धूल उड़ रही है। बन्द हवा चलने लगती है तो इससे बड़ा सुख कुछ नहीं होता। प्यास, हवा, धूप, साँस, थकान के बीच ये डॉक्टर कहाँ से आ गया? डॉक्टर के पास नहीं गया कभी। डॉक्टर मेरे पास नहीं आया कभी। फिर अभी क्यों कहेगा डॉक्टर? अस्पताल जाऊँगा नहीं। इस उमर में जिसकी कोई आल-औलाद नहीं है, उसे अस्पताल का डॉक्टर क्यों हाथ लगाएगा?

हाथ देखता हूँ। मांस सूखने लगा है। कई बूढ़े देखे हैं जिनके मांस लटकते हैं। मैं, मैं हूँ और हवा चलने का असर है कि उठता हूँ। बस वो गली। दूर है घर। पहुँच जाऊँगा, वरना यहाँ बैठा रहा तो लू लग जाएगी। लू से डर नहीं लगता। टट्टी से डर लगता है। पतली टट्टी, कब निकल जाए, पता ही नहीं चलता। दो साल पहले लगी थी तो उसकी बदबू से ही लगता था कि बस, अब दस्त नहीं लगनी चाहिए। कान पर हाथ रखने की कोशिश कर, डरता हूँ चलता हूँ। जानता हूँ तपती हुई धूप में बस घर में ही छाया है। गली में नहीं है छाँव। घर में तो छाया है लेकिन इतनी गर्मी लगती है कि लगता है, इस घर से भाग जाऊँ। घर से भागा हुआ कोई बच्चा अभी भी भागना चाहता है। अब भागकर कहाँ जाऊँगा? गुलमोहर की याद आती है, गुलमोहर दिखता है।

घर में दरवाजा खोला। बैठना चाहता हूँ। लगता है कि सूखे हुए गले में पानी की बूँद अगर नहीं पड़ी, तो मर जाऊँगा। मरने की बात ने बैठने नहीं दिया। जैसे-तैसे थोड़े से पानी को बचाए हुए मटके में से आधा गिलास पानी लिया। घूँट लिया, गीला हुआ और साँस स्थिर होने लगी। साँस और पानी का आपस में गाढ़ा सम्बन्ध है कि पानी शरीर में उतरते ही जान पड़ा कि शरीर है मेरा...शरीर के भीतर पानी जाता जा रहा है और जीवन आग सुलगती है। प्यास से मरने के खयाल पर पानी फिर गया। दूसरा घूँट लिया और लगा घूमता हुआ सिर स्थिर होना चाह रहा है। आधा गिलास इस तरह से धीरे-धीरे खत्म करने लगा। आँख बन्द की, थक गई थीं। आखिरी दृश्य देखने की डगर वाली आँख अभी वर्तमान के लिए बन्द हो रही थीं।

प्यास से मरता नहीं कोई, सब कहते हैं। मरने की बात क्यों कर रहा हूँ और वो भी प्यास से? इस प्यास पर हँसने की चाह रखता हूँ लेकिन नहीं आती, आता है डर कि अब मटके में पानी नहीं है। पानी लाना है। पानी मेरे मोहल्ले में नहीं मिलता। पानी की पाइप लाइन नहीं डाली है यहाँ। यहाँ से जाना है कॉलोनी में किसी से माँगना है। भरना है गौ-चौपाटी पर वहाँ टैंकर भरे जाते हैं उस जगह भरते हुए टैंकर के समय अपनी बाल्टी, हंडा रख देते हैं। जो पानी टैंकर में नहीं जाता है, जिस पानी को धरती पर बिखरना है, उस पानी को जमीन पर जाने की बजाय अपने बर्तन में डालते हैं। उसी वक्त भरने वाले थोड़ा गीला हो जाते हैं। कीचड़ में पैर चले जाते हैं और उस कीचड़ में से पैर उठाना इतना बड़ा लगने लगता है कि भरी हुई बाल्टी हल्की लगती है इसलिए कॉलोनियों के बीच में से होकर जाता हूँ कि किसी का ट्यूबवेल चल रहा होगा तो अपनी बाल्टी भर लूँगा। हाँ, उस भरते हुए टैंकर की जगह इसलिए जाना पड़ता है कि नहाना होता है अपने घर पर कब नहाया था। याद करना पड़ेगा।

जाने का मन नहीं है। मटके में एक-डेढ़ गिलास पानी बाकी होगा। दिन गया नहीं रात बाकी है। मटके का आधा हिस्सा बाहर से गीला दिखता है कि लगता है

कि मटके में पानी होगा लेकिन ये हकीकत नहीं है। बाहर से आदमी जितना गीला दिखता है उतना होता नहीं है। लगा कि रात का वांदा पड़ जाएगा। रात में पानी लेने कहाँ जाऊँगा और अँधेरी रात में निकला तो किसका दरवाजा खटखटाऊँगा। नहीं जा पाऊँगा किसी के घर, भले ही मर जाऊँ। फिर लोग कहेंगे कि प्यास से मर गया एक बूढ़ा।

सच तो यह है कि मरना नहीं चाहता मैं। दरवाजा इस तरह से खोलकर बैठा हूँ कि गर्म हवा के थपेड़े पहले दीवार पर पड़े फिर मेरे पास आए। धूप के गर्म अंगारों से बचना है। हवा को पाना है। हवा टकराते हुए, लुढ़कती हुई, सरकती हुई मेरे पास पहुँच रही है, बस हवा के अहसास के साथ अकेला बैठा हूँ। रेडियो सुनता हूँ। मजदूर दिवस के दिन पायलट की हड़ताल पाँचवें दिन पहुँच गई। पगार बढ़ाने की माँग करने वालों ने जंतर-मंतर के जनलोकपाल धरने का समर्थन किया है।

कब झपकी लगी, पता ही नहीं चला। रेडियो पर गाने बजने लगे। शाम होने वाली है तो उठकर फिर आधा गिलास पानी पिया। पेशाब नहीं आई। सुबह की उम्मीद आई, मटके भर पानी के लिए रंग का खाली डिब्बा उठाया। वो मेरी बाल्टी है। रंग वाले इस डिब्बे में रंग नहीं है। रंग हो भी नहीं सकता। रंग होता तो मेरे पास नहीं होता ये डिब्बा। रंग इस घर का, मेरा दुश्मन है। रंग न सही पानी ही सही, क्या सोचता हूँ कि बाल्टी की तरह डिब्बे को उठाता हूँ। निकल जाता हूँ। हाइवे लग जाता है। कॉलोनी वालों का ट्रैफिक बढ़ जाता है। हर कोई गाड़ी आगे ले जाना चाहता है। मैं अकेला हूँ, जो पैदल चल रहा हूँ। सड़क किनारे पैदल चलना मुश्किल है। तेज आवाज में हॉर्न बज रहे हैं। बसन्त विहार कॉलोनी में घुस जाता हूँ।

सीमेन्ट की सड़क के किनारे-किनारे गड्ढे हैं। सड़क किनारे मेरी हमउम्र का बूढ़ा सफेद पॉलिथिन में से आटा निकालकर फैलाता है। कदम ठिठके वैसे भी थोड़ा रुकना था कि थकने लगा हूँ। जिज्ञासा या आटे को पाने की लालसा है। साफ-सुथरे सफेद कुरते-पाजामा वाला बूढ़ा चींटियों को आटा खिला रहा है। मैंने पूछा, क्यों खिला रहे हो, उसने मेरी तरफ देखा और फिर अनमनेपन से कहा, "काली चींटियों को अन्नदान से पुण्य मिलता, स्वर्ग मिलता है। वो कभी नहीं काटतीं। गरमी का असर नहीं है, बरसात के आने की सम्भावना है, इसलिए ढेर सारी चींटियाँ आ गईं। चलो जो भी हो...अन्नदान महादान।"

उसकी बात से हँसी आने के बाद भी नहीं हँसा। वो क्या-क्या न बोल गया। मेरे दिमाग का सवाल बाहर निकलना चाह रहा था, मैंने कहा, "लाल चींटियों को दान करने से स्वर्ग नहीं मिलता?"

"नहीं वो मांसाहारी होती हैं। मांस खाती हैं। तेरे को नहीं मालूम?"

"लाल हो या काली। है तो चींटी ही न। फिर कायका भेद?"

"हद है। वो लाल की अलग जात उस काली की अलग जात।"

मैंने कहा, "रंग, जाति से स्वर्ग-नरक फाइनल होता है?"

"पगला गया क्या? इतना भी नहीं मालूम स्वर्ग किसे मिलता है?" उसका हाथ पॉलिथिन में रुक सा गया। वो जवाब नहीं देना चाह रहा है।

"काली चींटी, कुत्ते, कौवे, गाय को अन्नदान से स्वर्ग मिलता है। पुण्य मिलता और भूखे इनसान को खिलाने से क्या मिलता है?" मेरी भूख का सवाल निकल आया। वो बोला, "तर्क... ?" फिर देर तक हँसता रहा और बोला, "मनुष्य को दान की आवश्यकता नहीं है।"

"भिखारी को, साधु को, बामन को तो दान देते हैं?"

वो अब नहीं हँसा। गम्भीर हो गया। आटे में शक्कर की चिपचिपाहट थी कि वह उस चिपचिपाहट को हटाने के लिए आटे में हाथ डालकर मसलने लगा। मेरी तरफ देखे बिना बोला, "बामन अलग चीज है, जैसे काली चींटी। गऊ होती है एकदम शाकाहारी।"

"वे इनसान नहीं होते हैं?"

"मनुष्य कहो, मनुष्य। इनसान और बामन दो अलग-अलग बात है। इनसान शब्द सुनते ही मांसाहारियों के चेहरे याद आते हैं।" वह हँसता है और मुट्ठी भर आटे से लाइन बनाता है। रँगोली लगने लगती है फिर बोला, "न जाने कहाँ-कहाँ होंगी चींटियाँ। बिचारी स्वर्ग की सीढ़ी।"

अब बोलने-सुनने की बजाय लाल चींटी का खयाल आया। उनके बारे में सोचता ही रहा। लगा यहाँ तो जो न काटे वही भाए इसलिए पुण्य के रास्ते से हटे।

वक्त बहुत हो गया था। लाल, काली चींटियों की बात से लगा बैठे-बैठे पैरों पर ढेर सारी काली चींटियाँ सवार हो गई हैं। मैं पैर झटकने लगा। एक भी चींटी नहीं है। इसे चींटियाँ चढ़ना कहते हैं। पैरों का झटका देते हुए मुझे इस आदमी के कई झूठ मिले। मैंने सुना था काली चींटी को आटे के साथ शक्कर मिलाकर खिलाने से कर्ज कम होता है। ये आदमी पुण्य और स्वर्ग का तर्क देने की बजाय ये बोलता कि किसी जीव को खिलाने से सन्तुष्टि मिलती तो भी मुझे सन्तोष होता और ये आदमी झूठ बोलने से बच जाता। सच कहने के मन पर चींटियाँ सवार हो गईं। देर हो रही है। उसके दिमाग में से निकाला।

गली में मुड़ते ही मस्ती से भरी हुई हँसी सुनाई दी। सुकून सा अहसास हुआ। हँसी अच्छी लगने लगी और कदम उत्साह से भरकर बढ़ने लगे। हँसी की तरफ खुशी की ओर, कार धुल रही थी। पाइप में से निकलने वाले पानी का प्रेशर बता रहा था ट्यूबवेल है। वे दोनों किशोर हैं कार धोते हुए वे एक-दूसरे पर पानी डालने का अभिनय करते हुए आकाश की तरफ पाइप कर देते। पानी की बौछारें आकाश को छू नहीं पातीं। वे उलटे पाँव लौटतीं और बिखरती हुईं उस लड़के पर, कार पर आ जातीं। आकाश की तरफ मैं ताकने लगा। मेरे पास भी आसमान से छलकती हुई

बूँदें आ जाएँ, तो हँस लूँगा, भीग लूँगा, गरमी में बरसात का मजा ले लूँगा और इसी अन्दाज से आगे बढ़ा तो उन दोनों की हँसी धीरे-धीरे दबने लगी। पाइप कार पर चढ़ने लगा। भागम-भाग ठहर सी गई।

मुझे भी भीगना, हँसना था। वो रुक सा गया। खाली बाल्टी हो गया। दिमाग को सूझ नहीं पड़ा मैं खड़ा क्यों हूँ? कोई पूछे इसके पहले मैंने उस बड़े लड़के से कहा, "इस बाल्टी में पानी डाल दो।"

उसने देखा। अनसुना किया और कार पर ही पानी डालने लगा। गली में बहता हुआ पानी बता रहा है कि बहुत देर से चल रहा है पानी हँसी कार्यक्रम। वो लड़का हँसने के लिए खुद को तैयार कर छोटे लड़के को बोला, "ओय इधर आ।" उसका भाई घर के भीतर जाने लगा। ये अकेला एकटक कार पर पानी डालता रहा। मैंने फिर कहा, "पानी चाहिए।" उसने देखा और चुप रहा। अँधेरा बढ़ने लगा। मैं रुकूँ या जाऊँ में अटक गया। जो पानी आकाश की ओर फेंका जा सकता है, जो पानी कार को दिया जा सकता है। बहता हुआ पानी गली में कीचड़ कर सकता है लेकिन मैं और मेरी बाल्टी खाली और सूखी कैसे रह सकती है?

पहली बार भिखारी को अहसास हुआ जिसने पूरी जिन्दगी भीख नहीं माँगी वो पानी की भीख माँगता नजर आया। छोटा लड़का जो घर के भीतर गया था, उसने आते ही कहा, "दे दे यार...। एक बाल्टी ही तो है।"

"क्यों दूँ? नहीं देता जा। तू भी जा उसके साथ।" बड़ा बोला और हँसते हुए पाइप उसकी तरफ किया। छोटा वापस घर में चला गया।

कार पर नम्बर नहीं है। एकदम नई है। अशोक के पेड़ के किनारे बिल्डिंग का बड़ा परिसर है। मन तो कह रहा है कि एक बार पाइप मेरे ऊपर लगा दे। बस थोड़ी सी देर। इस थोड़ी सी देर में कपड़े उतारे बिना नहा लूँगा। नहाने से धूल, पसीना, थकान सब चली जाएगी। खुशी से भरी ताजगी आ जाएगी। पानी इतनी तेजी से मेरे ऊपर आएगा तो...। तो गिर जाऊँगा इसलिए बैठ जाऊँगा...नहला दे...। इस तरह कब नहाया था?

घर से भागने से पहले बरसात में जगदेव के साथ नहाया था। बरसात का कीचड़ ही कीचड़...। और जगदेव कीचड़ में फिसला था। जोर से हँसी आई और हँसा था उतनी ही जोर से। ठहाके मारकर हँस रहा धा तब जगदेव ने कीचड़ फेंकना शुरू किया था। मस्ती, गुस्सा और हँसी से भरा हुआ था कीचड़। वो फेंकते जा रहा था। मैं भागते, बचते हुए जोर से हँसता जा रहा था। उसका कीचड़ मुझे छू नहीं रहा था। इस कीचड़ फेंकने, बचने और भागते हुए हम कब जगदेव के घर के पास पहुँचे, पता ही नहीं चला। जगदेव चिल्लाता जा रहा था। मेरी हँसी बढ़ती जा रही थी। बच्चों की हँसी बेलगाम होती है। मेरी हँसी, जगदेव के पिता को देखकर अचानक रुक गई। ब्रेक बड़ा वाला लग गया था। पता नहीं वे हमें

कब से देख रहे थे। उन्होंने मेरी कॉलर पकड़ी और तेजी से चाँटे मारना शुरू किया। मैं समझ ही नहीं पाया कि ये क्या हो गया। मेरे गालों पर चाँटे तड़ातड़ पड़ रहे थे। पानी बरस रहा था, रोना नहीं आ रहा था मुझे। बर्फ की तरह जम गया था। न बोल रहा था, न रो रहा था। उसके बाप का गुस्सा बढ़ता जा रहा था। फिर मेरे बाल पकड़े और बोले, "इतनी हेकड़ी? साले गन्दे खून, तेरे को कुछ फरक ही नहीं पड़ रहा।" मैं चुप था। बेबस था। जिस तेजी से वे मेरे बाल पकड़ने के साथ झिंझोड़ रहे थे, लगा कि उने हाथ मेरे सिर में से बाल को अलग करना चाह रहे हों। वे बेहद आक्रोशित थे। बोले, "तेरी हिम्मत कैसे हुई खेलने की? माँ-बाप ने बताया नहीं क्या? महारवाड़े वालों ने सिखाया नहीं कुछ? हमारी गली में आके हमारी बराबरी करेगा? हमें कीचड़ में फेंकेगा? हमें...। अकल नहीं आई तेरे को? आइंदा इधर पैर भी रखा तो यहीं जिन्दा गाड़ दूँगा। समझा। जिन्दा गाड़ दूँगा। जिन्दा। "इतना बोलते ही बहुत ही जोर से मुझे धक्का दिया। मैं कीचड़ में गिर गया। सँभला और उठकर गुस्से में देखते हुए जगदेव के पिता पर कीचड़ फेंकते हुए बोला, "तू भाग यहाँ से।"

उसके बाप को भागने का बोला था और मैं खुद ही भाग गया। घर से। गाँव से। देश से...

वो थी आखिरी बरसात। वो पानी। जगदेव कहाँ होगा? कैसा होगा। उसकी हँसी इस बच्चे में दिख रही है। बैठ गया हूँ मैं। खो गया था मैं। बारिश में था कि पाइप से पानी के इन्तजार में हूँ। नहा लूँगा। कि बच्चा बन जाऊँगा। बस एक बार पाइप को मुँह की तरफ कर दे। अब पाइप से पानी बन्द हो गया है। ट्यूबवेल की मोटर बन्द हो गई। तीखी-कर्कश आवाज बन्द होते ही टी.वी. के समाचार की आवाज आई। इंजीनियरिंग परीक्षा का पर्चा आउट हो गया। परीक्षा से पहले ही छह-छह लाख में पेपर बिक रहा था। स्टूडेंट और उनके पैरेंट्स ने हंगामा मचाया। वे माँग कर रहे थे कि नई तारीख क्यों नहीं घोषित की।

बैठा हुआ हूँ मैं। समाचार की तरफ कान जाते-जाते उस लड़के की आवाज आई, "यहाँ मत बैठो। जाओ।" जैसे मेरे बचपन को इसने छीनकर बुढ़ापे में पटक दिया। मैंने कहा, "एक बाल्टी...एक बाल्टी भर दे बेटा।"

"बाल्टी? बड़ा आया जा।" खट से बड़े वाले लड़के ने वार किया। वो शायद इस बात से नाराज था कि ट्यूबवेल की मशीन को उसके पूछे बगैर बन्द कर दी थी और वो चालू करके आया।

छोटे वाला आया। वो बोला, "भर दे रे।" उम्मीद आई जबकि जाने वाला था मैं। दरवाजे पर अधेड़ उम्र की महिला आई उसकी तरफ देखते हुए बड़ा वाला बोला, "देखो न मॉम ये पानी देने की बोल रहा है। एक को देंगे तो पूरी झोंपड़-पट्टी आ जाएगी, मैं नहीं देता पानी।"

छोटा कभी मुझे तो कभी उसकी माँ को देख रहा था। सब चुप थे। चुप थे कि इंजीनियरिंग का पेपर छह लाख में किसने खरीदा था? किसी ने नहीं किया विरोध। किसकी औलादों के लिए पेपर बेचा जा रहा था। किसकी औलादें छह लाख का पेपर खरीदकर इंजीनियर बन रही थीं, कोई कुछ नहीं बोलता। सब चुप। एक जानकारी वाला समाचार चला गया। चली गई औरत चुपचाप। चला गया बड़ा लड़का चुपचाप। पाइप नहीं है चुप। चुप नहीं हूँ मैं कि उठता हूँ और उस बच्चे से बिना बोले पाइप छीनता हूँ। बाल्टी भरता हूँ कि बोल नहीं पाता वो लड़का और कुछ सेकंड में मैं आधी से कम भरी हुई बाल्टी को उठाता हूँ। इतने प्रेशर से बाल्टी का पानी बाल्टी में रुकता नहीं है। बाल्टी से बाहर निकलता है कि उसी पानी की तरह मैं अपने घर की तरफ निकल जाता हूँ।

पानी भरकर वापस चलते हुए दिमाग में राशन कार्ड की बात अटक गई। कई बरस नगर पालिका में अपनी बारी का इन्तजार करता था। वे मानते ही नहीं कि मैं नगर का निवासी हूँ। मेरे पास वोटर कार्ड भी नहीं है। वोटर कार्ड बनाने वाला कहता है कि पहले राशन कार्ड बनाओ। राशन कार्ड वाला कहता है, पहले अपना नाम वोटर लिस्ट में डलवाओ। इस इधर और उधर वालों को बोल-बोल के थक गया, तो चुप बैठ गया। सोचता हूँ, रुकता हूँ, फिर चलता हूँ। जिस तेजी से लगा कि राशन कार्ड होना चाहिए, उतना दो-तीन साल पहले लगा था।

राशन कार्ड तो होना ही होना, घर तक पहुँचते-पहुँचते यह ठान लिया जबकि नगर पालिका का चक्कर लगाते-लगाते हार मान ली थी।

कटोरे में थोड़ा सा पानी लिया। टीन के कोने में रोटी, पोटली में बाँधकर रखी हुई है ताकि चूहे या बिल्ली रोटी तक न पहुँचें। पक्की व्यवस्था कर रखी है। रोटी पूरी तरह से सूख चुकी है। गर्मी का असर ज्यादा था। रोटी हफ्ते भर पुरानी है। कब तक गर्मी को सहन कर सकती। इस वक्त में उसके भीतर नमी रह नहीं सकती। नमी नहीं रही लोगों में। कभी थी क्या?

आसानी से रोटी का चूरा बन रहा है। मेरा भोजन यही है। चूरे को पानी में डालता जा रहा हूँ। रोटी का चूरा पानी में जाकर गल जाता है फिर उसका आकार बड़ा हो जाता है। पानी ने उसे बड़ा रूप दिया। पानी किस-किस को नई जिन्दगी देता है? उम्मीद से भरी खुशी में सूखी रोटी और कटोरे के भीतर की रोटी को देखता हूँ।

ऐसा पानी कौन सा है, जो इस सूखे हुए शरीर को वास्तविक जीवन दे सके?

राशन कार्ड बनवाने के लिए जब जाता था नगर पालिका, वहाँ वो बुढ़िया दिखी थी। वो थोड़ी देर बाद बैठ जाती थी। वो ज्यादा देर खड़ी नहीं रह पाती थी। उसके पैरों में कोई दिक्कत थी। उसके चेहरे से उसके दर्द का कोई अन्दाज नहीं लगा सकता। वो भी राशन कार्ड बनवाना चाहती थी। वो वृद्धाश्रम में रहती थी। वृद्धाश्रम से चकमा देकर आती थी। उसे खुद का राशन कार्ड चाहिए था। क्यों?

वृद्धाश्रम में खाना मिल जाता है फिर क्यों चाहिए राशन कार्ड? काउंटर वाले के इस सवाल का जवाब उसके पास था, ''मेरे को चाहिए। सबके पास होता है। मेरे पास भी होना चाहिए।''

काउंटर उसके इस जवाब से सन्तुष्ट नहीं होता। वो जाने के लिए कहता है तो वो जिद कर खड़ी रहती है। ''कैसे भगा सकते हैं? ये नगर पालिका किसी के बाप की है?'' गुस्से से तमतमाती है, जिद से भरी हुई। तब उसकी साँस तेज होती है और तब तक उसके पैर जवाब दे चुके होते हैं। वो भीड़ में से हट जाती है कि बैठ जाएँ।

अगर उसका साथ उसके पैर देते तो वो हर हाल में अपना राशन कार्ड तभी बनवा लेती लेकिन वो खड़ी नहीं रह सकती। मैं खड़ा रह सकता हूँ लेकिन इतनी जिद नहीं है मेरे पास। मैं काउंटर पर बैठे हुए आदमी के बदलने के इन्तजार में हर दिन आता। काउंटर वाले को देखता और घंटे-दो घंटे बैठकर चला जाता था।

काश उस बुढ़िया के पास मेरे पैर होते या उसकी जिद मेरे पास होती। गीली रोटी में उसके बारे में सोचता हूँ। पानी में भीगी हुई रोटी को चबा नहीं सकता तो उसे तो मुँह के गलियारे में घुमाता हूँ कि पूरी तरह से गल जाए तो गटक लेता हूँ।

ग्रास गटकते हुए हँसी आई। एक दिन मैं उस बुढ़िया के पीछे-पीछे गया था वृद्धाश्रम तक। पीछा किया था। क्यों? आज अभी लगा कि इस टापरे में रहने से बेहतर है उस वृद्धाश्रम में रहूँ, जिसमें वो रहती है। वो राशन कार्ड इसलिए बनवाने आई थी कि उसको सरकारी पेंशन मिल सके। उसे पैसा चाहिए था। काउंटर पर उस दिन उसने कहा था, ''पैसा-धेला होना चाहिए।''

वृद्धाश्रम में रहने के बाद किस काम के लिए चाहिए पैसा? काउंटर वाले ने उत्सुकता से पूछा था। छोटा मुँह चमकती आँख। झुर्रियों से भरा हुआ चेहरा जिसमें से उम्मीद की लौ जल रही थी कि चमक रहा था उसका चेहरा कि उससे हर कोई बात करना चाहेगा। ऐसी आँखें थीं उसकी।

''वो आश्रम वाले भगा दें तो कहाँ जाऊँगी?'' बोलते-बोलते उदासी से भर गई थी। डर से डूबी हुई थी। मेरा मन कर रहा था कि बोलूँ उससे मेरे घर आ जाना। साथ रहेंगे। मैं बोला नहीं। चुप रहा। जिसके खुद के खाने-पीने के लाले पड़े हैं वो किसी को क्या खिलाएगा।

''कैसे भगाएँगे वो।'' बहुत देर बाद मैंने कहा तो मेरी तरफ एक नजर देखी उसने। उसे अच्छा नहीं लगा मेरा बोलना। वो काउंटर वाले से बोली, ''आज अगर नहीं बना तो कभी नहीं आऊँगी बनवाने और ये भी बता देती हूँ आज बनवा के ही जाऊँगी।'' गुस्सा जिद से भरा हुआ था उसका चेहरा। क्या जवानी में भी इतनी जिद्दी होगी ये बुढ़िया। उसके बारे में तब सोचा था, उसके बारे में अब सोच रहा हूँ कि उसी वृद्धाश्रम में चला जाऊँ, उसी काउंटर पर चला जाऊँ और अपना राशन

कार्ड बनवा लूँ। मुझे पेंशन नहीं चाहिए। मुझे अनाज नहीं चाहिए। मुझे पहचान चाहिए थी इसलिए मैं अपने नाम का राशन कार्ड बनवाना चाहता था।

सुबह हुई जैसे-तैसे। सोचा तो था आज राशन कार्ड बनवाने जाऊँगा लेकिन सिरदर्द हो रहा है। नींद नहीं हो पाई बदन भी अकड़ सा गया। कभी लगता है माथे की नस दबा दूँ तो कभी लगता है इससे अच्छा तो पैर दबा लूँ। कमर, पीठ को कैसे दबा पाऊँगा? किस-किस को दबाऊँ? करवट बदलता हूँ। फिर कुछ करने का मन नहीं हो रहा। बेकाम की चीजों की तरह अपने आपको पाता हूँ। पीठ सीधी हो जाए, यही सोचकर टीन को देखता हूँ, बरसात रोकने के लिए ही टीन डलवाए जाते हैं।

सबसे पहले जब छत के लिए बाजार गया था। सन् अस्सी के आसपास की बात है। बीस-पच्चीस साल पहले। हर साल प्लास्टिक की पतली पन्नी घर पर चढ़ाई जाती थी। वो गरमी सहन नहीं कर पाती और बरसात आते-आते उसमें छेद हो जाते थे। इसलिए लोहे की चद्दर चढ़ानी चाहिए, सोचा और दुकान गया। दुकानदार ने देखते ही बोला, "ये वाली खरीद लो। सस्ती है, कम पैसा, बड़ा काम। गरीबी हटाओ इसका नाम।" उसके चेहरे पर हँसी थी। तब लगा वो मेरी खिल्ली उड़ा रहा है। यह कौन लोग हैं जो हमें सामान बेचते हैं और हमारी औकात बताते हुए हँसते हैं। आज सोचता हूँ तो बड़ी बेचैनी सी होने लगती है। कितना अजीब था कि जो सबसे सस्ता छत था उसका नाम, 'गरीबी हटाओ' रख दिया था। दुकानदार ने उस लोहे की चद्दर को कील लगाने से मना किया था। उसने कहा था, "कील मारोगे तो 'गरीबी हटाओ' की ये चादरें फट जाएँगी।" वो लोहे की सबसे पतली चादर सा टीन था। उसे मकान पर डालकर चार-छह जगह से वायर से बाँधने के लिए लोहे का वायर अलग से यह कहकर दिया था कि इससे बाँधोगे तो 'गरीबी हटाओ' टीन बना रहेगा। भूलकर भी कील मत ठोंकना।

एक अजीब सी भावना के साथ दो टीन खरीदे थे। उसके दो साल बाद ये वाले टीन के चद्दर खरीदे थे। ये गरमी में बेहद तपता है। सूरज की गरमी इस तरह से इन टीनों में से आती है कि लगता है पसीने से नहा रहे हों, जब वो पतले वाले 'गरीबी हटाओ' वाले टीन दो साल में जगह-जगह से छेद होने लगे थे तब बताया था कि इस पर रंग चढ़ाना चाहिए था। इन पर रंग चढ़ाया था, आसमानी लेकिन अब कोई रंग नहीं दिखता। काला हो गया है।

खामोशी है कि तभी किसी बच्चे के रोने की आवाज आती है, पूरी ताकत लगाकर कान से उस आवाज को सुनता हूँ। किसी औरत की आवाज है। दहाड़ती हुई। माँ की याद के साथ कुछ याद इस तपती हुई धूप के साथ मेरे भीतर आ गई। तेज बदन जलाती धूप, हवा को गरम करके मेरे घर में भेज रही है। सिर भारी होने लगा दिमाग की नस फट न जाए, ऐसा लगता है कि बचपन में पहुँच नहीं पा

रहा हूँ यहीं बुढ़ापे में ठिठक गया हूँ कि तभी बच्चे की आवाज आती है, ''तोड़ दे। मेरे पैर तोड़।''

थका शरीर, अधूरी नींद के बाद ये सुनकर टूट सा गया। आज कोई बच्चा फिर भागेगा। हर बार भाग जाते हैं बच्चे। भागते रहते हैं। रोने की आवाज के साथ मेरी आँखें गीली होने लगती हैं। मेरे भीतर की माँ रोने लगती है। आँसू ढुलकते हैं। आवाज नहीं है। न यहाँ न वहाँ। कहीं नहीं है। बस आँसू है, अकेलेपन के। माँ के। याद में है। डर में है, यह आँसू क्यों निकल रहे हैं?

माँ के बाद वो बुढ़िया याद आने लगी। राशन कार्ड बनवाने वाली कतार में सबसे दमकता हुआ चेहरा। उसकी बारीक आँखों में तेज था। सुबह की रोशनी थी। सूरज की किरण थी। अप्रैल महीने में हल्के सा लाल ताम्बई रंग पीपल के पत्तों के मानिन्द उसका चेहरा चमक रहा था। कोमल कपोल भी ताम्बई रंग से भरी हुई थी। उसी वक्त लाइन के पास से ऑफिस जाते हुए सूट पहने हुए एक आदमी ने मुझसे कहा, ''फालतू बात करते हो चुपचाप खड़े रहो।'' वो बोला तो उसका यह अन्दाज बुढ़िया को अच्छा नहीं लगा। मुझे बुरा लगा। पता ही नहीं चला कि मैंने बात की ही नहीं। जबान खुली नहीं थी फिर फालतू वाली बात कौन सी थी। अकेला हो गया था मैं। प्यास लगी थी। अपमान लगा तो उस लाइन से हट गया था। पानी नहीं मिला। भटकता रहा। राशन कार्ड तो मिला नहीं ऊपर से अब पानी भी नहीं मिल रहा था। छाया भी नहीं मिल रही थी। तो वहीं सड़क पर बैठ गया। मोटरसाइकिलों की भीड़ में। धूप में सड़क पर बेजान मोटरसाइकिलों के साथ बैठ गया था। हाँफ रहा था। लग रहा था कि अब जान निकल जाएगी। यहीं पर लुढ़क जाऊँगा। मर जाऊँगा। पानी पानी बोलते भी नहीं बन पा रहा था। किसी के पास पानी नहीं दिख रहा था। मोटरसाइकिल निकलती रहीं। प्यास बढ़ती गई और आवाज खो गई। मैं बैठा रहा। इसके अलावा कुछ नहीं कर सकता था। जब साँस ठीक हो जाएगी तब उठूँगा।

उठ नहीं पाया। किसी ने पूछा भी नहीं कि इतनी धूप में क्यों बैठा हूँ। कोई नहीं पूछता। कोई नहीं पूछेगा और किसी को पता भी नहीं चलेगा कि मरने वाला बूढ़ा कौन था? क्या नाम है? उमर कितनी थी? काश राशन कार्ड मेरे पास होता तो उसमें मेरा नाम होता। पता होता। उमर होती और अखबार वाले, थाने वाले, अस्पताल वाले सब खुश होते। लावारिश होकर भी इसका नाम-पता है। अज्ञात नहीं है लाश तो वे छपवाते अखबार में। फोटो के साथ छपता, कोई रिश्तेदार हो तो आ जाए। लाश ले जाए।

कौन पहचानता? यहाँ का पेपर नहीं जाता महाराष्ट्र। गाँव में नहीं पहुँचता। पहुँच भी जाता तो कौन पहचानता? पहचानने वाली माँ मर गई होगी। बाप तो कभी का मर गया होगा। फिर कौन? जगदेव। जगदेव पहचान सकता है। जगदेव का बाप

भी मर गया होगा। उसे कीड़े पड़े होंगे क्या? बच्चे को बेरहमी से मारने वालों को मरने के बाद कीड़े पड़ते हैं। कीड़े। कितने कीड़े पड़े होंगे?

आँख धुँधलाने लगी थी। पैरों में चींटियाँ लगने लगी थीं। आँखों के आगे कीड़े ही कीड़े दिख रहे थे। लग रहा था जगदेव के बाप के पास बैठा हूँ। वो मरा हुआ है और उसमें से जो कीड़े निकल रहे हैं उन्हें मैं खाना खिला रहा हूँ।

कि उस गिरते-लुढ़कते वक्त बुढ़िया दिखी। उसने पानी पिलाया था। जान आई उसने जीवनदान दिया था।

सच्ची बोलूँ तो न समझ पड़ी। न सूझ पड़ी थी। उस बुढ़िया ने पिलाया था या किसी और ने। पता नहीं। लेकिन यह लगा था और अब भी लगता है उसने ही पानी पिलाया था। उस वक्त थोड़ी देर बेहोशी थी। मैंने मान लिया था कि उसने अपने नर्म और काँपते हाथों से मुझे पानी पिलाया होगा। जिसके माथे को चूमने की ख्वाहिश थी। उसने मेरे चेहरे पर पानी के छींटे मारे होंगे। मेरे चेहरे को धोया होगा उसने।

उसकी यादों में दिन कब निकल गया पता ही नहीं चला। भूख भी लग गई, प्यास भी। तो सूखी हुई रोटी को बारीक किया। कटोरे में डाला। दो रोटी बच गई। उन्हें अलग रखा। सुबह जब उठूँगा तब इन रोटियों को अपने साथ रख लूँगा। बाल्टी भी साथ में ले जाऊँगा। एक बोतल भी रखूँगा। अब राशन कार्ड बन जाएगा। अब होगी बुढ़िया से मुलाकात। एक बार माथा चूम लूँगा। जिन्दगी मुकम्मल हो जाएगी।

(2017)

गोलमेज

"ओ खसकेल...भाग जल्दी वरना तेरे को भूत ले जाएगा। उड़ा के...ऊपर...। आसमान में। चल रे भूतालिया आ गया।" चौथे को अनसुना कर पहला गोल-गोल घूमती हुई हवा देखता रहा जिसमें कागज, पॉलिथिन, कचरा, धूल और बहुत सा कुछ उड़ रहा है। तभी उसे लगा वह भी उड़कर देखे। उड़ने की ख्वाहिश में उस तरफ भागा और घूमती हुई हवा में घुसने की कोशिश करने लगा लेकिन भँवरे की तरह घूमती हवा गोलाकार होती हुई तेजी से दाईं तरफ बढ़ने लगी। उसके पीछे-पीछे पहला भागने लगा। धूल के साथ-साथ कंकड़ भाग रहे हैं। पहला, धूल, हवा, कंकड़ की मार खा रहा है। उसे लगने लगा उसकी जिन्दगी में कंकड़ इस तरह न आए तो वह उड़ लेगा दूर आसमान में, नीले आकाश में, उड़ते बादलों में, पतंग की तरह। उसे देखकर चौथा फिर चिल्लाया, "पगलेट...। मरेगा क्या?" अभी भी पहला रोमांचित है। नहीं सुनता। उसका मन उड़ान यात्रा में है। हवा तेज गति से दोनों तरफ से आई थी। आकर कसकर आलिंगन किया। पलभर में ही सम्पूर्णता का अहसास कर दोनों दिशाओं की हवा मिलकर उड़ने लगी। जहाँ जाती वहाँ पर जो होता, उससे मिलती और ले जाती। जिसे अपने साथ ले जाना सम्भव नहीं होता उसे अहसास करा देती कि हम तो चले हैं, चल सको तो साथ हमारे चलो। यहीं पर ऐसा ही कुछ सुन रहा है पहला। कोई सपना कभी दिमाग में रखा था उसे हकीकत में बदलने के लिए वह गोल-गोल नृत्य करती हवा आकाश की तरफ जा रही है, मैं घुसने के लिए भागने लगा। हवा गोल आकार को विस्तार देने लगी। धूप खाने के लिए लटके हुए कपड़े भी उड़ने लगे। किधर जाऊँ क्या करूँ? सूझ नहीं पड़ रहा है, फैलती और लम्बी होती आकाश की तरफ बढ़ने लगी हवा। सफेद कपड़ों में लिपटी औरत इसी तरह उड़ती हुई समुन्दर के किनारे पहुँच गई थी, तेरे इश्क में है...तेरे इश्क में...तेरे इश्क चौथा उसकी कॉलर पकड़कर खींचता हुआ ले जाने लगा। पहला हवा के साथ दौड़ते हुए आसमान में जाने की चाह में था लेकिन अब हवा दूर होती जा रही है और उसके साथ आसमां में जा रहे हैं धूल, कागज, पॉलिथिन, कुछ कपड़े। उड़ने वाले ओझल होने लगे तो पहला अब पेड़ों को देख

रहा है। उसे पूरी तरह से सुनाई दे रहा है पेड़ों के गाने। आपस में पेड़ों को चिल्लाते हुए, नाचते हुए महसूस कर रहा है। भूतालिया चला गया लेकिन हवा तेज चल रही है। पहला चल रहा है जैसे सफेद बादल। सीमेंटेड सड़क बेहद चौड़ी है। इतनी कि क्रिकेट, सितोलिया जैसे खेल खेले जा सकते हैं। उसे सड़क आसमान की तरह विशाल लगी। सड़क किनारे, मकानों के सामने और भीतर कार ही कार है। किनारे खड़ी कार के पास फुटपाथ के बीच में पेड़ ही पेड़ है। कोई भी बच्चा नहीं जान पाया उन पेड़ों के नाम। पत्ते हैं उनमें, लेकिन न फल है न फूल। किसी-किसी पेड़ के पत्ते ही ऐसे हैं कि उन्हें फूलों की जरूरत नहीं। जब फूल का काम पत्तियाँ करें तो फूल के पेड़ को क्यों रखें? पहला पेड़ों को और चौथा दूसरे और तीसरे को देख रहा है, बोल रहा है, चिल्ला रहा है। दूसरा और तीसरा, कोने में खड़े हो गए हैं।

वे चार हैं, नौ से ऊपर और बारह तक की उम्र के। घर-मोहल्ले की रेंज से बाहर के एरिया में उछलते-कूदते हुए अपना मन का किया करते हैं। सभी की हाइट कमोबेश एक जैसी ही है। घरवालों को फुरसत न मिली कि उनकी ऊँचाई नापते या देखकर अन्दाजा लगाते। स्कूल से तो खैर उम्मीद ही नहीं है। पहला और तीसरा पढ़ने में तेज है, ऐसा दूसरे और चौथे को सुनाया जाता था। डरा-डराकर नसीहत दी जाती थी कि उनके जैसा पढ़। पहले और तीसरे को उन दोनों से दूर रहकर मन लगाकर पढ़ने की हिदायत उनके घर के भीतर घूमती रहती। चारों ने घरवालों की हिदायतों को कभी नहीं माना। अपने मन की मानी। आज जब निकले तो दिमाग के भीतर कोई प्लान या टारगेट नहीं था, हमेशा की तरह। न ही चलते हुए गा रहे थे। तीखी धूप को गाली देकर सफेद बादल आकाश को कैद करने लगे तब चौथे ने चिल्लाकर कहा, ''भागो रे...। कौन सबसे आगे जाता है...। भागो...।'' पहला वाला बादलों में खोया था। वह कैद करने का तरीका समझने में लगा था। वह अक्सर इसी तरह सोचता और उसमें खो जाता। वह हवा को भी समझने में कई घंटे लगा देता। चेहरे से, नाक से अपने भीतर के फेफड़े से अन्दाजा लगाता। सवाल अपने से करता। वो अँधेरा, यह हवा किस तरह आती है, धूल क्यों फटाक से उठकर हवा के संग-संग जाती है। कई चीजें, कई बातों में खो जाना, उसकी फितरत बन गई।

''अबे रुक...। देख आम का पेड़।'' पहला खुश होकर बोला गोया कि प्यारा दोस्त दिखा हो। सड़क किनारे फुटपाथ के पास में है आम का पेड़। दीगर पेड़ की लाइन इससे दूर है। फुटपाथ पर मकानों की जालियों, गेट और उससे आगे पेड़ों की लाइन है। ''तो।'' चौथा बोला और उसने आम के पेड़ में लटके हुए बहुत सारे कच्चे आम देखे। बढ़ते हुए आम। उन्हें अपनी उम्र की दहलीज पर खड़े दिखे। तीसरा बोला, गद्दर है। चौथा बोला कच्ची कैरी और जमीन से लगभग उछला जबकि पहले वाला आम का पेड़ है, यही सोचकर आह्लादित हुआ। उसने अपने साथ पत्तियों

का होना महसूस किया जो उस वक्त हवा के साथ मस्ती कर रही है। चौथे ने दूसरे को जल्दी आने के लिए आवाज लगाई और पेड़ पर सरपट चढ़ने लगा। दूसरा भागकर आया और जैसे-तैसे पेड़ पर चढ़ गया।

किसी बँगले का कोई खुला हुआ दरवाजा हवा के कारण बज रहा है। किसी बँगले में फर्श रगड़ते हुए धोने की आवाज आ रही है। बँगले से छहों बड़ों की न आवाज आ रही है न ही उनकी परछाईं दिख रही है। सब बन्द है। पाश कॉलोनी है। इसी वक्त किसी लोहे के दरवाजे से एक बड़ा कुत्ता निकला। कुत्ते को देखते ही डर गया पहला। पहले के अलावा किसी का ध्यान इस तरफ नहीं है। दोनों ऊपर हैं और तीसरा उन्हें देख रहा है। तीसरे को पहले ने कुत्ता दिखाया। कुत्ते को देखते ही तीसरा बुरी तरह से डर गया। हो न हो उन्हें भगाने के लिए कुत्ते को भेजा हो। उसकी आवाज बन्द हो गई। पहले ने आवाज लगाई। "नीचे उतर...चल बे।" दरवाजे को बन्द कर लड़की निकली। उसने कुत्ते के गले में बँधी चेन पकड़ी हुई है। तीसरे ने झट से लड़की को पहचान लिया, अरे ये तो अपने मोहल्ले की है। पाँचवीं गली में रहती है। तभी तीसरे को लगा वह तो चारों में सबसे बड़ा है। उसके इस दावे को खारिज किया जाता था हर बार। बड़ा नहीं माना गया उसे लेकिन फिर भी वह खुद को सरकारी कागज के आँकड़ों के आधार पर बड़ा मानता रहा। इसी तर्क के आँकड़े ने लड़की को देखा और देखता रहा। लड़की के हाथ में मोबाइल है दूसरे हाथ में कुत्ते को कंट्रोल करने वाली चेन। लड़की का नहीं है मोबाइल। मालकिन ने दिया है। इतने महँगे कुत्ते को लेकर लड़की कहाँ पर है? यह मालकिन घर के भीतर लड़की को देखे बिना जानती है। मोबाइल में जीपीएस सेट है। लड़की जहाँ-जहाँ जाएगी उस जगह को मालकिन अपने मोबाइल में देख सकती है। वह कुत्ते को घर से बाहर ही शौच करवाती है। कुत्ता चार-पाँच चक्कर लगाने के बाद अपनी तयशुदा जगह पर शौच करता है। करने का यही वक्त है लेकिन कुत्ता बच्चों को देखकर असहज हो गया। कुत्ता भौंका नहीं जैसे कि दोनों बच्चों को आशंका थी। अपनी बाउंड्री से बाहर अजनबी को देखकर नहीं भौंका करते हैं, बड़े मकानों के कुत्ते। क्या लेना-देना पड़ोसियों से? मालिक का अनुसरण कर रहा है कुत्ता या कुत्ते का अनुपालन मालिक?

कुत्ता इधर-उधर जाता है, सूँघता है। लड़की को अच्छा लगा कि सुनसान रहने वाली गली में कोई आया है। सड़क पर है एक उम्मीद। तीसरा उसे देखता जा रहा है। पहले ने सोचा, दुबली-पतली लड़की ने इतने खतरनाक कुत्ते को कंट्रोल में कैसे रखा? उसकी कोई बत्ती जली, लड़कियाँ कितनी जल्दी सीख जाती हैं कुत्तों को कंट्रोल में रखना...और पहला, तीसरे को देखकर मुस्कुराया।

टहनियों से चिपके हुए दोनों बच्चे मौज-मस्ती कर झूमते पेड़ के साथ झूम रहे हैं। पेड़ पर इस तरह झूमने का यह अलग अनुभव रोमांच दे रहा है। आम को देखते

ही पकड़ते, तोड़ते और नीचे कैच करवाने के लिए फेंक देते। पेड़ पर कई आम को वे पकड़ नहीं पाते। एक हल्का सा स्पर्श होता और टहनी आम को दूर ले जाती। एक स्पर्श की चाह में ताकता हुआ तीसरा मन ही मन बोला, गद्दर है। पहले ने ऊपर देखते हुए कहा, "उतर बे। भोत हो गए। चल बे चल।" पेड़ पर चढ़े दोनों सारे आम तोड़ने के सपने को हकीकत करने में लगे हैं। वे जवाब तक नहीं दे रहे हैं। चौथा आम तोड़कर बोला, "ले पकड़...।" तीसरा उस लड़की से बात करना चाहता है। लड़की हायर सेकंडरी में पढ़ती है।

खिड़कियों को बन्द करने की खड़खड़ाहट के साथ किसी की तेज भागती घालमेल होती भुनभुनाती आवाज है, जो सुखाने के लिए डाले हुए कपड़ों को उतारने के साथ आ रही है। कामवाली बाई से उम्मीद करती हुई कि उसे तो पता होना ही चाहिए। तेज हवा का सीजन है, तो कपड़े ऐसी जगह न डाले...। इसी उम्मीद में बड़बड़ाती स्वर लहरियों के बीच इस मकान के मालिक की नजर नुकीले लोहे की जालियों में से बच्चों पर पड़ी। पहले ने आगाह किया, "भोत टेम हो गया। चल। अबे इत्ते सारे आम कैसे ले जाएँगे?"

"तेरी बुशर्ट उतार...। तू तो छोड़ बे। ओ तेरी बनियान हाँ-हाँ टी-शर्ट उतार। उसका मुँह बन्द कर। फिर सारे आम उसमें डाल देंगे...। अबे तू सुन रिया क्या।" ऊपर से तीखेपन से तीसरे पर चौथा चिल्लाया जिसमें उम्मीद थी। घर था। माँ थी। भाई-बहन थे। शाम थी। रोटी के साथ अचार था, टेस्टी वाला। पहले वाले के पास चिन्ता थी। फिक्र थी दोस्तों की। तीसरे का मन नहीं है इस आदेश को मानने का। कई कारण इकट्ठा हो गए उसके पास। लड़की का होना, फिर बड़ा होकर भी छोटे की बात मानना, टी-शर्ट का नया होना। कल ही नन्दा नगर से टी-शर्ट खरीदी थी उसकी माँ ने। जामुनी रंग के आधे हिस्से के बाद फीका हरा रंग और जो डिजाइन है वह 'क्रास' जैसी है। लड़के को टी-शर्ट के खराब होने और फटने का भी डर सताने लगा। उसने कहा, "मैं नी देता...जा।"

"ठीक है मत दे, कल से अपना थोबड़ा भी मत दिखाना। भाग स्साले...चल तू ही शर्ट उतार।" चौथा कड़का। निशाना सीधा लगा। तीसरे ने गाली देते हुए अपनी टी-शर्ट देखी। उतारे या नहीं...उसने लड़की को देखा और सलमान खान की याद आते ही टी-शर्ट उतारकर ऊपर उछाला...ले...ले ले।"

पहला टी-शर्ट की गरदन दोनों बाँहों से बाँधकर आम डालने लगा। "उतर-उतर, वो देख।" धीमी सतर्क आवाज में कातरता है। लड़की के चेहरे पर परिचित से लड़कों के प्रति सहजता है लेकिन उसके साथ वाला कुत्ता अभी भी असहज है। पहला कुछ आम भरकर टी-शर्ट का मुँह बन्द करने की जद्दोजेहद में लग गया। रस्सी बाँधने से ही मुँह बन्द होगा लेकिन रस्सी नजर नहीं आ रही। रस्सी जैसा कुछ दिख जाए, मिल जाए...। सोचते हुए उसकी नजर सड़क किनारे के कचरे में चली गई।

लोहे का दरवाजा खुलते वक्त चुप है कि चप्पल भी बेजुबान हो गई। पहले वाले को इस खामोशी पर ताज्जुब हुआ। उसके घर की गली में इनसान के चलने की आवाज घरों के भीतर, गली के मोड़ पर बाआसानी सुनी जाती है। इनके घर, दरवाजा और चप्पल की तरह ये भी चुप ही रहेंगे, यह सोचकर पहले की आवाज का वॉल्यूम बढ़ गया। "मकान वाली...उतर बे।" बँगले के दरवाजे से बेहद धीमी आती हुई महिला, क्रीम रंग पर निचुड़ा हुआ बैगनी रंग के फूलों से भरा गाउन को हल्का सा उठाती हुई आ रही। पैर उठाने का संघर्ष कर रही है। पैरों में गाउन उलझ न जाए, चलते हुए फिसलने का भय है या बाहर बच्चों की शक्ल में चोर-लुटेरे होने की आशंका जो वृद्ध की हत्या के पुराने समाचार से गाढ़ी और ताजी हो गई। ठीक-ठीक समझ नहीं पाया पहला। उसे लगा, जितनी जल्दी हो निकल जाए लेकिन न रस्सी मिली न इतनी ताकत जो आमों को लेकर भाग सके। तीसरा आ गया पास में। कहीं हताशा थी कि खामोश होकर लड़की को ही देखता जा रहा है। रेंज से बाहर ही है लड़की। कुत्ता सार्वजनिक रूप से सार्वजनिक जगह पर शौच नहीं कर पा रहा है और लड़की को देर हो रही है। लड़की ने सलवार सूट पहना है, जिसका रंग डार्क होने से समझ नहीं आ रहा है। सूट गन्दा नहीं है लेकिन इस तरह के रंगों के बारे में लोग सोचते हैं ये गन्दा होने पर भी गन्दा नहीं दिखता। कुछ चीजें, बातें ऐसी ही होती हैं, जिसके बारे में बहुत कुछ ऐसा ही सोचा जाता है, जैसा वह होता ही नहीं।

पहले वाले ने देखा इसी लोहे के दरवाजे के पास काले रंग के चमकीले पत्थर पर सुनहरे रंग से लिखा है, गोदकर। बड़े अक्षर में :

मंगल मूर्ति
मोहन माहेश्वरी
6, डीबी स्कीम नं. 54

इसी दरवाजे से बाहर आती हुई महिला को पीछे छोड़ते हुए लाठी के सहारे तेज कदमों से वृद्ध आ रहा है। मतलब ये मोहन माहेश्वरी है। मतलब ये आगे आएँगे मतलब इनसे बोलना होगा यानी क्या बोलें? इस प्रक्रिया में लग गया पहला। पेड़ से उतरकर तोड़े हुए आम की हिफाजत करने के लिए चौथा आगे आया। किसी मकान के गन्दे कपड़े और जूठे बर्तन के साथ धूल को भगाकर तेजी से आती हुई महिला दिखी जो पिछली गली की है। जान-पहचान वाली होने से तीसरे ने अपने भीतर साहस को देखा। पहले को अजनबी पेड़ों में आम का पेड़ अपना लगा था वैसे ही लगी महिला। बिना आवाज दिए, बिना बुलावे के आ गई। महिला ने आते ही बिखरे हुए आम को इकट्ठा करना शुरू कर दिया। गजब की फुर्ती और तेज दिमाग की मालकिन को देखकर पहला आसपास के मकान देखने लगा, पड़ोस में दीवार पर टाँगे हुए पतरे के बोर्ड पर है, ठा. दौलतसिंह शक्तावत, कुंडला हाउस। सामने

है अग्निहोत्री भवन। उसके पास राधा कृष्ण मन्दिर सड़क के खत्म होने वाली जगह पर दिगम्बर जैन मन्दिर है जो राधा कृष्ण मन्दिर से कई गुना ज्यादा भव्य है। तभी पास आ गया मकान से निकला हुआ आदमी। महिला ने साड़ी के पल्लू को पेट की तरफ खोंसकर बिखरे आम को डालना बन्द किया बाकी आम टी-शर्ट में डालती हुई बोली, "चलो...ऐसे ही दोनों मिलके उठाओ।" खुले हुए मुँह को पहले ने पकड़ा दूसरा छोर दूसरे ने पकड़कर उठाया। तभी वृद्ध ने कहा, "ये ऽऽ...ये ऽऽ...रख आम इधर। ओ तेरे को ही बोला है...निकाल आम।" वृद्ध में भारी गुस्सा भरा हुआ है मगर मानने को कोई तैयार नहीं है।

"ये आम कैसे तोड़ लिए हैं? अपना बाप का माल समझ रखा है? आम यहीं रखो।" झुकी हुई कमर के साथ लाठी के इशारे से बोलते वृद्ध के सिकुड़े हुए बदन पर कुर्ता है। एक बच्चे के एक धक्के से वृद्ध को गिराकर भाग सकते हैं, दूसरे ने सोचा और शरारत से भर गया। यह सब जानते हैं कि आम उठाकर ले जाएँ तो वृद्ध उन्हें रोक पाने में शारीरिक रूप से असमर्थ है। यह वृद्ध भी जानता है। बच्चे और महिला को लगा बोल-बाल के मामला निपटा देते हैं।

"उधर क्यों रखे आम?" चौथे ने आते ही बोला, उसके हाथ में टेलीफोन का काला तार है। उसे रस्सी बनाने का इरादा लेकर आया है।

"सीधे तरीके से बोल रहा हूँ मान लो। आम यहीं रखके भागो यहाँ से।" "नी जाते। अब बोलो।" चौथा बोला तो वृद्ध ने कहा, "पुलिस को बताता हूँ, अभी।" वृद्ध के चेहरे पर चमक बढ़ी कि डर के हथियार से बच्चों की हिम्मत काट रहा हूँ कि रीढ़ की हड्डी सीधी होने का अहसास होने लगा। "यहीं रख।" लाठी से दिशा और जगह बताते हुए बोले वृद्ध। ये पिद्दी बच्चे मान क्यों नहीं रहे उसकी बात, सोचा और पेड़ को देखने लगे।

"नी रखना।" चौथे ने काले तार को सीधा करते हुए कहा।

"रख...वरना?" वृद्ध ने अपनी आवाज में धमकाहट लाते हुए कहा तो तत्काल चौथा बोला, "वरना क्या?" चौथे की आवाज से निकली ध्वनि। आँखों के भीतर का ताप इतना तेज है कि वृद्ध को लगा अब बोलकर डराना आसान नहीं फिर भी पत्नी से कहा, "अरे जरा मोबाइल देना मेरा।" जिसे सुनना था वह सुन नहीं पाई। तभी आम की तलाश में निगाह डालती महिला बोली, "बाबूजी जाने दो। आम तो हवा से गिरे हैं। हम नी ले जाते तो कोई भी ले जाता। आम ही तो हैं।"

"आम हैं तभी तो। पत्तियाँ ले जाते तो कुछ नहीं बोलता। जानवरों को खिलाते तो पैसा और पुण्य मिलता।" वृद्ध बोला तो पहले ने कहा, "आम के पत्ते जानवर नी खाते।"

"तू चुप कर। अरे आम के पत्ते ले जाओ। घर के दरवाजे पर पत्तों की माला लटकाओ। बरकत बढ़ेगी। पैसा आएगा तो ऐसे भटकना नहीं पड़ेगा। जाओ

मन्दिर में प्रसाद लो। भगवान का आशीर्वाद लो। हाथ जोड़कर माफी माँगो भगवान से कि अब चोरी नी करेंगे। भाग्य सुधर जाएगा। भाग्य।'' वृद्ध असफल हो चुके थे। सम्मानजनक तरीका अपनाना चाह रहे हैं इसलिए उनकी आवाज में मृदुलता आई।

''चोरी... ? किसने की चोरी ? हमने नी की चोरी। नी जाना मन्दिर। नी लेना प्रसाद-वरसाद। चलो रे।'' चौथा बोला तेजी से।

''चुप...अधर्मी। बुजुर्ग से ऐसा बोलते हैं ? ये पाप है। पाप करे और माफी न माँगे भगवान से। नरक मिलेगा नरक।'' गुस्सा आ गया फिर वृद्ध को।

''बच्चों से ऐसा बोलते हैं ? वैसे भी अभी कौन से स्वर्ग में हैं ? आप हमारी चिन्ता मत करो।'' पहले ने अपनी खामोशी को हटाकर गुस्से को पीते हुए कहा।

''अभी लगाता हूँ मोबाइल। चौराहे पर होगी पीसीआर। एक मिनट में आएगी और ले जाएगी थाने। वहीं बताना चोरी की थी कि नहीं। ओ बाई तू समझा ले नादान को। इसके चक्कर में सब जाएँगे जेल। जेल से निकलना मुश्किल कर दूँगा।'' वृद्ध ने डराने के लिए आवाज में कड़कपन और भरोसा भरकर कहा। डर के साथ भ्रम हावी होने लगा, पहले और चौथे को छोड़ बाकी पर। तभी महिला बोली, ''कोई चोरी की ? डाका डाला, जो इतना डरा रहे हो सेठ जी ? अरे आम ले जा रहे हैं। धरम मन्दर परसाद की बात करते हो तो समझो तुमने पुण्य कर डाला। इतने बड़े मकान वाले को काय की कमी ?''

''ये झाड़ तो तुम्हारा नी है, फिर ये आम तुम्हारे कैसे ?'' महिला के बोलने के बाद तत्काल चौथा बोला तो वृद्ध के चेहरे की चमक उतरी लेकिन इतने आगे आ गए कि अपनी बात से पीछे जाना मुश्किल लगा इसलिए हार न मानते हुए कहा, ''ये पेड़ मेरा है। मैंने लगाया है, मैंने मेहनत की है। जो लगाएगा, वही खाएगा। जो खाएगा वही मालिक होगा। आई समझ में ?''

''ये जगे सरकारी है। सरकारी जगे के झाड़ भी सरकारी हैं। सरकारी झाड़ के आम भी सबके हैं।'' चौथे ने कहा। जबकि उसके दिमाग में चल रहा है कि कच्चे आम से वृद्ध का सिर फोड़ दे, अब सहन नहीं हो रहा है उसे। ये बातों से समझ नहीं रहा है। सरकार की तरफ से काटी गई कॉलोनी में सड़क के दोनों छोर पर जालीदार गेट लगाकर बोर्ड पर लिखा गया, यह आम रास्ता नहीं है। ये पूरी तरह से गलत है लेकिन कहे कौन।

''ये तो झूठ है। ये समझ लो तुम सब, मरते मर जाऊँगा लेकिन सारे आम तो नहीं दूँगा...। अच्छा ठीक है, चलो ऐसा करते हैं, तुम्हारी जेब में जितने आम आ जाएँ उतने ले जाओ और बाई तू भी तेरे पास जितने हैं, उतने ले जा। बाकी बचे हुए आम यहाँ इधर रख।''वृद्ध मान चुका है ये आम नहीं देंगे इसलिए समझौता करना ही पड़ेगा। जितने भी आम मिलेंगे वह समझौते से ही मिलेंगे, यही सोचकर समझौते में

महिला को ज्यादा फायदा देकर इस गठजोड़ को तोड़ने में विरासत से प्राप्त ज्ञान का सदुपयोग कर वृद्ध ने खुशी हासिल की।

"हाँ-हाँ ठीक है। चलो बे चलते हैं।" आम तोड़ने, भरने या बोलने में जिसका कोई लेना-देना नहीं है उस तीसरे ने कहा लेकिन सभी ने अनसुना किया तो हताशा से भरी उपस्थिति दर्ज करवाकर तीसरे ने कहा, "मैंने तो पहले ही रख लिए आम अपनी जेब में। और नी चीये आम। मैं तो चला। मेरी टी-शर्ट दे...चल शाम को मेरे को दे देना।" तीसरा जाने लगा लड़की को देखते-देखते।

"तेरे को जाना है तो तू जा लेकिन हम तो सारे आम ले जाएँगे। पुलिस को बुलाना है तो बुला लो।" चौथा बोला। तीसरा रुका नहीं। चला गया। लड़की सब सुन रही है। वह कुत्ते का शौच न होने के कारण दूर खड़ी थी।

लड़की ने इसी साल स्कूल में पढ़ा था, गोलमेज सम्मेलन, पूना पैक्ट। सर की बात याद आने लगी थी। पूना पैक्ट को डिटेल में बताने की बात पर सर ने कहा था कोई मतलब नहीं ज्यादा समझने का। परीक्षा में दो नम्बर से ज्यादा का सवाल कभी नहीं पूछा जाता है। तुम लोग तो इतना सा याद रखो कि येरवडा जेल में डॉ. अम्बेडकर और गांधी जी में एक समझौता हुआ था जिसे पूना पैक्ट के नाम से जाना जाता है। ये गोलमेज सम्मेलन की असहमति के बाद का है। इसके बाद लड़की को घर में अपने कम पढ़े-लिखे पिता ने पूरे विस्तार के साथ पूना पैक्ट बताया था। गांधी जी के आमरण अनशन में मरने की नौबत आई और कैसे दबाव में ये सब हुआ। लड़की की आँखों में पिता का चेहरा दिखने लगा। पिता बताते-बताते चुप हो गए कि हमारे साथ धोखा किया गया।

आम वाले इस मामले को सुनकर न जाने कैसे गोलमेज सम्मेलन याद आया। कुत्ते का शौच हो जाने के बाद लड़की को अब इन लोगों के पास आ जाना चाहिए।

वृद्ध ने चौथे को नजरअन्दाज कर तीसरे को सुनाते हुए कहा, "ये है समझदार..." फिर दूसरे और महिला को देखते हुए कहा, "चलो सब की बात छोड़कर ऐसा करते हैं। ये मेरा पेड़ है। जमीन मेरी है फिर भी आधे आम तुम सबको देता हूँ और बाकी आधे मैं रख लेता हूँ। बस आधे...। ठीक है। मैं तो तुम सब लोगों की भलाई चाहता हूँ। हमारे घर में झाड़ू-पोंछा वाली बाई से पूछ लेना, वो बर्तन साफ करने आती है। वो बता देगी कितने दयालु हैं हम। हम बचा हुआ खाना फेंकते नहीं, उसे दे देते हैं। अन्न का अपमान नहीं करते और तो और वो सड़क गटर साफ करने वाले से पूछना उसे तो हर महीने पचास रुपये देते हैं। मैंने सबका भला कर उद्धार किया है।" वृद्ध ने असफलता ढकने के लिए साधू की तरह कहा।

"पचास रुपये देकर कौन सा उद्धार किया है? कोई उद्धार नहीं किया है। आपकी जरूरत थी इसलिए ये सब किया है।" लड़की के भीतर का गुस्सा अचानक ही निकला वो आते से बोली। लड़की को अनसुना किया वृद्ध ने और कहने लगे,

''सुबे-सुबे झाड़ू लगाकर वो झाड़ूवाला गिरे हुए आम ले जाता है लेकिन कभी भी मना नहीं किया उसे...। अरे इतना उदार हृदय है हमारा और ये छोकरी पता नहीं क्या-क्या बोल रही है? चलो...। न तेरी न मेरी। और अब अगर मेरी बात नहीं मानोगे तो मजबूर होकर पुलिस को, पड़ोसियों को, गार्ड को, सबको बुलाकर तुम सबको जेल में डलवा दूँगा। तेरे को चोरी-चकारी के अलावा आता क्या है?'' नम्रता समझाइश से भरे समझौते का असर नहीं होता देख भय दिखाया। वृद्ध जानता है कि ये एक मोहल्ले के होकर भी सब अलग-अलग गलियों के हैं, ये एक नहीं हो पाएँगे इसलिए फिर बोले, ''ये गली तुम्हारी है? ये मोहल्ला तुम्हारा है? आए कैसे इधर?''

''ये आसमान तुम्हारा है? ये हवा तुम्हारी है? भूतालिया जैसी बात कर रहे हो गोल-गोल?'' पहला बोला तो जवाब ही नहीं सूझ पड़ा वृद्ध को। इस बँगले की मालकिन अभी भी खड़ी है समझने के लिए कि सुनाई नहीं देता है बीमारी की वजह से लेकिन दरवाजे से आगे जाए या न जाए यह फैसला नहीं कर पा रही है। घर की दहलीज लाँघकर कभी नहीं बोली मालकिन। अब इस उम्र में आकर पीटीआई से बोलना चाहती है, आ जाओ...जाने दो लेकिन जबान निकलने से पहले इजाजत चाह रही है। तभी लड़की ने कहा, ''बाबूजी ये आम का पेड़ आपने नहीं लगवाया। मेरी माँ इसी गली में काम करती थी बरसों से। वो बताती है, यहाँ पे जब कोई मकान नहीं बना था तभी से है आम का झाड़। अपने आप उगा था। इसलिए पेड़ पर न तो आपका हक है न जमीन आपकी है। आप याद करोगे तो सब याद आ जाएगा।'' लड़की ने इधर-उधर होते कुत्ते को कंट्रोल करते हुए कहा।

लड़की की बात सुनकर वृद्ध तैश में आकर बोले, ''तू कौन होती है बीच में बोलने वाली? तू तो हमारे बीच बोल ही मत।'' इस सड़क पर जैसे आम जन आ नहीं सकता वैसा ही दो के लफड़े में तीसरा नी टपके, यही सोचा वृद्ध ने लेकिन लड़की उतने ही अधिकार से बोली, ''बाबूजी ये मेरे मोहल्ले के हैं। मेरे हैं।''

''तू तो चुप कर। पढ़ और पढ़ा ले लेकिन सड़क पर बोलेगी तो काम से निकलवा दूँगा। आई समझ में।'' आगबबूला हो गया वृद्ध।

''आपमें दम होगा तो निकलवा देना। डराना-वराना मत। यह पूना नहीं है कि बोलोगे मर रहा...मर रहा हूँ...। बोल-बोलकर समझौता करवा लोगे। ये जेल नहीं, गली है गली...वह भी खुली हुई। लोहे के गेट लगाने भर से, गार्ड बैठाने से गली न तो बन्द होती है न जेल बन जाती है।'' लड़की निर्भयता से बोली। उसके दिमाग में पिता की बातें थीं। चेहरा था। दुबली-पतली लड़की आम का मजबूत पेड़ लगी पहले को। वह देखता ही रह गया मगर वृद्ध लड़की की मजबूती से अनजान बनते हुए कहा, ''पूना? फालतू बात मत कर। चार क्लास क्या पढ़ ली, लगी चपर-चपर करने। तू तो हट। चलो तुम लोग मान रहे हो या बुलाऊँ पुलिस को?'' वृद्ध ने

आक्रामकता से डराना चाहा लेकिन उनका चेहरा बता रहा है, निराशा ही मिली लेकिन अब वापस जा नहीं सकते। चुप रह नहीं सकते। क्या करें?

"चार नहीं हायर सेकंडरी में हूँ। जानती हूँ सब। सब आप जानते हैं। तब दया की थी हमारे बाबा ने और आपने धोखा। तब आपने बेजा जिद न की होती तो आज हम यहाँ खड़े नहीं होते। अपने घर में पढ़ रहे होते...। यही बता दो, अब कौन ले जाता है आम? ये पड़ोसी...इनको तो आप कुछ नहीं बोलते। बड़े लोगों को आप बोल ही नहीं सकते हैं और हमें ही ज्ञान दे रहे हो। पेड़ सबका है। आम सबके हैं। जो चाहे वो आम ले जाए।" लड़की के मोबाइल की घंटी बजी। मालकिन बुला रही है। लड़की रिसीव नहीं करती कॉल। चौथा लड़का बोलता है, "ये सच्ची बोलती है। तुम्हारा झाड़ है ही नी तो देने वाले तुम कौन? हम तो सब ले जाएँगे फिर जो चाहे वो कर लो।" कि बजते हुए मोबाइल पर उभरते आँकड़ों की अकड़ निकालती हुई लड़की कहती है, चमकती स्क्रीन को देखते हुए, "ये कोई गोल टेबल नहीं है कि बात ही बात करते रहेंगे। हो गई बात। अब ये बाबूजी कुछ नी कर पाएँगे। तुम लोग तो ले जाओ।" लड़की ने कहा। फिर मोबाइल पर बोली, "जी मैडम, दरवाजा खोल दिया है। आ रही हूँ।"

(2017)

उस मोड़ पर

उस मोड़ पर बड़ी हसरत थी लेकिन जब लौटा तो राह सुनसान थी। खामोश हो गए थे पत्ते, हवा के साथ और कमबख्त सूरज भी अँधेरा छोड़कर चला गया था। पूजा ने कहा था, "गला थोड़ा खराब है।" "गला खराब है या दिमाग में उलझन?" बोलकर चुप हो गया था विकास।

चुप हो गई थी पूजा। पूजा को जवाब सूझ नहीं रहा था। कहीं दूर लाउडस्पीकर बज रहा था और कोई नहीं बोल रहा था। भीतर कुछ आगे सरका तो, "फिर बात करते हैं।" पूजा ने चलते हुए वादा किया था।

पूजा ने बात नहीं की। अब वह हफ्ते के सारे दिन गिनकर चुप हो गया था।

सुबह जब तय किया था कि जाना है तब सर्दी जा रही थी लेकिन इस पर यकीन न कर विकास ने पानी गरम किया। नहाते हुए उसके खयालों में भीग गया। नहाने के बाद विकास को सफेद फूल याद आ गए। खेतों में बेहद नन्हें, मासूम सफेद फूल आ गए। जो सात-आठ साल से इस मौसम में दिखते रहे हैं। हर साल फूलों का रकबा और उनकी संख्या बढ़ रही है। इन्तजार में सोचता रहा, उम्मीद से लेकिन शाम ढलते ही उदासी अपनी जुड़वाँ बहन मायूसी के कपड़े पहनकर आई और उम्मीद से लिपट गई। हँसी जब विकास से बिछड़कर जा रही थी तब विकास को देख रही थी जाते-जाते। हँसी चाहती थी विकास उसे अपने पास बुला ले लेकिन पूजा के पास वक्त नहीं था। अब विकास के साथ उम्मीद नहीं रही। जो उसे आवाज देती। रोक लेती। बुलाती। विकास का अपने चेहरे पर हाथ गया न जाने क्या आ गया हाथ में। न रिसरिसा था न खुरदरा। न रंग था न रूप। फिर भी जो लगा था चेहरे पर वह सुबह नहीं थी। उस दिन पूजा का गला खराब नहीं था, उसे बात नहीं करनी थी। उसका रास्ता जुदा था, मैंने उसे परेशान किया। मैं गलत था, वह सोचता रहा और उदास होता गया। यहाँ तक कि नम आँखों से आँसू आने लगे। उसने खुद को समझाया कि ये ठंडी हवा लगने से निकलने वाले आँसू हैं। उसने खुद से झूठ कहा। वह इन्तजार करता रहा। वह नहीं आई। रात ढली। लगा चकवा के जाने का वक्त हो गया।

सुबह दिन समेत चली आई थी। फिर शाम झिझकते हुए रुक गई थी। वह भी ठहर गया, रात आई ठहर गई उसके दामन में। रात गुजर रही है। गुजर गया वक्त। गुजरना ही था उसे जैसे गुजर रहा है अभी...तमाम शोर और तनाव, थकान के बावजूद पूजा का चेहरा छाया है। पूरे तन-मन पर सवार है, कहना था कह नहीं पाया। वह समझ जाएगी। इसी सोच में वह निकल गया। कहाँ जाना है? पता नहीं।

आकाश में सितारे, चाँद-चाँदनी निकले उसी वक्त पूजा का फोन आया। अँधेरा गायब हो गया ठंड के साथ। "भूल गई थी।" उसने कहा। बात करने का वादा भूल गई? झूठ लगा लेकिन कुछ नहीं कहा।

"उस दिन कब निकले?" बात के लिए जमीन तैयार करने के लिए पूजा ने पूछा।

"शाम को।"

"वह सन्देश...।" नम हो चुकी आवाज में पूजा ने कहा।

"हाँ वो..."

अटकता रहा लगातार। दिमाग में चल रहा है, कहना है कह नहीं पाया...अब भी यही माना कि आँखों से निकलते आँसू का कारण सर्द हवा का चलना है। आँसुओं को पोंछते हुए विकास बड़ी उलझन में पड़ा। अभी भी उस पर हावी था सुनसान रास्ते के खयालों का असर। उस पर पूजा का यह कहना कि भूल गई। ऐसे कैसे हो सकता है? विकास ने फिर मान लिया वरना इसी में उलझते तो बात नहीं हो सकती। बातों के बहाने विकास उसकी हँसी सुनना चाहता है जबकि पूजा विकास की आवाज के साथ बात करना चाहती है।

हँसते हुए विकास ने कहा, "डर बुढ़ापे का लक्षण है।"

"जरूरी नहीं।" कहने के लिए कहा पूजा ने लेकिन वह गम्भीर हो गई। वह उससे कहना चाहता था जो वह विकास से कहना चाहती थी। यह जानते हैं दोनों। जानते हैं कि भर गई खेतों में गेहूँ की बालियाँ। गुजर गया डराते हुए सूरज का जमाना। बारिश रुकी रही न जाने किसके इन्तजार में फिर थक-हारकर गई। इस तरह महीने, मौसम के साथ पूजा को ले गया था तपते हुए शहर में जबकि वसन्त खड़ा है अब भी। वसन्त तुम कब तक खड़े रहोगे? पूजा ने विकास से पूछा, "कविता है?"

"ना कहना चाहता था लेकिन जबान से कहा।" निकल गया।

"बड़ी अच्छी है।"

वह चुप हो गया। वह गुस्से से दूर होना चाहता था। रूठना चाहता था। लेकिन उन्हें दरकिनार कर खूब बात की विकास ने। उसकी धड़कन से धड़क रहा है उसका जिया। उसी धड़कन से साँस ले रहा है, उसी की साँस लेकर बोल रहा है। सुन रही है समझ रही है पूजा भी लेकिन न उसने कहा, न विकास ने। पूजा के पास वक्त चला

आया था। वक्त के साथ दबे पाँव अँधेरा आया डर के साथ। बात खत्म होने के बाद देखा दोनों ने डर, जो हवा के साथ चलती तरंग पर सवार है। उन्हीं तरंगों के घोटाले में घोटाला जैसा कुछ लग रहा था। केन्द्र में एक बवंडर बनेगा सोचा, सोचने वालों ने और कुछ दिनों तक काले किए मरियल कागज।

जागते ही लगा वह यहीं कहीं है मेरे आसपास। मेरे साथ। आँखें नहीं खोली बस अहसास में डूबा रहा। कहीं दूर से तेज आवाज आई लाउडस्पीकर की लाउड और अहसास भाग गया। आँखें खोली, वह नहीं है। है सिरहाने रखा मोबाइल। सिरहाने वह होती तो...तो उसने मोबाइल की स्क्रीन को देखा कहीं मेरे लिए एसएमएस तो नहीं है। जब पूजा की खुली होगी नींद तब किया होगा याद तो किया होगा एसएमएस। इनबॉक्स में देखा। मैसेज उसे लकी बता रहा है कि उसने जीते हैं दस लाख। बस दस हजार भेजने हैं उसे फिर मिल जाएँगे दस लाख। पढ़कर लगा लोग कितना बेवकूफ समझते हैं। सोचा और लगा कि क्या मैंने किया था एसएमएस? जो वह करेगी? खुद पर हँसा। बेवकूफ...। हल्की सी हँसी आई। उचट गई थी नींद। मोबाइल को देखता रहा गोया वह हो उसमें। याद आया। पूजा ने बताया था नया मोबाइल खरीदा है। नेट परपज के लिए। कनेक्टेड रहे। वह तो हमेशा ही रहता है इससे क्या? उस नये मोबाइल को खरीदे हफ्ता हो गया लेकिन नहीं हो पाई वह कनेक्टेड। न उसने फोन किया न एसएमएस में कुछ लिखा, न गैरों का सन्देश फॉरवर्ड किया न ही कोरा सन्देश भेजा और तो और मिस कॉल तक नहीं किया।

कुछ तो करे। विकास उम्मीद की रोड बनाता रहा। उस दिन लगा सड़क बन न सकी। उसी दिन की सुबह ठीक उसी वक्त पूजा ने भी यही सोचा। दोनों के बीच सवा किलोमीटर की उलझी गली की दूरी है फिर भी सोचते रहे। दोनों डरते रहे। दोनों इन्तजार में रहे। दोनों के दिल-दिमाग में सुर्ख लाल रंग का अधखिला गुलाब खुशबू महकाता रहा।

कॉल न आ जाए बज न जाए घंटी। पूजा को लगा खबर न हो जाए घरवालों को। तमाम दूसरे डर सवार होने लगे। लगा मोबाइल लेकर भाग जाए कहीं दूर जहाँ कोई न देखे। न करे कोई खुसुर-फुसुर। न पढ़ने की कोशिश करे उसका चेहरा। न समझ पाए कोई आवाज के उतार-चढ़ाव को। न लगा पाए कोई अनुमान कि इन्तजार में हूँ कि प्रेम में हूँ। कि डर के आखिरी मुहाने पर हूँ।

बताए कि बात करनी है तुमसे। ढेर सारी बात! सँकरी सीढ़ियों से नीचे उतरते हुए टायलेट में जाने से पहले पूजा ने सोचा कि मोबाइल को सीने से चिपका लूँ कि अपने पसन्दीदा लाल रंग के नीचे रख लूँ। तब आएगा उसका फोन। उसके नाम के कम्पन में खुद को देख सकूँ कि क्या बजेगा उसके भीतर। उसकी देह के अन्दर क्या-क्या होगा? होगा उसका नाम, जबान से बाहर निकलने के अलावा हर जगह से निकलता है। महसूस करती है, लाल रंग की एक इंची चौड़ाई वाली दो पट्टियों

के नीचे सीने के गोलाकार में, उसके ठीक ऊपर वाले हिस्से के भीतर मोबाइल रख लूँ। बताता है दिमाग, जो सुन्न हो गया कि क्लोरोफॉर्म के अधूरे डोज में डूब गया कि सुबह उठते ही उसके खयालों में खो जाती है। हर रोज, हर पल यही सोचती है पूजा। खुश होती है। तभी लाल रंग की पट्टी के नीचे से आया खयाल कि मोबाइल जब साइलेंट मोड पर हो तब आए फोन तो...तो धड़कते दिल में महसूस करेगी उसके नाम के साथ उसका वजूद। वाइब्रेशन पर सीने से कसी हुई लाल रंग के कॉटन रेडरोज के नीचे...और उसने खयाल को हकीकत में तब्दील कर मोबाइल साइलेंट मोड पर किया। स्क्रीन वाले भाग को पकड़कर सीने से लगाने के लिए रखते वक्त तब ठोड़ी से दाएँ हाथ का ऊपरी हिस्सा टकराया। वहाँ रख लूँ तो उठते वक्त मोबाइल नहीं गिरेंगे। मोबाइल अन्दर सरकाया।

तभी लगा किसी और का आ जाए फोन तब कैसा लगेगा? कई नम्बर हैं मोबाइल में। फोन आएगा तो होगा वाइब्रेट तब...तब...। वे भी उसके वक्ष को स्पर्श करेंगे। उन कमीनों के नाम भी साथ में आएँगे जिनको मोबाइल में सिर्फ इसलिए रखा है कि उनसे पाला पड़ता है। फिर वह प्रिंसिपल हो या अकाउंटेंट। जिनकी सूरत नहीं देखना चाहती है, लार टपकाते, ललचाई निगाह से देखते लोगों का इस तरह देखना कितना बीभत्स लगता है। छि...। वे मेरे सीने पर...इसी खयाल से वह मोबाइल को सीने से निकालकर दीये के पास छोड़ देती है और टायलेट में जाती है। बैठते ही लगा कि हर दिन क्यों लगता रहता है कि कहीं आ न जाए उसका फोन जबकि महीने में एकाध बार ही करता है विकास उसे फोन। वह भी तब जब वह घर-टाइम में नहीं होती है। फिर क्यों सोचती है? इसी सोच में थी कि बजता है मोबाइल और बढ़ती है उसकी धड़कन कि आया होगा उसका कॉल...कोई देख न ले उसका नाम, उसका नम्बर।

झटपट धो-धुआकर निकल भागी। हाथ भी धो नहीं पाई साबुन से और झपट पड़ी मोबाइल पर। धत तेरे की...। बुदबुदाई देखकर नाम...थोड़ी देर रुक नहीं सकती थी कमबख्त। बाद में कर लेती...इसे तो हमेशा जल्दी रहती है। ये सोनल भी है न...। अब दिन भर अजीब सी बेचैनी रहेगी...। बेचैन हो गई।

उस दिन जब कहा गया वसन्त का उत्सव है। प्रेमाभिव्यक्ति का दिन है। उस दिन कॉलेज में विकास को नहीं दिखी थी पूजा। उस रात में उसकी नजर पूजा के घर की दीवार पर गई। वह दीवार जो दरवाजे के खिलाफ खड़ी की गई। उस मजबूत दीवार के सीने में बाईं ओर एक खिड़की है जो लकड़ी की बनी हुई है, जो कभी नहीं खुलती। धूल आती है सड़क की इसलिए बन्द है खिड़की, यह घर के भीतर थोपा हुआ सर्वमान्य तथ्य है। जबकि दरवाजे से आने वाली हवा को रोकने के लिए खिड़की का इस्तेमाल किया जाता है। वह खिड़की वाली सफेद दीवार कोरी है। दीवार को वॉल कहा जाने लगा है आजकल, तकनीकी दौर के सोशल मीडिया में।

लेखक, कवि, विचारक सहित जो भी होता है वह पढ़ा-लिखा सपने में भी नहीं कहता है कि उसने 'खाता' खोला है। खोलने के बाद इसे अपनी खता समझता है। जो दीवार पर लिखकर शुद्धता का दावा करता है वह भी कह नहीं पाता है उसने खाता खोलकर दीवार पर देखा / पढ़ा है। उस समय दीवार पर लिखने का खयाल आते ही रोक लेता है विकास खुद को। जमाने को हो जाएगी खबर। जमाने को अगर पता चल गया कि इस पूजा से प्रेम करता हूँ तो क्या कहेंगे लोग। क्या बीतेगी उसके घरवालों पर। कितना बड़ा अपराध है प्रेम करना। प्रेम का सार्वजनिक हो जाना। कितना खतरनाक है प्रेम? प्रेम करना अपराध है या सार्वजनिक हो जाना? जब जमाने को हो जाएगी खबर तब पूजा निकल नहीं पाएगी घर से। लोग कहेंगे, "देखो, देखो रे ये पूजा प्रेम करती है किसी इनसान से।"

प्रेम...। प्रेम करती है? अपनी मर्जी से, मन से। इसके पास कुछ नहीं बचा है... देखो तो सही बाबूलाल की बेटी को। इसका माथा खराब हो गया लेकिन इसके माँ-बाप क्या भाड़ झोंक रहे थे? कहेंगे लोग, बाबूलाल की बेटी ने किया है प्यार, यह सुनकर पिता का क्या होगा हाल?

जिसने जिन्दगी में न किया होगा प्रेम। जो असफल हो गया होगा। जो कहीं पर बोल नहीं पाया होगा जिन्दगी में अपने मन की बात, वह बोलेगा। वही बोलता है, वही चीखता है, उसी की कुंठा निकलती है। उसी विकृतचित्त आदमी के कहने से डरता है जमाना। विकृतचित्त तय करता है, किसे प्रेम करना चाहिए। किससे प्यार किया जाए और कब। उस लताड़े हुए कुंठित से डरना चाहिए उसे? विकास ने सोचा। पूजा से बात करनी है। जा नहीं सकता। फोन करने की हिम्मत नहीं हो रही है। मैसेज चाह कर भी नहीं कर पा रहा है। लौट आई ठंड के साथ उदासी में डूबता जा रहा है। हर पल याद करते हुए उसे लगा कितने डरपोक होते हैं लड़के? वह चुप है कि चलती हवा रुक गई। जुबान सब समझते हैं जज्बात की। चन्दनदास की गाई गजल में वह खुद को ढूँढ़ता है।

रात में, पूजा के घर के चक्कर लगाने पर भी विकास को ऐसा कुछ न दिखा जिससे पता चले कि पूजा हो वहाँ। दिखे। खड़ी हो जाए छत पे। एक नजर देख लूँ। पूजा से कहना था कि आ जाए बालकनी में। कह नहीं पाया। उम्मीद करता रहा कि करेगी फोन नये मोबाइल से कि किस कम्पनी का है, कितने का है, किस रंग का है, कितना मेगापिक्सल का है...ये है, वो है। इसी बहाने उसकी आवाज सुन लूँगा। सुनकर उसकी हँसी...। महसूस कर लूँगा कि जी लूँगा।

उस वक्त पूजा कभी मोबाइल को तो कभी घर को देखती है। बन्द है दरवाजा। बन्द है बिजली। जीरो वाट का बल्ब लेट्रिन में जल रहा है उसकी पीली रोशनी आने के लिए दरवाजा खुला रखा गया है। लेट्रिन के खुले दरवाजे से रोशनी कम, बदबू ज्यादा आ रही है। यह बात उठती है तो पिता गुस्से के साथ निष्कर्ष स्वरूप कहते

हैं, घर में खाना ठीक ढंग से नहीं बन रहा है इसलिए पेट खराब रहता है। माँ और उसके ऊपर आफत न आए...पिता का खयाल आने से बदबू सहती पूजा चुप है। वह जानती है कि जब तक बल्ब के भीतर का टंगस्टन का तार टूटेगा नहीं तब तक लटका रहेगा रोशनी का अहसास देनेवाला पीला बल्ब।

क्या करे, क्या कहे? बिस्तर पर लेट गई, आँखें बन्द की। वह नजर आया। सुर्ख लाल गुलाब लेकर कहेगा। गोया कि कह दिया उसने कि सुन लिया उसने। उत्तेजना में भर गई। धड़कन तेज हो गई। अपनी छाती पर मोबाइल रखकर महसूस किया उसने। दो सुर्ख लाल गुलाब।

विकास लगातार चक्कर लगाता रहा। कार्नर से जाता है रास्ता पूजा की गली की तरफ। कार्नर पर है दुकान। मेनरोड और गली दोनों तरफ खुलती है 'न्यू वर्ल्ड इलेक्ट्रॉनिक्स' दुकान जिसमें झिलमिलाती रोशनी है, टीवी, डीवीडी, वाशिंग मशीन, फ्रिज, मिक्सर जैसी चीजों के साथ। वह चीजें बेचता है। उसके पास वाली दुकान बन्द है जिसका शटर सड़क की तरफ से दिखता है कालेपन के साथ। उस दुकान के पास बिजली का खम्भा है जो कभी सुनहरे रंग से रँगा था वह किसी एक्सीडेंट में कुबड़ा हो गया। खम्भे ने दुकान की तरफ मुँह करके लटका दिए अपने तमाम तार। उसी खम्भे और शटर के बीच बूथ है, जिस पर 'एसटीडी फैक्स' काले अक्षर से अंग्रेजी में लिखा है। बूथ बन्द है। लगता है कई महीनों से नहीं खुला है। उसके ऊपर फ्लेक्स टाँगा है, 'न्यू वर्ल्ड इलेक्ट्रॉनिक्स' की रोशनी से फ्लेक्स के रंग, चित्र और अक्षर चमक रहे हैं। "शिव-पार्वती, राधा-कृष्ण की पुण्य-भूमि पर पाश्चात्य संस्कृति वेलेंटाइन प्रतिबन्धित है। पढ़ते ही उसके दिमाग में शिवलिंग आता है। शिव से प्रेम किया था पार्वती ने, पगला गई थी राधा भी, उन्हें दिल में रखते हैं और तो और पाश्चात्य देशों के आविष्कृत-निर्मित सामान घर में लेकिन प्रेमाभिव्यक्ति दिन मना नहीं सकते।

दिखते हैं उसे चप्पल-जूते। नये फैशन के। जिन्हें किशोर युवा पहनते हैं। 'न्यू वर्ल्ड इलेक्ट्रॉनिक्स' दुकान के बाहर। इस दुकान में जूते-चप्पल उतारकर ही जाया जा सकता है। दुकान का काउंटर खाली है। अन्दर कोई आदमी नहीं दिखता है। उतारे हुए जूते-चप्पल दिखते हैं, वे बताते हैं कि अन्दर इनसान हैं लेकिन नहीं दिखते इनसान। कहाँ गए इनसान? रंगीन फिल्म देखने?

उसकी नजर पूजा के घर की सफेद कोरी दीवार पर गई। बिजली जा चुकी थी। इन्वर्टर से कई सीएफएल जल रहे हैं। एक झलक की बजाय घना अँधेरा देखने को मिला था रास्ते पर धूल से सनी रोशनी है जो गाड़ियों के शोर के साथ लगातार भाग रही है। गाड़ियों के हॉर्न के शोर में चालक की गालियाँ, हिदायत, ब्रेक, सुनाई नहीं दे रहे हैं विकास को। उसी रात ठंड ने जला दिए डॉलर चने के सफेद फूलों को। पाला पड़ गया फसल के साथ दिल में...

पूजा बताना चाहती थी कि वादे के मुताबिक उसने बात क्यों नहीं की। क्यों नहीं हुई मुलाकात लेकिन बता नहीं पाई। सो नहीं पा रही थी तब दीवार के सीने में लगी हुई खिड़की को खोलकर देखने लगी। शहर की सड़कें लेटी हुई हैं। सड़क सोना चाहती है लेकिन सर्द हवा लौटकर हत्यारन बनकर सड़क को चूम रही है। लगातार चूमने के रिकॉर्ड की खबर का असर हो या न हो पूजा ने अपने को सर्द हवा के हवाले कर दिया। सिर गरम है बदन ठंडा। उस रात के शुरुआत में घर के भीतर का पीला बल्ब टायलेट में जल रहा था। दूसरे कमरे का बड़ा सीएफएल बन्द कर बोले थे पूजा के पापा पूजा से, "रुक...। कहाँ गई थी?" तब पूजा को लगा पिता सीएफएल बल्ब से कह रहे हैं जो पैसा बचाता है।

"कॉलेज। और कहाँ?" बोला था पूजा ने सोचते हुए कि क्या हो गई खबर।

"किसके साथ?" जवाब नहीं दिया था पूजा ने। उस खाली वक्त में पिता ने कहा जब घर की मोटी ट्यूबलाइट का स्टार्टर आवाज कर रहा है। पूजा के आँखों के नीचे और ट्यूबलाइट के दोनों तरफ कालापन बढ़ गया है। बाबूलाल ने ट्यूबलाइट को देखते हुए कहा, "अब किसी काम की नहीं है। इसे यूँ ही जलने दो। बेकार में पैसे खर्च कर सुधारने का मतलब नहीं है। इसके दिन पूरे हो गए हैं। मन करता है इसे निकालकर फेंक दूँ।" बाबूलाल ने बोलते-बोलते पूजा की माँ को अजीब सी निगाह से देखकर ट्यूबलाइट बन्द की। पिता के दिमाग में मोटी ट्यूबलाइट नहीं माँ दिखी पूजा को, जिसे फेंक देना चाहते हैं। बेमतलब की जिस पर दवाइयों का खर्चा नहीं किया जा सकता।

जब कोई जवाब नहीं आया तो पिता ने कहा, "ये मत समझ कि हमें पता नहीं। सब जानता हूँ मैं। कुछ तो सोचना था, कॉलेज में पढ़ाती है। इतनी उमर हो गई और ये छिछोरापन।" फिर भी नहीं बोली पूजा तो बोले रानी बिटिया के पापा, "इतनी समझ तो आनी थी। बराबरी का हो, ऊँचे खानदान का हो, यह तो देखना था।" पूजा को लगा कि माँ कुछ न कहे लेकिन सपोर्ट में तो दिखे लेकिन माँ को देखकर लगा वह चुप ही रहेगी। तब बोली पूजा, "बराबरी...ऊँचा खानदान तो आप देख रहे थे न। क्या मिल गया?"

"सब कुछ है हमारे पास। ठाठ से रहे। नाम है, समाज में इज्जत है और तू नाक कटवा रही है। इज्जत उछाल रही है। जवानी इतनी चढ़ गई कि अपने से नीचे...। अरे कम से कम जात तो देख लेती?"

"क्या कमाया है आपने? नाम...इज्जत। दौलत...ज्ञान...जात? क्या है खुद आपका? सब बाप-दादा का है। उनका नाम, इज्जत, आपको बेटे होने के नाते विरासत में मिला है जाति की तरह। ये जात आपने कमाई है?" पूजा ने कहा खड़े-खड़े।

"तू तो पगला गई है...। अन्धी हो गई है। समझाना पड़ेगा। अरे ये मेरे पुण्य हैं जो मैंने पिछले जनम में कमाया तभी इस जात में जन्मा हूँ...ऊँची जात में...। आई समझ में।" निष्कर्ष सुनाने के बाद चैन आया बाबूलाल को।

"वह पिछले जनम का समय न आपने देखा था न मैंने। न जमाने ने। उसकी बात करने की बजाय जो सभी को दिख रहा है न, ये वाला जनम...इस जन्म, टाइम की बात करो न...।" पूजा आखिरी बहस को पूरा करती हुई बोली। तब गाड़ियों की आवाज आ रही थी और दुकानों की रोशनी सड़कों पर पड़े गड्ढे दिखा रही थी।

"तेरी तो मति भ्रष्ट हो गई...। उस नीच जाति वाले के साथ रह-रह के...इसलिए हमारे पूर्वज कहते थे, अपनी जाति वालों के साथ उठना-बैठना चाहिए ताकि पवित्रता बनी रहे और तूने...। शरम नी आई मुँह चलाते।" बाबूलाल व्यथित हो गए अपने गुस्से को पीते हुए कि मजबूरी है। पूजा को चुप कराने के लिए चलाए तरीके सफल नहीं हो रहे। पूजा ने बिना देर किए कहा, "पूर्वजों को नौकरी करनी पड़ती न तो सब समझ में आ जाती। बिना काम-धाम किए खाने-पीने को मिले तो मेहनत मजूरी क्यों करे? खाते रहो और बेवकूफ बनाते रहो...आप भी वही कर रहे हैं। बाप-दादा की सम्पत्ति...।" पूजा की बात काटते हुए बोले बाबूलाल, "...तो तेरा मतलब है हम...तू कुछ भी बक लेकिन अब तेरी शादी नहीं होने दूँगा उससे। कम से कम समाज में नाक तो नहीं कटेगी।" बाबूलाल ने फैसला सुनाते हुए पत्नी को देखा जो खामोश थी। बाबूलाल को समझ नहीं आ रहा है कि किसका गला दबा दूँ कि मामला समाप्त कर दूँ?

"विकास में क्या खराबी है?" अपना आखिरी सवाल-जवाब की तमन्ना में पूजा ने रखा माँ-बाप के सामने ताकि तसल्ली हो जाए।

"देख...पगला गई तेरी बेटी...माथा खराब हो गया इसका...तूने ही जना था न इसे...इसकी बात सुनके लग रहा है कि ये मेरा खून नहीं है...ये पूछती है उसमें क्या खराबी है? बता इसे वह नीच जाति का है नीच...इसके बाद क्या रह जाता है। उसके साथ शादी करवा के धरम भ्रष्ट करके नरक नी जाना है मुझे...। हरगिज नहीं होगी उसके साथ शादी।"

"कब तक देखेंगे जाति को। क्या कर लिया आपकी जाति ने?" पूजा बोली थी तभी थोड़ी देर पहले दबाए हुए स्विच का असर हुआ। ट्यूबलाइट जल गई। उस रोशनी में पूजा के पापा ने कहा था, "जब पड़ेगी लात तो पता चलेगी जात। आई समझ में बात? मरते दम तक देखूँगा अपनी जात।" पिता ने फिर से ट्यूबलाइट बन्द कर दी। कुर्सी की बजाय चारपाई पर बैठ गए थे जहाँ बैठी थी पूजा की माँ।

"मुझे क्यों मार रहे हो जीते-जी?" पूजा ने कहा और माँ को देखा था।

"हम...। हम मार रहे हैं? ...या तू मार रही है हमें जीते-जी।" पापा ने कहा था जिसमें 'मैं', 'हम' हो गया। माँ, जिसे चलने के लिए सहारा लगता है कि रीढ़ की हड्डी का ऑपरेशन फेल हो चुका था खुद उठ भी नहीं सकती। जबान सलामत होने पर भी नहीं बोली माँ। जिसकी सहमति पूजा और बाबूलाल अपने-

अपने लिए चाह रहे हैं लेकिन वह सहमति नजर नहीं आई। तो बोले बाबूलाल, "तू पढ़ाती है तो इसका मतलब नहीं कि बड़ी ज्ञानी हो गई...। अरे है तो औरत जात जिसकी अकल चोटी में ही बँधी होती है इसलिए चलती ही नहीं अकल लेकिन जबान चलती रहती है चबर-चबर...। प्यार से समझाओ तो भी समझ नहीं आ रही...शादी ही करनी है तो कर दूँगा किसी झाड़ से, मन्दिर से और नहीं तो अपनी जात के बूढ़े से...बूढ़े के अलावा अब कोई नी मिलना तेरे को...उमर देख अपनी, आई समझ में...।" वे बोलते जा रहे हैं। माँ को देखकर बोलने लगे, "तू महारानी घर में पड़ी रहती है। काम-धाम न कर पर बेटी को तो समझा। लच्छन तो देखो इसके।" पूजा के बर्ताव के लिए बाबूलाल पत्नी को जिम्मेदार मानते हैं। बीमार पत्नी बोझ बनकर रह गई। क्या करें पत्नी का? इस उधेड़बुन में रहते हैं बाबूलाल।

बीमार माँ और पिता को देखते हुए पूजा ने बोलने की बजाय सीढ़ियाँ चढ़ी ऊपर जाने के लिए। चढ़ते हुए पहली दफा लगा घर के भीतर सँकरी हैं सीढ़ियाँ फिर भी चढ़ना बेहद जरूरी है।

दिन गुजरे लेकिन पूजा बात नहीं कर पाई विकास से। कॉलेज में अतिथि विद्वान के नियत पीरियड ज्यादा लेने लगी लेकिन मानदेय उस हिसाब से नहीं मिलता। उसने अपनी जिन्दगी के पन्ने पलटे जिन्होंने बताया कि उसके साथ ऐसा ही होता आ रहा है। पता नहीं कितने सालों से कॉलेज की बिल्डिंग की पुताई नहीं हुई है और वह भी नहीं जा पा रही पार्लर।

विकास इतवार को इन्तजार में ताकता रहा आसमान। आसमान पर सूरज का तानाशाह-सा राज था। कुछ नहीं किया उसने सिवाय इन्तजार के। पढ़ा कुछ नहीं। टहलता रहा। मिथकीय चरित्र के साथ सम्बन्ध इस वक्त भी जोड़ा जा रहा है जबकि टूजी में काले बादल छाए हुए हैं और सुनीता अन्तरिक्ष में फिर से जाना चाह रही है तब भी नहीं आई पूजा। अब इन्तजार नहीं करना चाहिए, सोचा तो पूजा का चेहरा शब्दों की दृढ़ता के साथ याद आ रहा कि पूजा ने मोबाइल पर सन्देश भेजा था हर हाल में आऊँगी, मिलूँगी और ढेर सारी बातें करूँगी।

अचानक बारिश होने लगी। विकास बाहर आया। बूँदें छमछम करती हुईं चालीस सेकंड में निकल गईं। आसमान में सूरज और गर्म हो गया। कुछ सोचता-महसूस करता, इतने में तो आँगन के पीली फर्श पर फैली बूँदों की चादर उड़ गई। पता नहीं पूजा को कब छुट्टी मिलेगी, कब आएगी, कब मिलेगा...कब...

...अभी-अभी पता चला है अवकाश प्रतिबन्धित कर दिया गया है।

मार्च तक चलेगी सर्दी, इस खबर को झुठलाने के लिए तीखी धूप उतर आई थी। कॉलेज की सीढ़ियों से उतरकर पूजा ने स्कूटी निकाली। स्कूटी पर अपने आपको एडजस्ट करने लगी। लगा उसी वक्त कि उतार दूँ स्वेटर। लेकिन कहाँ

रखूँगी सोच ही रही थी कि उसकी तरफ आता दिखा विकास। कॉलेज तक पहुँचने के लिए खुद का वाहन या फिर लम्बी दूरी की बसें ही हैं साधन। पैदल है विकास। पूजा हैरानी भरी निगाह से देखती है। धूप का चश्मा पहना है दोनों ने। ये महाशय कार छोड़कर पैदल...। पूजा का चेहरा स्कार्फ से ढका हुआ है। विकास पहचान नहीं पाता। आगे बढ़ जाता है। अपने खिलाफ वाली दिशा की तरफ जाती हुई रुकती है पूजा। धूप के तीखेपन में पलटता है विकास, वही होगी। बुलाती नहीं पूजा। खड़ी है कि धड़क रहा है उसका दिल स्कूटी के इंजन की तरह। इंजन उसके दिल के भीतर आ गया। विकास आता है। कहती है पूजा, ''छोड़ दूँ?''

विकास सकपका जाता है। उसे एक बार देखने के लिए आया और ये बोल रही है छोड़ दूँ। इससे बड़ा क्या हो सकता है जिन्दगी में कि उसके साथ एक बार बैठ जाए।

''कहीं छोड़ दूँ?'' दोहराती है पूजा। कहाँ ले जाकर छोड़ देगी ये। खयाल विकास की जबान बन्द कर देते हैं और 'छोड़ दूँ' याद कर पूजा का दिमाग खोल देता है शब्द। विकास अपनी कार छोड़कर स्कूटी पर पूजा के पीछे बैठ जाता है। छोड़ देगी मुझे। छोड़ देगी...। इसलिए साथ बैठाया कि छोड़ दे। नहीं कहा इसने ले चलूँ। छोड़ना चाहती है...छोड़ दूँ...चलती है स्कूटी कि चुप है पूजा। चुप होकर सोचता है विकास क्या सोच रहा हूँ।

''किधर चलें?'' पूजा बोलती है, तब पूजा को धूप को चूमने का खयाल आता है और वह खयाल को हकीकत में तब्दील करती है। नीले आकाश में सफेद दुपट्टा लहराता है कि विकास के चेहरे पर आ गए पूजा के बाल जो दुपट्टे की तरह उसके चेहरे पर छा गए। मानो होंठों को कस दिया हो उसी दुपट्टे से। जबान कितनी भी तेज हो वह गोलाकार हो गई थी मुँह के भीतर। कहना था जबान को, जो मन कह रहा था। जिधर ले जा सकती हो उधर। मगर नहीं निकली आवाज। आवाज राजमार्ग की ढलान से शहर के खिलाफ जाती हुई गाँव की कच्ची सड़क पर चल रही है स्कूटी के छोटे पहिये में उलझ गई। स्कूटी के पहिये के गले में जाति की बात लगातार लिपट रही थी कि साथ में धूल उसे रंग देने लगी। पापा को कैसे पता चला कि किस जाति का है विकास? मुझे क्यों नहीं पता? पूजा को लगा वह खुद से झूठ बोल रही है। कहूँ विकास से कि मुझे नहीं लेना-देना इस बात से।

पूजा की खुशबू में खो जाता है कि स्कार्फ से बँधे हुए उसके बाल हवा के साथ आते हैं। भर लूँ बाँहों में...। कि तभी ब्रेक लगता है स्कूटी में। सामने से ट्रक आ रहा है। अपने को बैलेंस करने के लिए विकास का हाथ पूजा की कमर पर चला जाता है। हटाए हाथ या...। पूजा तपाक से कहती है, ''क्या कर रहे हो?'' घबराहट में डूबी पूजा कहती है, ''कोई देख लेगा तो...''

"...तो..." विकास के मुँह का ताला पहली दफा खुलता है।

चुप है पूजा। चुप हो गया विकास। अच्छा लगा या बुरा, तय नहीं किया जा सकता पीछे बैठकर बिना चेहरे को देखे हुए। पूजा डर गई कि कोई देख न ले कि मेरी कमर पकड़कर बैठा है कोई पुरुष...। विकास ने बिना सोचे-समझे पकड़ ली थी उसकी कमर। डर था कि गिर न जाए सड़क पर। विकास को लगता है सड़क पर गिर जाने के भय से कहीं अब गिर तो नहीं गया इसकी नजर से?

यह सड़क सुनसान होगी, इस अनुमान को झुठलाते हुए लोग आ-जा रहे हैं। जा रही हैं पैदल महिलाएँ जिनके सिर पर छोटी-छोटी गठरियाँ हैं। कि उसमें होंगी चार रोटियाँ। खाना नहीं खाया पूजा ने।

"किसी जगह बैठें?" विकास कहता है।

रोटी के बारे में सोचती पूजा ने सुनकर कहा, "क्या बात करते हो? रोड कितनी सँकरी है?"

"सँकरी रोड? ये पगडंडी है। पगडंडी सँकरी ही होती है। चलते रहो तो ये अपनी मंजिल तक पहुँचा देती है। भटकाती नहीं है।" विकास ने पूजा के कान के पास कहा। विकास की बात ही नहीं, उसकी साँस भी भीतर तक चली गई। सिर्फ साँस होती तो निकाली जा सकती है नाक से, मुँह से, लेकिन वह सिर्फ साँस या हवा नहीं थी जो उसके भीतर गई। वह कुछ और था जिसने धड़कन बढ़ा दी, जिसने दिमाग को सुन्न कर नये रास्ते पर ले गई।

पगडंडी पर साइकिल सवार को देखकर, पूजा को अपनी साइकिल का पहिया याद आया। पिछले पहिये के चेन को चलाने वाले काँटेदार व्हील में लिपटे हुए बाल दिखा करते थे। उसे साफ करते हुए कई बार लगा कि इतने सारे बाल क्या उसके हैं। इतने सारे बाल निकलते रहे तो वह एक दिन टकली न हो जाए? कि ये बाल तो उसके अलावा शहर भर की लड़कियों के हैं जो बिना इजाजत भटकते रहते हैं। अपनी मर्जी के बिना अपनी साइकिल में लिपटते बालों की तरह जाति सहित कई चीजें चली आती हैं। उड़कर आने वाले इन बालों पर एक-एक कर धूल, धुआँ, तेल, ग्रीस और भी न जाने क्या-क्या चिपककर उलझ जाते हैं। इन बालों को साफ कर नहीं पाते। कैंची के कारण तो कोई कंघी से उलझकर या बाथरूम में से भाग जाते हैं गीले बाल और चिपक जाते हैं। पूजा ने बाएँ हाथ से लहराते बालों को छुआ।

खेत में चने के पौधे ठंड से झुलसे हुए थे। कुछ चने के पौधों में सफेद फूल अभी भी हैं। चने का खेत...। विकास को लगा कहे चने के खेत में जोरा जोरी? चने के खेत में बैठने का भी कहने की बजाय विकास ने कहा, "डॉलर चने के पौधे कितनी जल्दी झुलस जाते हैं। बड़े नाजुक होते हैं।"

"कमजोर होते हैं।"

"ज्यादा फसल देते हैं। डॉलर है तो ज्यादा भाव तो मिलेंगे।"

"ज्यादा कमाई के चक्कर में खेत के खेत डॉलर चने से भर गए।"

"इससे अच्छा तो वो रशियन चना था लेकिन उसे डॉलर ने गायब कर दिया।"

"रशियन से काबुली चना और देशी चने दब गए थे।"

"डॉलर ने तो सबको कहीं का नहीं छोड़ा।" तब विकास को अहसास हो गया कि वे देश-विचार की बात कर रहे हैं जबकि पूजा को लगा यही बात उसे बोलनी होती तो वह डॉलर की बजाय पापा बोलती और उसमें जोड़ती कि उनका दबदबा और रकबा इतना बढ़ गया कि माँ-बेटी के लिए घर में अब कोई जगह नहीं बची है जहाँ वह खिल सके, बढ़ सके। अपने आपको मजबूती देते हुए बोली पूजा, "मुझे तो देसी चने के जामुनी रंग के फूल अच्छे लगते हैं।" बोलते-बोलते लड़की जामुनी हो गई कि सोलह बरस की हो गई। स्कूटी तेज भगाना चाहती है पूजा लेकिन स्कूटी की अपनी सीमा है और पगडंडी पर किसी मर्द के साथ जाने पर उठ सकते हैं सवाल। बता सकता है कोई घरवालों को। कोई जाकर न बताए तो भी स्कूटी पर चिपकी धूल बता देगी। धूल देखती हुई पक्की सड़क पाने के लिए नजर दौड़ाती है कि आगे है प्रधानमंत्री रोड जो राजमार्ग पर ले जाएगा यह नया रास्ता दिखा चुका उसकी मंजिल।

राजमार्ग मिल गया प्रधानमंत्री सड़क से और स्कूटी को रोककर बायाँ पैर जमीन पर टिकाकर फैसले के साथ विकास को विदा किया।

विकास के पास अब सब कुछ है। उसे लगता है जी लेगा वह उम्रभर, इस सफर के सहारे। इस अहसास के साथ कि पूजा उसे लेकर चली है। चाहती है उसे इतना कि तमाम डर के बाद भी चली साथ-साथ। उसे राजमार्ग से नहीं मतलब उसे भली लगी पगडंडी।

पूजा ने अपने भीतर अखबारों में छाई हुई प्रियंका को देखा। खुद में कैटरीना को महसूस किया। मुक्त होने के अहसास के साथ घर की ओर चलती रही। फाटक बन्द है। रेल आने वाली है। यह रोड का छोटा सा टुकड़ा कच्चा है। नुकीले पत्थर टायर पंचर न कर दें, उड़कर न लग जाए कोई पत्थर, इस आशंका के साथ ही पापा याद आ गए। बहुत प्यार करते थे पापा। पापा बचपन से अभी तक कहते थे, मेरी रानी बिटिया के लिए राजा लाऊँगा। लम्बा-चौड़ा, हृष्ट-पुष्ट, गोर-सजीला होगा। जब निकलेगा सड़क पर तो दस लोग देखेंगे, पूछेंगे, किसका दूल्हा है तब कहेंगे लोग पूजा का है। कौन पूजा? अरे वह बाबूलाल है न, उसकी बेटी। लेकिन राजा नहीं मिला। राजा की तलाश यात्रा में पापा को किसी का खानदान पसन्द नहीं आता। कभी लड़के का रोजगार तो कभी उसके बाप का व्यवहार। कभी 'राजा' के माँ-बाप का इतिहास या उनकी चरित्रगाथा। किसी का घर बड़ा नहीं होता, किसी का व्यापार। बड़े घर, राजा की चाह, दान-दहेज की बड़बड़ाहट में शादी की उम्र निकाल दी रानी की।

अभी रेल नहीं आई। राजा की याद छोड़ पटरी देखती है पूजा, स्कूटी बन्द कर इन्तजार में है विकास के सन्देश का, साथ में जाकर एप्लीकेशन देना है, स्पेशल मैरिज कोर्ट में। समय पर पहुँचने के लिए लगता है विकास को अभी फोन करे। बढ़ती गाड़ियाँ, उनका शोर, फाटक के नीचे से निकलते हैं लोग। अपनी दुपहिया लेकर निकलना चाहा लेकिन झुकने का सोचकर कभी नहीं निकली। पटरी पर रेल के पहियों को देखना सुखद लगता। भागते पहिये हमेशा उसे आकर्षित करते रहे। पहिये नहीं चल रहे अभी पटरी पर लेकिन दिमाग के भीतर यह सवाल काफी लम्बा हो गया कि पापा ने शादी के लिए क्यों किया इनकार? किसका किया इन्तजार? सवाल से भरी हुई रेल में जवाब स्पष्टता से दिखा पूजा को। धूल उड़ाती हुई रेल पूरी ताकत लगाकर दौड़ रही है। रेल का भोंगा बजता जा रहा है। पूजा ने कान पर हाथ लगाए उसके भीतर रेल धड़धड़ाती हुई जा रही है।

रेल के आखिरी डिब्बे के जाते ही एक परिचित आदमी आया। फाटक अभी खुला नहीं। वह आदमी इन्तजार में था कि रेल जाए तो सन्देश दे। फाटक पूरी तरह खुल गया पूजा के दिमाग की तरह तब भावविहीन चेहरे वाले आदमी ने सन्देशिया बनकर कहा, ''तुम्हारी माँ ने पंखे से लटककर जान दे दी। अस्पताल में है।'' पूजा कुछ कह न सकी और पलटी अस्पताल के लिए।

अस्पताल में बाबूलाल का रो-रोकर बुरा हाल है। वह पुलिस, पत्रकार, डॉक्टर से हाथ जोड़-जोड़कर कह चुके, बीमारी से तंग आकर बापड़ी मर गई। दवाइयाँ खा-खाकर परेशान हो गई थी। लड़की की शादी न होने से डिप्रेशन में थी। उसका तो बुढ़ापा खराब हो गया। अब तो रहम करो। शरीर की चीर-फाड़ (पोस्टमार्टम) करोगे तो नरक मिलेगा उसे। आप लोगों को क्या हासिल होगा। समझ क्यों नहीं रहे हैं आप लोग? मत करो पोस्टमार्टम, मत करो।''

खुसुर-फुसुर और चेहरे के हाव-भाव बता रहे थे कि सहानुभूति की हवा लगने लगी लोगों को और छोड़ो डाक साब बिचारी बुढ़िया की चीर-फाड़ से क्या मिलेगा? शब्द आकार लेने की प्रक्रिया में आ गए लेकिन सबसे पहले कौन बोले? इस सवाल के साथ लोगों के पैर पीछे पड़ने लगे। हमें कोई आपति नहीं है जो भी करो, कहा डॉक्टर ने और मरीज देखने शुरू कर मरते हुए सवाल को पुलिस के भरोसे कर दिया। आप ही बताओ इसका इलाज। हेड कांस्टेबल के बूते से बाहर था उसका इलाज। उसने मोबाइल से बात की, ''सर, बुढ़िया का आदमी और पत्रकार, सारे लोग नहीं चाहते पोस्टमार्टम। बूढ़ी औरत है। अच्छे घर की है। अपने को क्या? लिखवा लेता हूँ सबसे नहीं चाहते पोस्टमार्टम...। जी सर... सर...बीमार और इतनी उमर...नहीं। लगता नहीं आगे कोई प्रॉब्लम आएगी... जी...जी...ठीक है...हाँ, वो सब मैनेज कर लेता हूँ। जी...जी...सब हो जाएगा। सर...सर उससे सारी बातें कर ली है, सर...''

बाबूलाल, डॉक्टर और हेड कांस्टेबल ने राहत की साँस ली।

पूजा सुनती है फैसला और देखती है—राहत से भरे चेहरों को। उसे लगा वह पिता का नहीं अपराधी का चेहरा देख रही है। इन बिखरते लोगों के बीच वह अकेली खड़ी है, जिसे मौत स्वाभाविक नहीं लग रही है। पूजा जानती है पिता के हाथ माँ के बाद अब उसका गला नापेंगे। पूजा कहती है, "पोस्टमार्टम तो होगा। पोस्टमार्टम तो करना ही पड़ेगा मेरी माँ का।" कस्बे के अस्पताल में स्कूटी को बन्द किए बिना कहा पूजा ने। उसके दोनों पैर टिके हुए हैं जमीन पर।

(2014)

कँटीले तार

पसीना–पसीना हो गए। थोड़ी सी देर के लिए भी रुके नहीं। जल्द से जल्द घर पहुँचना है। आने–जाने वाले को दिखे नहीं कि क्या खींचकर ला रहे हैं। मन ही मन कह रहे हैं, सोच रहे हैं अग्रवाल कि अँधेरा ठहर जाए। वे मॉर्निंग वॉक पर निकले थे और उनकी निगाह पड़ गई थी बबूल की कटी हुई डालियों पर। डालियों को एक के ऊपर एक डालकर खींचते हुए घर की तरफ मुड़ गए। खुद को तर्क दिया जिसने भी काटा होगा वह बड़ा निर्दयी और पर्यावरण विरोधी रहा होगा। काटने के बाद जलाने के लिए ले जाता। धुआँ बढ़ाता। प्रदूषण होता। मेरे इस काम से उसका अगला पाप रुकेगा और मुझे पुण्य मिलेगा क्योंकि कटा हुआ कँटीला बबूल फेंसिंग के काम आएगा। नेक काम है लेकिन अभी मुझे कोई देख न ले।

हालाँकि लोग इसे 'चोरी' नहीं कहेंगे लेकिन कहने वाले कहेंगे कि अग्रवाल जी खुद क्यों ला रहे हैं? किसी मजदूर को लगा देते। ये मजदूरों का काम और अग्रवाल जी...बस इतना ही। इतना ही कहेंगे। काली सड़क पर घसीटते हुए कँटीले बबूल की तरह दिमाग में यही घसिट रहा है, लोग क्या कहेंगे, मजदूरों का काम खुद क्यों कर रहे हो? और उनके पास जवाब नहीं है इसलिए वे प्रार्थना में हैं कि हे भगवान, बस थोड़ी देर और रहने दे अँधेरा। न दिखे मेरा चेहरा।

चार साल पहले जब वे सिविल लाइन्स के इस मकान में रहने आए थे तब पूरा इलाका सुनसान था। डर लगता था मोहिनी को। कोई नहीं निकलता अपने घर से। अग्रवाल समझाते थे, "यही तो है सिविल लाइफ। अपने में मस्त रहो। इंजॉय करो। तुम कभी नहीं रही न सिविल लाइन में, तुम क्या जानो।"

नहीं जान पाई आज तक मोहिनी, ये कैसा इंजॉयमेंट है सभ्य कहलाने वालों का।

"ये कौन सा तरीका है सुबह–सुबह काँटेदार, काँटों को जोड़ने वाली चीजों को लाना और लगाना। तुम तो कबाड़ी का काम शुरू कर लो। सिविल लाइन वाला क्या चुन–चुनकर काँटे लाता है भला।" मोहिनी ने कहा था। अग्रवाल ने समझाया था, "तुम्हें क्या मालूम सिविल लाइन वालों की पारखी नजर क्या–क्या लाती हैं?"

अग्रवाल अलस्सुबह निकलते हैं तो लौटते हुए ले आते हैं काँटेदार चीजें, ताकि फेंसिंग की गैप भर सकें ताकि भीतर वाले पौधों पर कोई जानवर बकरी, गाय, कुत्ता, मुँह न मार सके। फूलदार पौधों को हड़बड़ाहट में खाती हैं गाय-बकरियाँ। गैप में से कुत्ते आते हैं गन्दगी कर जाते हैं, बिखरे सामान को नोचते हैं। गैप भरने के लिए घर से निकली चीजें जैसे बिजली के तार के टुकड़े, रबर, फूटी हुई बाल्टी का हत्था, तमाम तरह की बची हुई रस्सी, कपड़े सुखाने वाले तार जो सड़ने के बाद अनुपयोगी हो जाते हैं मतलब जो सड़ता वह बागड़ में गड़ता है। अब इतनी सारी बबूल की टहनियाँ हैं। जो बड़े-बड़े काँटे वाली हैं, सफेद नुकीले दो-ढाई इंच लम्बे, इस तरह से लगाऊँगा कि जानवर क्या कोई बच्चा यदि जैसे-तैसे हाथ डालेगा तो सिवाय खून के कुछ नहीं निकलेगा। बड़े प्रसन्न हुए अग्रवाल काँटों को देखकर खून सोचकर। अब कोई घुसने की कोशिश करेगा, तो काँटे खरोंच लगाते हुए, खून निकालेंगे कि अगली बार उसका बाप भी हिम्मत नहीं करेगा घुसने की। उसकी होने वाली औलादें भी उन निशानों के कारण 'सोच' भी नहीं पाएँगी इन कँटीले तार के भीतर जाने की। अग्रवाल सोचते हैं, खुश होते हैं, धर्मार्थ कार्य किया है।

अग्रवाल बोलते हैं, "मोहिनी, इस समाज के लिए भी कुछ करना चाहिए। रास्ते के काँटे हट जाएँ, इससे बड़ा पुण्य क्या हो सकता है। उस काँटे से अपना घर सुरक्षित रह जाए, इससे बड़ा सुख क्या हो सकता है...। परलोक सुधारने के साथ इस लोक में आनन्द मिल रहा है...और क्या चाहिए?" खुश होते हैं कि कैसे कँटीले बबूल लाए। चोरी नहीं आता उनके दिमाग में। जिसने काटा होगा यकीनन वह हगने गया होगा या फिर अपने जवान बेटे को बुलाने या रस्सी लाने। न जाने कितनी देर से काट रहा होगा और कितनी सी देर में मैं ले आया हूँ।

कुछ देर बाद याद आया कि कुछ नहीं बोली मोहिनी तब कँटीले तार को जोड़ते हुए अग्रवाल ने मोहिनी को देखा। मुस्कराती है मोहिनी तो लगता है अग्रवाल को कि अब नहीं लगती मुस्कान, मादक। कितना कुछ बदल गया। मोहिनी घर के भीतर चली गई। अग्रवाल बागड़ बनाने में तल्लीन हो गए।

"आप इतना डूबकर इसे कर रहे हैं कि कौन आया, कब से खड़ा है, आपको पता ही नहीं चला। ग्रेट हो अग्रवाल जी!" मेश्राम ने कहा। मेश्राम पड़ोसी है।

"अरे...। कब आ गए? मैं तो कर्म ही पूजा मानता हूँ। जो भी करो डूबकर करो।" अग्रवाल पहले झेंपे फिर सँभले।

"बस अभी आए हम..."

"आज कहीं नहीं जा रहे हों तो हमारे संगठन के कार्यक्रम में आ जाएँ। हम सामाजिक काम करते हैं। दीन-दुखियों, गरीबों के लिए...। आज अस्पताल में फल वितरण है। आपको बना देते हैं चीफ गेस्ट।" अग्रवाल के हाथों में अभी भी काँटे हैं। काँटों को किस जगह 'फिट' करना है देख रहे हैं, सोच रहे हैं।

"आज नहीं। अगली बार। अच्छा लगा आप सामाजिक संगठनों से भी जुड़कर काम करते हैं। जो भी करो समाज के लिए, देश के लिए...। ये देखिए हमारा काम। आइडिया।" अग्रवाल ने फेंसिंग दिखाते हुए कहा।

अस्मिता और मोहिनी बातें करती हुईं खुले मैदान में आ गई हैं।

सिविल लाइन की सर्पाकार रोड बाईं ओर से हरसूद रोड को बाजार की तरफ ले जाती है, उधर स्टेडियम है लेकिन उसे दशहरा मैदान ही कहा जाता है जबकि दाईं ओर हरसूद रोड की तरफ मुँहअँधेरे में बहुत सी महिलाएँ और कुछ पुरुष निकलते हैं। रास्ता खुला-खुला है। न धूल है न धुआँ। अपनी तोंद कम करने, पेट हल्का करने, शुद्ध वायु लेने जाते हैं और सूरज के आते ही लौटने लगते हैं अपने-अपने घरों की तरफ। कोई नहीं जाता सीधे, सिविल लाइन के रास्ते। सीधा रास्ता गाँव की तरफ जाता है। कच्चा है इसलिए उसे नहीं गिना जाता है, रास्ते के रूप में। जमाना जिसे कुछ नहीं समझता है उसके लिए ही टूटता है मन, जैसे टूटती जा रही है काली सड़क उस चौथे रास्ते के लिए, निरंतर। जब सड़क पर बस आ जाती है, तो कभी-कभी चमचमाती कार को न चाहते हुए गाँव की तरफ जाने वाले रास्ते पर, डालना पड़ता है और गड्ढे की शक्ल में बने हुए गाँव के रास्ते पर, कार के उतरते ही अग्रवाल के मुँह से गाली निकलती है, जो बस वाले के खिलाफ नहीं होती है। वह सरकार को देते हैं और गुस्सा होते हैं कि सिविल लाइन में 'भी' इस तरह के गड्ढे? क्या देखती है सरकार? वे रास्ते के बारे में कुछ नहीं बोलते। उस कच्चे रास्ते को पक्का कर दिया जाता तो कार, सिंगल पट्टी रोड सिविल लाइन की विरोधी दिशा में खड़े गड्ढे में न जाती। गाँव वालों को रास्ता मिलता। ये चौराहा बन जाता। अग्रवाल के दिमाग में कभी भी नहीं आता कि इस सिविल सोसाइटी के रास्ते को सीधा गाँव की तरफ जाने दे। सोचते हैं, क्या मतलब निकलेगा। स्साले बैलगाड़ी वालों को पक्की सड़क की क्या जरूरत है? जिन्हें आदत हो चुकी कच्चे रास्ते की उन्हें पक्का रास्ता अच्छा नहीं लगेगा।

तिराहा उर्फ चौराहा के मुहाने पर खाली पड़ी जगह के पास पानी की टंकी में रिसाव है। लगातार पानी टपकता है। उस पानी का उपयोग यह कि एक छोटी सी नाली बनाकर, अग्रवाल उसे अपने आँगन में ले आए। तिराहे के कोने में उस मैदान के पास है अग्रवाल का घर। न-न बँगला। इस बँगले के आसपास घर नहीं हैं, बँगले नहीं हैं। लम्बी-चौड़ी जगह है, खाली पड़ी। F-16 में ही रहते हैं अग्रवाल। इसे पहला बँगला कहने वाले और नम्बर देने वाले को वह बेवकूफ मानते हैं। रिकॉर्ड के हिसाब से ये आखिरी बँगला है, सिविल लाइन का। अग्रवाल कहते हैं, "जो नम्बर देते हैं ना उनमें अकल तो होती नहीं है। अफसर के पास टाइम नहीं है कि किस दिशा से शुरुआत हो। अग्रवाल की खिड़की पानी की टंकी की तरफ ही खुलती है, खिड़की में एक परदा रहता है, घूँघट की तरह। उसी परदे में से दिन में

कभी-कभार मोहिनी को सड़क के नजारे दिख जाते हैं। कमरे में अँधेरा होने से बाहर वालों को नहीं दिखता कि कोई परदे में से देख रहा है। उस खिड़की के सामने प्याऊ का पिछवाड़ा है, जो टाट से ढका है। पानी की टंकी से पानी टपकने की मात्रा घट गई, सड़कों पर आने-जाने वाले कम हो गए। उन्हीं दिनों के इतवार को धूप चमड़ी न जला दे, इस खयाल से नीम व अनजान, अनाम पेड़ की घनी छाया में चिन्तित और गुस्से में अग्रवाल हैं। छाँव उनके बँगले से बाहर है। वे छाँव में हैं। ढलती हुई शाम की धूप में भी तीखापन महसूस होता है।

"ये नाटक समझ रहे हैं आप? चार टाट, छह काले मटके, और बिठा दिया एक आदमी...। वो सामने...। टंकी के पास।" अग्रवाल धूप से नाराज नहीं हैं।

"सार्वजनिक प्याऊ है। आने-जाने वाले को पानी पिलाएगा।" मेश्राम सहजता से बोले।

"सब लफंगे हैं, बदमाश। कोई और ठिकाना न मिला, तान दिया यहीं। अब यहीं आनी-जानी को घूरना, छेड़ना, सिगरेट-दारू...पता नहीं क्या-क्या करेंगे? ये टाट...कितने दिन रहेगा? सड़ेगा...फटेगा...फिर खुलापन। फिर कौन रोकेगा? छह मटके में से पानी भी पिलाया या नहीं, कौन पूछता है। देख लेना आप ये अपनी वाली पे जाएँगे।" मन नहीं लग रहा अग्रवाल का। चिन्ता से भरे हुए मोहिनी की ओर देख रहे हैं।

मेश्राम ने हँसते हुए कहा, "पुण्य का काम है। आप ही कहते हैं।"

"कहना अलग बात है। मानना अलग। कौन भरी दुपहरी में अपने घर पर अजनबी प्यासे को पानी पिलाता है? पुण्य-वुण्य कुछ नहीं है। सब टोटके हैं।" अग्रवाल की बातें सुनकर पास चली आई मोहिनी छाया की तलाश में। अस्मिता भी चली आई। नीम पर बैठी है चिड़िया, उसी जगह रस्सी डालकर झूला बनाया जा सकता है, अग्रवाल को लगता है।

"हम तो मजबूरी में आए। सिटी में वो एक जगह मकान फाइनल हुआ लेकिन बाद में वह मुकर गया। वरना शहर से बाहर रहने का मन नहीं था।" मेश्राम की आवाज में कोई दुख बोल रहा है। मेश्राम को अग्रवाल की बजाय चिड़िया दिख रही है।

"अच्छा ही हुआ, वरना आप हमारे पड़ोसी नहीं बनते...। ये आपके मकान वाली जगह है ना, सरकारी है। लेकिन तान दिया मकान। आपका मकान मालिक दम वाला आदमी है। अपने को क्या? अपने दिन कट जाए, चैन से। बस।" अग्रवाल के बोलते ही मोहिनी ने हस्तक्षेप किया, "मकान तो इनका भी है इंदौर में..."

"पिता के नाम है। पिताजी की कमाई। अब उसमें से वो बेटियों को देना चाह रहे हैं। छोटी वाली पड़ी रहती है इंदौर में। ससुराल छोड़कर। उसके पीछे-पीछे उसका आदमी चला आता है। उसे क्या? ट्रैक्टर शोरूम खोल रखा है। नौकर बिठा

दिए। नजर गाड़ ली ससुर की सम्पत्ति पर। पिता समझते ही नहीं। बेटी-दामाद को घर में घुसाकर रखा है। बोलते हैं बुढ़ापे में सेवा कर रहे हैं। सेवा... ? जायदाद हड़पना चाहते हैं और बुढ़ऊ को लगता है सेवा कर रहे हैं। मैंने अपनी हिस्सेदारी, वसीयत की बात की तो दो-टूक सुना दिया, तुझे नहीं मिलना इसमें से कुछ...हद है बेटे को न देकर बेटी को देंगे। अजीब कानून है। मुझे तो कानून बनाने वालों पर तरस आता है। बाप की सम्पत्ति पर बेटी का हक कैसे हो सकता है? पढ़ाओ-लिखाओ शादी कराओ। दहेज दो फिर कैसा हक? अरे कन्यादान के बाद किसकी कन्या कैसी कन्या, वह तो हो जाती है किसी की लुगाई।'' अग्रवाल का सारा गुस्सा बाहर निकल आया।

''तुम्हारी भी बेटी है। बेटी के बारे में ऐसा सोचते हो?'' मोहिनी ने गुस्से से कहा और चिड़िया ने उड़ना मुनासिब समझा नहीं।

''बेटी है, तो बेटी की तरह रहना चाहिए। मैं तुम्हारे बाप के घर एक दिन भी नहीं रुकता। दामाद को रुकना ही नहीं चाहिए पर ऐसे किसी को क्या कहें।'' अग्रवाल की दुखती रग पर हाथ रख देने से अग्रवाल आपे से बाहर हो जाते है।

उसी वक्त अस्मिता ने मोहिनी से कहा, ''आप तो हमारे घर आइए। बैठते हैं।''

''अरे नहीं, बच्चे अकेले हैं, उन्हें छोड़कर नहीं जा सकती।'' मोहिनी बोली।

अग्रवाल बोले, ''उनकी चिन्ता मत कर, आ जाएँगे। यहीं पास में तो हैं। चल जरा मूड चेंज हो जाएगा। ऐसा कर] ताला लगाने को बोल और आजा।''

ताला लगाने के लिए अस्मिता भी मोहिनी के साथ जाती है। रुक जाते हैं मेश्राम और ठिठक जाते हैं अग्रवाल।

''एक बात बताऊँ आपको, मोहिनी शुरू में बहुत बोलती थी। वो बोलती और मैं सुनता और मन की करता। सुनना अपनी भी आदत है। सुनो लेकिन औरतों की बातें दिल से न लगाओ। जब सुनो तब दिमाग कहीं और लगाओ अगर मैंने यह फंडा नहीं अपनाया होता तो मोहिनी की बातें सुन-सुनकर, कब का पागल हो जाता। सुन न ले वरना...।'' वे धीमे से बोलकर हँसते हैं और मेश्राम के घर की तरफ सबसे आगे चलते हुए भी बोलते हैं। पीछे से अस्मिता और मोहिनी आ रही हैं। चिड़िया अपनी जगह बैठी, रही देखती रही। चिड़िया उड़ी नहीं। उन्हें देखकर भी नहीं उड़ी चिड़िया तो अग्रवाल के दिमाग में से कुछ उड़ गया। उन्हें लगा इतनी हिम्मत कहाँ से आई इस नन्ही सी चिड़िया में?

अग्रवाल के दोनों बच्चे दौड़ते हुए आए और मेश्राम के घर में घुस गए। बच्चों के बाद सब घर के भीतर दाखिल हुए।

''अरे आप चाय क्यों बना रही हैं?'' अग्रवाल ने मेश्राम के घर में घुसते ही हँसते हुए कहा। जबकि अभी सब खड़े हैं।

''कॉफी या ठंडा, क्या लेंगे?'' अस्मिता तपाक से बोली।

" मैं इकलौता कॉफी लेता हूँ। बाकी सब चाय।" अग्रवाल ने कहा।

"इकलौते? दो बहनें भी हैं। भूल गए?" मोहिनी आधा-अधूरा सुनकर बोली साड़ी का पल्लू ठीक करते हुए।

"उन्हें कौन भूल सकता है? सारी प्रॉपर्टी उन्हीं को मिलेगी। पता नहीं कैसा कानून है? मुझे तो कानून बनाने वाले अम्बेडकर पर गुस्सा आता है। वो तो उसी समय राष्ट्रपति अड़ गए थे। वो जानते थे इनका क्या? इनके पास प्रॉपर्टी थी नहीं तो कैसे जानेंगे कि प्रॉपर्टी में औरतों का हक होना चाहिए या नहीं।" अग्रवाल ने अपने दोनों हाथों से बिस्किट तोड़ा, जो मोहिनी को अच्छा नहीं लगा। वह कई बार टोक चुकी है। दोनों हाथ से नहीं तोड़ते बिस्किट या रोटी। अग्रवाल समझ गए कि मोहिनी ने बातों की बजाय बिस्किट तोड़ने पर ध्यान दिया। मैदान के पास बिखरा हुआ गुस्सा फिर निकला। मोहिनी ने अनसुना किया लेकिन अस्मिता बोल उठी, "एक बाप की तीन सन्तान हैं। सब बराबर हैं। आदमी-औरत का भेद क्यों? डॉ. अम्बेडकर ने जो किया वह ठीक किया। यह कोई नहीं कर सकता था।"

"आदमी आदमी होता है। औरत औरत, क्यों भूल जाते हैं। दोनों में जमीन-आसमान का अन्तर है। सिम्पल सी बात है।" अग्रवाल ने बिस्किट मुँह में डालते हुए कहा।

"क्या अन्तर है? जरा मैं भी सुनूँ समझूँ।" मोहिनी बोली।

"अब तुम्हें भी समझाना पड़ेगा? यहाँ बताऊँ या घर में?" अग्रवाल हँसते हुए बोले।

"आपने अम्बेडकर को पढ़ा क्या? ऐसे कैसे बोल रहे हैं आप? बिना जानकारी के किसी के खिलाफ कोई कैसे बोल सकता है? बिना जाने-समझे किसी के भी बारे में राय कैसे बना सकते हैं?" मेश्राम को झटका लगा।

"अब क्या-क्या पढ़ें भाई साहब? अपना विषय तो साइंस था तो कैसे इतिहास-समाजशास्त्र पढ़ सकते हैं...लोग कहते हैं तो बस मान लिया। जानने-समझने की बात तो बहुत दूर है।" अग्रवाल अकेले पड़ गए। यहाँ घिर गए इसलिए अपनी विवशता दिखाने लगे।

"अच्छा-खासे पढ़े-लिखे होकर...इस तरह की बेसिर-पैर की बातें कर रहे हो यार। गजब करते हो!" मेश्राम ने अग्रवाल की विवशता पर कहा।

"इनकी तो आदत ही है हर जगह टाँग घुसाने की।" मोहिनी ने नाराजगी से कहा। उसके दिमाग में समझ वाला ताना अटक गया। अपमान का कँटीला तार दिमाग में उलझ गया।

"छोड़ो जमाना जानता है। चलो यार फटाफट खाओ।" अग्रवाल को कुछ सूझ नहीं पड़ रहा है। बोलें या ठहरें।

“इनकी तो आदत ही है जल्दबाजी की...।” मोहिनी ने बिस्किट उठाते हुए व्यंग्यात्मक रूप से हँसते हुए कहा।

“हमारे ऋषि-मुनियों ने कहा, जल्दी सोओ...जल्दी उठो। जल्दी का फंडा तो परम्परा है। मेरा नहीं है। और उनकी पत्नियाँ भी न जाने कितनी होती थीं।” अग्रवाल बोले।

मेश्राम असहज होकर किचन की तरफ जाते हैं जबकि दिमाग में से चिड़िया नहीं जाती है। अस्मिता चाय बना रही है।

“किसने रोका पत्नियाँ बनाने को? आजाद हो। दम हो तो कर लो चार-छह। कुछ नहीं बोलूँगी मैं। जानती हूँ एक को ही...।” चुप हो जाती है मोहिनी लेकिन चेहरा बोलता है। तन बोलता है। जितना बोलता है चेहरा, उतनी जुबान नहीं बोलती। बोलते हैं उपहास, व्यंग्य और दोहरे अर्थ। मोहिनी के भीतर की नदी का वेग तेज हो गया। दोनों अकेले हैं कमरे में। मोहिनी अपने पूरे वेग-आवेग के साथ बोलती है।

“हाँ हम बहुत आजाद हैं। इतनी महँगाई है कि एक की ही डिमांड पूरी नहीं कर पाता हूँ तो बाकी का क्या होगा?” अग्रवाल वार्तालाप को सामान्य करने के लिए बोलते हैं, तो बोल पड़ती है मोहिनी, “कौन सी डिमांड? न मन से रहना न तन से गहना। सबसे बड़ी बात तो यह है कि तन-मन सब तरसता है। हर हसरत रुपए-पैसों से पूरी नहीं होती है अग्रवाल साब।”

लगता है दोनों झगड़ पड़ेंगे, तभी अग्रवाल बोलते हैं, “कुछ रहने भी देगी या आज ही उतार देगी पूरा का पूरा।” बोलते-बोलते हाथ जोड़ते हैं। दोनों हाथ में लगे हुए बिस्किट के कणों को हटाने के लिए एक-दूसरे से झाड़कर जबान से होंठ को साफ करते हैं, जो मोहिनी को बेहद नागवार गुजरता है। वह उठकर किचन में जाती है। मोहिनी को देखकर मेश्राम किचन में से बाहर निकलते हैं। मोहिनी का गुस्सा बरकरार है। वह कहती है, “इनकी आदत तो आदत मेंटेलिटी भी गिरी हुई है।” अस्मिता के दिमाग में चल रहा है, क्या नाश्ता बनाया जाए? मोहिनी की बातों को सुनकर दिमाग नाश्ते के खयाल को भगा देता है। मोहिनी फिर बोलती है, “ये अपनी सगी बहनों के बारे में इतना अंट-शंट बोलते हैं कि सुना नहीं जा सकता है। इन्हें लगता है आदमी के नीचे ही औरत होती हैं।”

अस्मिता कुछ नहीं बोलती और चाय को कप में डालती है। ले आती है चाय कमरे में। ट्रे में से मोहिनी चाय का कप उठाती है।

अस्मिता और मेश्राम दर्शक बन गए अपने ही घर में। बातचीत का कोई सिरा पकड़ में नहीं आ रहा है। अग्रवाल के दोनों बच्चे बेडरूम में ऊधम मचा रहे हैं। लगता है कुछ गिर गया है। अस्मिता उठकर देखना चाहती है लेकिन चुप है। चुप है उनकी बेटी विभावरी, अपने माँ-बाप के पास खड़ी। वो कभी इधर तो कभी उधर जाती है। वह नहीं खेल रही उन बच्चों के साथ, अग्रवाल के बच्चे खेल रहे है आपस में बेडरूम में।

चाय के कप थे या तनाव का असर कि चुप्पी रही। चाय खत्म हुई चुपचाप।

मेश्राम ने तनाव, असहजता और मतभेद के साथ चुप्पी से भरे गुब्बारे की हवा निकालने की कोशिश करते हुए कहा, "आप तो सिविल लाइन की 'लाइन' की जगह सोसाइटी लिखवा दो।"

"आपने तो मेरे मुँह की बात छीन ली। वैसे भी 'लाइन' से घिन आती है। लाइन राशन की लगती है। माँगने, खड़ा होने...इन्तजार का भाव लाइन शब्द से आता है।" अग्रवाल के चेहरे पर चमक आ गई।

मेश्राम ने मुस्कुराते हुए कहा, "हम लोग तो राशन...कंट्रोल की दुकान को सोसाइटी कहते हैं। सोसाइटी में सेल्समैन राशन बेचता है। जहाँ से सामान बिके वो सोसाइटी..."

"यह तो पुरानी बात है। आप कुछ भी कहो अब तो सोसाइटी से लगता है कुछ हैं हम। सबसे हटकर।" अग्रवाल की चमक वैसी की वैसी है।

"आप तो जानते ही होंगे अंग्रेजों ने बनाई थी सिविल लाइन। अलग लोग। अलग दुनिया। गाँव में जैसे मोहल्ले होते हैं न गाँव बाहर। यह सदियों पुरानी परम्परा है हमारी जिसे उलटे तरीके से अपनाकर अंग्रेजों ने शहर से दूर वाली कॉलोनी को अलग बसाया। वे गए लेकिन अब भी है अलग दुनिया। सिविल लाइन वाले लोगों की सिविल सोसाइटी है। उस सोसाइटी वाले केजरी के वाल हैं यहाँ अग्रवाल हैं। वाल ही वाल।" मेश्राम ने गुब्बारे की डोर अपने हाथ में महसूस करते हुए कहा।

"वाल पर ही टिकी है टीम अकेली। वाल है जो सब डिसाइड करती है...करते हैं, रेवेन्यू की नौकरी छोड़ के लोग लोकपाल के लिए लगे हैं।" अग्रवाल करता, करती, करते में अटकते हुए कहते हैं।

"देश मुसीबत में हो तो 'करो या मरो' का काम पड़ता है। दूसरी आजादी के लिए। वो अगस्त था ये अगस्त है। आजादी तो ले के रहेंगे। समझे आप?" अग्रवाल की मुस्कुराहट में छिनने का भाव था, गुस्सा था, हँसी थी।

"यह तो बताओ किससे लोगे... ? किसे कहोगे, देश छोड़ने को?" मेश्राम ने चुनौती दी कि फुस हुए गुब्बारे को पकड़कर दिखा दो।

"अब ये भी बताना पड़ेगा? छोड़ो जी। टीवी पे मैच देखना है। आदमी का क्या है इधर टीवी में घुसो या बीवी में...। चलो।" हताशा से भरे हुए अग्रवाल के भीतर का गुस्सा हौले से निकला। वे उठे और बीवी को देखकर मेश्राम से कहने लगे, "अच्छा मिलते हैं...हमारा ऐसा ही चलता है। आदत हो गई है। आप अदरवाइज मत लीजिएगा। ओके। बाय।"

उठते ही तेजी से निकलते हैं कि मौका ही नहीं मिलता कुछ कहने का। अनपेक्षित लगता है हर बार इस तरह से जाना। मोहिनी बच्चों को डाँटती हुई

ले जाती है। मेश्राम, अस्मिता और बेटी विभावरी राहत की साँस लेते हैं। बेडरूम में सामान बिखर गया है। सात साल की विभावरी कहती है, "कितने गन्दे बच्चे हैं।"

मेश्राम कहते हैं, "बच्चे हैं। मस्ती तो करेंगे न। चलो तैयार हो जाओ। पार्क में चलते हैं।"

स्वतंत्रता दिवस की सुबह की धूप तीखी नहीं है। छुट्टी है। अग्रवाल नहीं नहाए अभी तक। अपने बगीचे में आए फूल-फल देखते हुए नजर जाती है मेश्राम के दरवाजे पर। इन्तजार कर रहे हैं। मेश्राम कम ही निकलते हैं। अपना घर और दफ्तर उन्हें बाहर आने का मौका नहीं देता। रहा नहीं जाता है तो मेश्राम के घर अग्रवाल चले जाते हैं। दरवाजे के पास खड़े-खड़े कहते हैं, "क्या कर रहे हैं?"

मेश्राम अपने कमरे से उठकर बाहर आकर कहते हैं, "किताब पढ़ रहा हूँ।"

"कब तक बच्चों की तरह पढ़ते रहोगे?" अग्रवाल हँसते हुए बोलते हैं।

"जब तक उम्र है तब तक। और पढ़ता हूँ तो सीखता हूँ। वैसे क्या कह रहा है आपका बगीचा?" घर से बाहर आ गए दोनों। मैदान हरा हो गया है। उस पर चलते हैं, बोलते हैं, देखते हैं। अस्मिता आ गई और उधर से मोहिनी। दोनों के मकानों के बीच का बड़ा मैदान है। दोनों परिवार के बच्चे नहीं आए। वे अपने-अपने घरों में टी.वी. के सामने बैठे हैं।

अग्रवाल बोलते हैं, "अब तो झकास है। एक्चुअली बात यह है कि जब हम रहने आए थे इस बँगले में तब तो कुत्ते आते थे, सामान नोचते...वो तो ठीक था लेकिन गन्दगी भी करते, देशी कुत्तों की शी...शी इतनी गन्दी होती है कि सात दिन तक दिमाग से नहीं जाती, फेंकना तो मोहिनी को ही पड़ता था। वो फेंकने वाले लाट साब इधर आते ही नहीं। आते तो सूअर हैं, वे घूम-घुमाकर यहीं अपनी पीठ खुजाते थे। अब कोई भी जानवर बागड़ से अपने आपको खुजला नहीं सकता है।" बोलते-बोलते अग्रवाल ने अपनी पीठ खुजा ली। अग्रवाल को खयाल आया कि वे कोशिश करके देख लें कि जानवर कैसे अपनी पीठ खुजलाते हैं। हाथ नहीं पहुँचता जहाँ उसी जगह खुजली होने लगी। मोहिनी से कहूँगा तो भी नहीं करेगी खुजली। वे असहज हुए फिर कहने लगे, "कहाँ गन्दों की बात कर रहा हूँ। बात ये है, जितने भी गहने हैं, महँगी चीजें हैं सब लॉकर में हैं। बस सस्ती चीज पड़ी होती है जिसे मैं भी नहीं उठा सकता, उसे गन्दे-सन्दे बच्चे भी उठा नहीं सकते। एक्चुअली चोरी वाली प्रॉब्लम नहीं है। प्रॉब्लम हैं गन्दे-सन्दे बच्चे।"

समझ नहीं पाई अस्मिता न ही मेश्राम। अपनी रौ में बोलते जा रहे हैं अग्रवाल। अग्रवाल कँटीले तार लगाए जाने के सिस्टम के बारे में हर बार बताते हैं फिर बात-

बहस–मौका कुछ भी हो। अग्रवाल के कहने के बाद कोई नहीं बोला तो बोलते हैं फिर अग्रवाल, "हम भी बच्चे थे तो घुस जाते थे फेंसिंग में से और टाँगी हुई रंगीन अंडर गारमेंट पर लिख देते थे...। जो सफेद होती उस पर कोयले से। बड़ा मजा आता था। वो भी क्या दिन थे।" अग्रवाल के भीतर का किशोर मन उतर आया। चेहरे पर शरारत।

"आप कहाँ पर हैं?" मोहिनी टोकती है। आँख बड़ी दिखती हैं मोहिनी की।

"मैं तो कहूँ भ्रष्टाचार बहुत बढ़ गया है। इसे मिटाने के लिए सरकार को दूसरे गांधी की बात मान लेनी चाहिए। सच कह रहा हूँ मैं। है न?" अग्रवाल पत्नी की तरफ देखते हुए पूछते हैं, मेश्राम से। दिमाग में रंगीन कपड़े और कोयला आ गए हैं। कोयला जिससे लिखते थे वह अब जल रहा है दिमाग में।

"कौन सा भ्रष्टाचार? किससे मिटेगा?" मेश्राम तत्काल बोले वरना बोलने का मौका ही नहीं मिलता।

"भ्रष्टाचार...? भ्रष्टाचार होता है। टीवी–अखबार नहीं पढ़ते आप...।"

"वो तय करेंगे कि किसे भ्रष्टाचार कहें और कौन मिटाएगा? वो, जिनका पहला पेज पूरा का पूरा ऊँची–ऊँची इमारतों के विज्ञापन का होता है। सोने–चाँदी की दुकान का होता है। टैक्स चोरों के होते हैं और...। न्यूज चैनल? उनका तो बस विज्ञापनों से ही जीवन चलता है।" लगातार बोले मेश्राम।

"लोकतंत्र का चौथा खम्भा है और साथ में टीम है, दोनों मिलकर भ्रष्टाचार मुक्त कर देंगे देश को।"

"राडिया कांड भुला दिया न। जिनका टीवी है, अखबार है, वे उद्योगपति तय करते हैं कि कौन बनेगा मंत्री? वे तय करते हैं कि समाचार के नाम पर क्या दिखाएँ? उन्होंने अपना चेहरा धोने के लिए और बड़े–बड़े घोटालों से ध्यान हटाने के लिए बस एक ही बात कही है, दिखाई है दिन–रात। क्यों किया सीधा प्रसारण। क्यों?"

"आप नहीं समझ रहे हैं। इससे क्रान्तिकारी चेंज आएगा। चेंज। राशनकार्ड, पेंशन से लेकर बड़े–बड़े भ्रष्टाचार खत्म हो जाएँगे। खलास।" अग्रवाल हँसे। हत्या की बजाय वे खलास बोलकर खुश हुए।

"राशन कार्ड...ग्राम पंचायत या नगरपालिका बनाती है। पेंशन भी वे ही देखते है, उन पर लागू होगा?"

"हाँ, हाँ क्यों नहीं। प्यून से पीएम तक।"

"सेन्ट्रल का एक्ट सीधा उन पर लागू नहीं होता है।"

"एं..." अग्रवाल को आघात सा लगा लेकिन वे सँभलकर बोले, "सब देश के सारे चपरासी घेरे में आ जाएँगे तो...। सारे बाबू अफसर, सारे मंत्री। सारे के सारे फिर कौन बचेगा?" कहते–कहते लगा आँखें निकल आएँगी अग्रवाल की। सोचा

बाकी कुछ भी बचा नहीं। अब...अब क्या बोलेगा मेश्राम। सारा आसमान कैद में होने के भाव के साथ देखने लगे अग्रवाल।

"निजी क्षेत्र है, बहुत बड़ा इसकी तरफ हमारा ध्यान जाने नहीं दिया जाता और हमारी बैंकों का ढाँचा देखा है? कितना खोखला और गड़बड़ है, उसका कुछ नहीं होगा और ये ढेर सारी सहकारी बैंक है ना इन पर भी लागू नहीं होगा।'' ठेकेदार। बड़ी-बड़ी कम्पनियाँ। जो अब रोड बना रही हैं, जो बिजली का काम देख रही हैं, जो खाद-बीज बनाती हैं...तमाम चीजें बनाती हैं और अपने हिसाब से दाम तय करती हैं। वे बचे हैं। बहुत बचे हैं।''

"आप कुछ भी कहो। भ्रष्टाचार को समाप्त होना चाहिए।''

"बेशक खत्म होना चाहिए लेकिन अपना भ्रष्टाचार नहीं दिखता है? प्रशासनिक सुधार किए बिना भ्रष्टाचार खत्म नहीं हो सकता है। लोगों पर भरोसा करिए, उनके शपथ-पत्र पर जरूरी प्रमाण-पत्र हाथोहाथ दीजिए। झूठे को कठोर दंड दो...प्रक्रिया बदलो भई...प्रक्रिया।'' गुस्से को सन्तुलित कर बोले मेश्राम।

"भ्रष्टाचार खल्लास करना है तो टीम की बात मान लेनी चाहिए।''

'हाँ भई करो खल्लास। कौन रोक रहा है? सबको पढ़ने को तो दो कि कौन-कौन इसके दायरे में आएँगे...। ये बताओ इतने सारों को कंट्रोल कौन करेगा?''

"टीम है ना...। उनके साथ ईमानदार, देशभक्त लोग होंगे, जो प्रदर्शन कर रहे हैं।''

"लाखों कर्मचारियों को कंट्रोल करने के लिए इतने ईमानदार देशभक्त कहाँ से लाएँगे अग्रवाल जी?''

"हमारे देश का टैलेंट है ना...''

"आप तो कहते रहते हो हमारे देश का टैलेंट तो चला गया विदेश में, देश सेवा छोड़कर।''

"अब जाएँगे ही न देश छोड़कर...अरे हमारे देश में ईमानदार, प्रतिभाशाली को मौका ही नहीं मिलता। सारी गड़बड़ तो बस रिजर्वेशन से है। पहले तो एससी-एसटी का कोटा था अब ओबीसी का बढ़ गया। महिलाएँ आ गईं अलग से। आधे से ज्यादा। इस कारण ईमानदार, देशभक्तों को नौकरी ही नहीं मिल रही है।''

"बिना रिजर्वेशन वाले ही हैं देशभक्त? अगर वे ही हैं ईमानदार तो फिर भ्रष्टाचार कहाँ से आया?'' मेश्राम ने आँखें डाल दी अग्रवाल की आँखों में।

"कोटे से और क्या? अग्रवाल ने बोलते हुए आँखें नीचे की और अपनी एड़ियाँ रगड़ने लगे। लगा वे गन्दगी कर रहे हैं उन्हें समझ में नहीं आ रहा क्या कहा जाए। क्या किया जाए।

"सारे के सारे दफ्तरों में विदाउट रिजर्वेशन वाले भरे पड़े हैं। फिर अब क्यों जरूरत पड़ी टीम की?'' मेश्राम को लगा अग्रवाल आँखें उठाएँगे लेकिन अग्रवाल

अपनी फटी हुई एड़ियों में व्यस्त हो गए। एड़ियों की रगड़ से निकला हुआ मैल जमा होने लगा। गन्दगी बेहद महीन पैर में से निकल रही है। दिमाग में रखा हुआ हर कण बाहर आने के लिए उतावला हो रहा है।

"आप भी पता नहीं कहाँ से कहाँ पहुँच गए। मोहिनी, चाय बना यार। यहीं पिएँगे धूप सेंकते-सेंकते।"

"आप अच्छी चाय बनाते हैं। जरा बनाना तो...।" मोहिनी बोली अग्रवाल से जो दूसरे कोने में अस्मिता से बात कर रही है।

"ओ मैडम, वो तो बस सुबह बनती है मुझसे। बाद में नहीं बनती है। तुम भी...। बना लो मैडम। रोज-रोज सुबह महारानी को बेड-टी देता हूँ?"

"ये बहुत ही अच्छी चाय बनाते हैं, जरा बनाओ तो।" मोहिनी की मुस्कुराहट मादकता में बदली।

"मैंने कहा न सुबह-सुबह ही बनती है और वह भी बस तुम्हारे लिए। तुम बताया मत करो वरना मेरे बॉस को मालूम पड़ जाएगा तो वह चाय भी मुझसे ही बनवाएगा।"

"क्या नहीं करवाता है तुमसे? कम्पनी का हर काम तो करते हो। फिर चाय में क्या खराबी है।"

"तुमने क्या मुझे ठेलेवाला, समझ लिया।"

"समझना क्या है? कम्पनी का आदमी कुछ भी कर सकता है, वह काँटे खींचकर उठाकर लगा सकता है तो फिर चाय बनाने में क्या परेशानी? "मोहिनी मुस्कुराते हुए बोली।

"तू जा तो, तू तो कुछ भी समझती ही नहीं। सिविल सोसाइटी में रहने के बाद समझ में आ जानी चाहिए, पर तुम...कैसे समझोगी?"

"सब समझती हूँ। आप समझें तब ना।" उतर गया चेहरा मोहिनी का।

"चाय का ठेला लगवाना चाहती है? गजब है यार, हमारे खानदान में सोचा तक नहीं गया और तू जुबान पर लाती है, ये काम...ये काम तो बस उन लोगों के लिए सुरक्षित है जिनके लिए...चल...। दिल छोटा न कर चाय पिला। वैसे भी तू कोटे में आ रही है। सब एक जैसे हो जाएँगे तो क्या हो जाएगा इस देश का?"

"आप देश का और कोटे का टेंशन मत लो। ये बताओ...कम्पनी? आप कम्पनी में काम करते हैं?" आश्चर्य से पूछा मेश्राम ने। उसे गुस्सा आ रहा था।

"हाँ। कम्पनी है इंटरनेशनल।"

"फिर सरकारी मकान में...मुझे तो लगा कि आप सरकारी विभाग में अफसर होंगे।"

"आप चार महीने में जान नहीं पाए हमें? आश्चर्य है। हम तो चार दिन में सामने वाले की पूरी कुंडली जान लेते हैं...। खैर, इसकी भी लम्बी कहानी है।

पिताजी एजुकेशन में अफसर थे। उनकी बड़ी हसरत थी बेटा सरकारी अफसर बन जाए लेकिन सरकारी नौकरी में योग्य लोगों को कभी अवसर मिला है? खूब प्रयास उपरान्त भी...और वो क्या है भर्ती पर बैन लगा दिया था सरकार ने। सच तो यह है कि नौकरी वो भी सरकारी...। गुलामी मुझे पसन्द नहीं थी। मैं तो चाहता था बिजनेस करूँ। बिजनेस घराने का खून दौड़ रहा था लेकिन पिता धन्धे में उतरने के विरुद्ध थे। वो गांधी जी ने गड़बड़ कर दी। अब देखो न वकालत के लिए पढ़े और पुश्तैनी धन्धा छोड़ दिया, मेरे बाप की तरह। दूसरी तरफ बोलते हैं वर्ण व्यवस्था कर्म आधारित है इसलिए उसे वही काम करना चाहिए जो उसके बाप-दादाओं ने किया हो। पर खुद ने किया उलटा। नेता जो ठहरे। हमारे बाप और बापू जी में कोई अन्तर नहीं है। हम बाप-बेटे में खटपट चलती रही फिर मेरी उमर निकलने लगी तो दूर के रिश्तेदार के माध्यम से पिता ने कम्पनी में फिट करवा दिया। कम्पनी वालों को सिविल लाइन में सरकारी मकान मिल नहीं सकता। पिताजी का सपना था बेटा सरकारी बँगले में रहे। इस सपने को उनके दोस्त दीनदयाल गुप्ता...डी.डी. गुप्ता ने पूरा कर दिया। वो अपडाउन करते हैं। उनके नाम अलॉट था यह बँगला, उनसे बोल-बुलाकर हम आ गए। उनका भी फायदा हमारा भी। हमारा तो यह कि एक तो पिताजी का सपना पूरा कर लिया ऊपर से सिविल लाइन में ठाठ से रहते हैं। इस बँगले का सरकारी किराया साढ़े सात सौ के बदले हम उन्हें दो हजार रुपये हर महीने बिना नागा किए भिजवा देते हैं।''

"मुझे साढ़े पाँच हजार देना पड़ रहा है। गजब खोपड़ी है।'' मेश्राम आश्चर्य में पड़ गए।

"हम लोगों का खोपड़ा भी...।'' मुँह को अजीब सी आकृति देते हुए कहा, "बड़ा तेज होता है।''

मेश्राम ने अनसुना किया। पड़ोसी है, बस इसीलिए सहन कर रहे हैं। समझते हैं अग्रवाल इसलिए वे वापस अपने पसन्दीदा विषय पर आ जाते हैं।

"मजबूत आँगन होना चाहिए ताकि कोई गन्दे-सन्दे बच्चे न आ जाएँ इसीलिए फेंसिंग के पास रतनजोत लगाए, हरे-बैगनी चमकदार पत्ते वाले इन पौधों को कोई भी जानवर नहीं खाता है। दो साल पहले रतनजोत के बीज रेस्ट हाउस के पीछे वाले बच्चों ने खाए थे तो बीमार पड़ गए। बीमार। स्साले...।'' वे खुश हुए, क्रूरता चेहरे पर आई उसे समेटा फिर कहने लगे। "...अब नहीं आएँगे इधर। उनका बाप भी पैर नहीं रखेगा। सारा टेंशन खत्म।'' अग्रवाल के बाप ने भी पैर नहीं रखा कभी इस बँगले में।

अस्मिता की नजर लता पर पड़ी, जिसके नन्हे से फूल, पीले रंग के हैं और हरे रंग का नन्हा सा फल जिसके बदन पर सफेद धारियाँ हैं, जो कद्दू का भ्रूण लगता है। करेले की बेल का आभास देते हैं पत्ते, लेकिन पत्तों की लम्बाई बताती है कि

वे करेले नहीं हैं। कोई जंगली लता है जो खिड़की के पास खड़े बबूल के पेड़ और सूखे हुए बबूल के काँटों पर चढ़ गई है। खूबसूरत बेल है, पीले फूल, हरी पत्तियाँ... अस्मिता की जिज्ञासा बढ़ गई इसलिए पूछा, "क्या नाम है इसका?"

अग्रवाल देखते और बोलते हैं, "अजी नाम का क्या? जंगली है। धूल से बचाने के लिए, इस जंगली बेल का सहारा लिया है। जंगली के भी कोई नाम होते हैं? कुछ भी बोलो इन्हें, क्या फरक पड़ता है? मेश्राम रुक जाते हैं कुछ बोलकर लेकिन अग्रवाल न सुनते हैं न रुकते हैं, आगे बढ़ जाते हैं अपनी रौ में हैं। कई पेड़ों की छाया में चल रहे हैं। उन्हें छाया का अहसास नहीं हो रहा है। पैरों तले सूखे पत्तों पर चलते हुए उन्हें लग रहा है कि वे रौंद रहे हैं गन्दे-सन्दे बच्चों को।

अग्रवाल कहते हैं, "ये जो बेल है ना, चढ़ती जाती है और घनी हो जाती है। इसके फूल बेशरम के फूल की तरह छोटे बहुत नाजुक, मासूम, चमकदार बैगनी रंग के होते हैं। इसे इसलिए लगवाया कि तार फेंसिंग के भीतर के तमाम काँटे, टुकड़े, सड़ी हुई चीजें न दिखें, अब तो पास से भी नहीं दिखता कि नन्हे काँटों को मैंने इस तरह यूज किया है।" हँसते और कहते हैं, "जो तार सड़ जाते हैं उनको निकालना नहीं चाहिए वरना पूरा मैकेनिज्म डिस्टर्ब हो सकता है। सड़े हुए तार को यथावत् रखते हुए दूसरे तार का सपोर्ट देता हूँ। वरना एक छेद कब बड़ा हो जाए, कहा नहीं जा सकता है। सारी मेहनत की ऐसी की तैसी होने में देर नहीं लगती। छेद...बड़ा गड्ढा होते ही बाहर के बच्चे कब घुस जाएँ, कब हाथ डाल दें, कह नहीं सकते। आपको पता नहीं स्साले गन्दे-सन्दे आवारा बच्चे घूमते रहते हैं। मौके की तलाश में होते हैं, इन्हीं तारों में से घुस जाएँ, चोरी करें...। क्या भरोसा? हालाँकि आँगन में ऐसा कोई सामान होता नहीं है जिसे वे चुरा लें लेकिन ये कोमल फूल हैं, ये फलसा है, तोड़ न लें और फिर क्या है कि एक बार आदत लग जाए तो जाती नहीं है। चोरी करने में कितनी देर लगती है...और कोई चोर कार में बैठकर सूट-बूट पहनकर थोड़े आता है।" साँस लेने के लिए रुककर अग्रवाल गर्वित भाव से वे आविष्कारकर्ता की तरह खुद को प्रस्तुत करते हैं और खुश होते हैं। एक-दूसरे में जुड़े हुए तमाम तार, काँटे, लोहा, रस्सी की तरह उनकी बातें जुड़ी हैं।

अग्रवाल छत से टकराते गुब्बारे को पकड़ने की कोशिश करते हुए फिर कहते हैं, "मजबूती के लिए ही तो लोहे के इन चार कँटीले तारों का आपस में इतना ही सम्बन्ध है कि वे लोहे के सड़े हुए एंगल से अटके हुए हैं। बबूल, नीम और भी न जाने किस-किसको काटकर उन्हें खम्भा बनाकर कँटीले तार को मजबूती दी। इन तारों को एक-दूसरे से जोड़ने के लिए...। एक्चुअली इन तारों को एक-दूसरे से कभी जोड़ा नहीं लेकिन लगता है कि जोड़ दिया है। आपस में दूसरी चीजों ने जोड़ रखा है। इन्हें गौर से देखेंगे तो आपको चार कँटीले जंग लगे लोहे के तार नहीं दिखेंगे। चार वर्ण और ढेर सारी जातियों का मेल। पूर्वजों की सोच कितनी वैज्ञानिक

थी कि इसमें कोई घुस नहीं पाता। मजबूत व्यवस्था। मजबूत...। यही तो हमारे धर्म का सक्सेस रहा है। कोई घुस नहीं पाता...। न घुस पाएगा।'' अग्रवाल हँसते हैं, जिसमें चालाकी का मुलम्मा है।

''कँटीले तार में कोई घुसना भी नहीं चाहता।'' मेश्राम बोले तो अग्रवाल की हँसी खो गई। गुब्बारा घर में से निकल गया। अग्रवाल बाहर आ गए लेकिन पकड़ नहीं पाए और आसमान में देखते रह गए। विभावरी हँस रही है। अग्रवाल सोच रहे हैं, गुब्बारे को रोकने के लिए कहाँ लगाऊँ कँटीले तार।

(2012)

खापा*

सभी को दूर से दिखती है अमराई। गाँव वाले हों या शहर के बाशिन्दे, किसी से भी पूछा जाए तो वह इसे शहर की सीमा से बाहर बताएगा लेकिन अमराई शहर की सीमा के भीतर है। मोटी किताबों के रखवाले कहते हैं, लोगों का क्या है? उन्हें कुछ आता-जाता नहीं इसलिए उन्हें मालूम नहीं। मालूम नहीं, इस बात को इतनी बार बोला-लिखा गया कि मालूम नहीं। अमराई के पास आने के बाद दूर-दूर तक वीरान जमीन दिखती है जिसे खेत कहा जाता है। वीरान खेतों को खरीद लिया गया है, खरीदी हुई वीरान होती है। खेत वीरान करने के बाद कॉलोनी आबाद होती है। अमराई से लगा सड़क के पास खड़ा दिखता है आम का ठेला, ठेले के साथ होता है एक बूढ़ा। जब नहीं दिखता बूढ़ा तो दिखती है बुढ़िया। तब होती है साथ में एक लड़की आठ-दस साल की, जो बकरियों के साथ खेलती दिखती है। दिखते हैं ढेर सारे आम के अलावा जामुन से आधी भरी टोकरी। खाली हिस्से के जामुन को जामुनों का शिखर बनाने के लिए जमाए हैं, एक के ऊपर एक ताकि दिखे दूर से ही कि ये जामुन है। शिखर दिखाने के लिए ही बनाए जाते हैं। जामुन पहचान लें, और जबान खराब होने के डर को छोड़कर खरीद लें। यहाँ जामुन के पेड़ नहीं हैं। पेड़ हैं आम के, हर पेड़ पर आम। अमराई की तरह होता होगा प्राइवेट स्कूल जहाँ घनी ठंडी छाया तले खूब खेलने-पढ़ने के बाद पेड़ पर चढ़कर आम-जामुन खाने को मिलता होगा। समर के दिमाग में स्कूल के साथ-साथ आम चला आया।

समर रोज-रोज नहीं आता इस रास्ते पर लेकिन हफ्ते में एकाध बार चक्कर लग ही जाता है। यहीं इसी जगह आम देखकर, भीतर इच्छा का बीज अंकुरित होकर, तेजी से बढ़ता, झूमता और कहता है, बच्चों के लिए आम खरीद लें। पेड़ के पास रुकने का मन होता है। मन, जिस पर हमेशा तन भारी पड़ता है। मन दिखता नहीं। दिखता नहीं है, खयाल की तरह। खयाल आने के बाद समर का हाथ जेब

* फसल काटने के बाद पौधे का नुकीला हिस्सा जो खेत में रह जाता है।

के भीतर जाता है और पैर तेजी से पैडिल मारते हुए तेज चलाने लगता है। पत्थरों से बचता-बचाता समर निकालता है साइकिल। नुकीले, तेज, सभी साइज के पत्थर बिखरे पड़े हैं, वे पंचर न कर दें इसलिए उनसे बचाता है जीवन को गति देने वाली साइकिल के पहिये को। पहिये को बचाने के अलावा साइकिल को और सच कहें तो खुद को बचाना है। सामने से, पीछे से ट्रक के आने-जाने से गति कम हो जाती है, यहाँ तेज और गति के मायने बदल जाते हैं। धीमी गति को तेज और लगभग रुक गए को कम स्पीड मानने से सफर में है, देश में है, का अहसास होता है। सड़क किनारे सड़क को छूती हुई जमीन होती है, उस छोर तक अपने लिए रास्ता ढूँढ़ता है। ट्रक के नीचे आने की बजाय अपनी साइकिल से खेत की तरफ गिर जाने में भलाई समझता है समर। ट्रक से मरने की बात से लगता है हत्यारा निकला है सड़कों पर, तीखी, कर्कश आवाज में चीखता-चिल्लाता हुआ, तभी तेज आवाज में सुनाई देता है, ढिंक चिका, ढिंक चिका, ढिंक चिका...बारह महीनों में बारह तरीके से तुझको प्यार जताऊँगा रे मैं...। ढिंक चिका, ढिंक चिका, साइकिल चलाते हुए सुनता है तो वह बारह तरीके से सोचने लगता है जबकि कामसूत्र में 64 प्रकार में से 24 आसन सम्बन्धी है, उससे घटकर बारह पर आ गए हैं। घट गए, कम हो गए, मन्दी का असर, मुद्रास्फीति...मतलब ये मुद्दा बन सकता है। इस मुद्दे पर टीवी पर चर्चा हो सकती है प्राइम टाइम पर। यह सनसनीखेज समाचार और तीखी बहस का विषय हो सकता है। सरकार की नाकामी कही जा सकती है। महान संस्कृति वाले देश में सिर्फ बारह तरीके रह गए हैं। ऋषि-मुनियों द्वारा बताए गए तरीकों का संरक्षण कर पाने में असफल रही सरकार। संस्कृति विरोधी है। प्रेशर हॉर्न के बजते ही समर को लगता है हत्यारे से बचने के बारह तरीके भी नहीं होते हैं और वह साइकिल से उतर जाता है। जान बचाने के लिए पसीने से तर-बतर बदन के साथ पैदल चलने लगता है। घर जाना है। घर नहीं जाना चाहिए और वह विपरीत दिशा में मुड़ जाता है।

आम खरीदने हैं, सोचता है लेकिन आम के दाम का आँकड़ा सोचने का काम छुड़वा देता है। सोचना अच्छी चीज नहीं मानी जाती है। फिर भी सोचता है क्योंकि कुछेक दिन बाद बरसात आएगी तो ये आम भी मिल नहीं पाएँगे और पता नहीं अगले आठ-दस दिन में इधर चक्कर लग पाएगा या नहीं। पेड़ों पर झूलते आम और बच्चों के चेहरे, दोनों मिलते हैं और पीछे मुड़कर वह आम के ठेले के पास खड़ा हो जाता है। ठेले के पास टिकी हैं दो बाइक। आठेक आदमी वहीं खड़े-खड़े आम खा रहे हैं। तौल रहा है बूढ़ा, आम। आम छाँटते हैं लोग। छाँटने वाले से कहता है बूढ़ा, ''कोई से भी ले लो। सब एक जैसे हैं। मीठे हैं।''

''कितने तौल दूँ भाई ?'' बूढ़े की मुस्कुराहट से भरे चेहरे को उतरते देख रहे समर से कहता है बूढ़ा। समर भाव सुन चुका है। समर देख रहा है बूढ़े के चेहरे पर

उदासी से भरे भाव को। यदा-कदा इधर से गुजरते हुए बूढ़े से समर की नजर मिलती रहती है। अबोल की पहचान है उनमें।

"ले जाओ भाई। उतरता हुआ सीजन है। आठ-दस दिन में सब खत्म हो जाएँगे।"

चेहरे से गले में उतरती हुई उदासी से आवाज डूबी है। आम के न रहने का गम है?

"एक किलो दे दो।"

"एक किलो से क्या होगा। दो किलो कर दूँ?" उदासी की परत निकालता हुआ बोला बूढ़ा।

"एक किलो बहुत है दो बच्चों के लिए।" किसी बड़े निर्णय को सुनाते हुए लगा समर।

बूढ़ा ठेले पर रखे तराजू के दाएँ हिस्से में मुँह वाली पतीली में आम रखता है। तौलता है। बाईं तरफ सपाट जगह पर मटमैले रंग के बाट रखता है। बाट इतना गन्दा है कि उस पर क्या लिखा है पढ़ा नहीं जा सकता है। जो बेहद गन्दा है, उसी से तौला जाता है। क्या-क्या तौला जाता है? मुँह वाली पतीली का पलड़ा झुकता है। आम का वजन ज्यादा हो गया है। आम कम नहीं करता बूढ़ा और पॉलिथिन में डाल देता है। समर कहना चाहता है कि एक किलो से ज्यादा है लेकिन चुप हो जाता है। ज्यादा देने वाले से कहाँ कौन बोलता है? नजर बाट पर जाती है समर की। वह नहीं कहता है गन्दा है या कितने किलो का है? लेकिन बूढ़ा बोलता है, "धूल-धुआँ है, फिर आम के हाथ है। बाट को गन्दा होना ही है।" समर मुस्कुराता है। लगता है हम गन्दों से ही अपने आपको तुलवाते हैं। गन्दा वजनदार होता है वही सामने वाले का वजन तय करता है। गन्दों के खयाल को छोड़कर बोलता है समर, "कितने दूँ?"

"दे दो भाई जो मन करे।"

दोनों जानते हैं कि अभी-अभी सौ रुपये में पाँच किलो दिए हैं इसलिए भाव मालूम है। समर के दिमाग में यह चल रहा है कि एक किलो कहने और करीब डेढ़ किलो तौलने के बाद क्या बूढ़ा बीस रुपये लेगा? अभी जबकि भाव कम नहीं किए। अगर तीस कहे तो कह दूँगा, मैंने तो एक किलो का बोला था तो एक किलो के पैसे लो...और चाहो तो अपने आम कम कर लो। खुद को समझाता है समर। दस-दस के दो नोट निकालते हुए लगता है अब फटे कि तब फटे। नोट गन्दे हो जाएँ तो नोट की हालत खराब हो जाती है लेकिन आदमी गन्दा हो जाए तो उसकी हालत क्यों सुधर जाती है।

नोट को बिना गिने, बिना देखे बूढ़ा लकड़ी की छोटी सी पेटी में रखता है। पेटी का ऊपरी हिस्सा ढक्कन का काम करता है। इस पेटी में ताला लटक नहीं

सकता है क्योंकि पेटी का सीना सपाट है। पेटी पर हाथ रखते हुए बूढ़ा कहता है, "बस...कुछ और दिन है।"

पेड़ पर लगे आम के या उसके...किसके कुछ दिन बचे हैं...क्या कहना चाहता है बूढ़ा ? समर ने बूढ़े की आँखों में झाँकना चाहा लेकिन वह आँख मिला नहीं पाया। अमराई के नाम पर खड़े कुछ आम की छाया से दूर खापा उखाड़ने में लगे बच्चों की तरफ नजर डालता है बूढ़ा और आम जमाने में लग जाता है। बड़े-छोटे वाले दो हिस्से में नहीं कर रहा है। जो ज्यादा पक गए उन्हें अलग करता है और कहता है, "ये वाले आज खाने लायक हैं। बाकी एक दिन बाद खाने लायक हो जाएँगे...। मीठे हैं।" पके हुए आम में से एक आम निकालकर देते हुए कहता है।

आम हाथ में लेते हुए समर को लगता है बूढ़ा कुछ और कहना चाहता है। रुकता है समर और आम के पेड़ देखने लगता है जबकि सुनना चाहता है लेकिन कैसे कहूँ...। हाँ, तो क्या हुआ बाबा ? समर चुप है लगता है कि पूछे, आम को आम क्यों कहते हैं ?

आम से बना होगा 'आम आदमी' वाला आम। बहुत सारे होने से इस फल को 'आम' कहा गया होगा। आम पेट भरने का साधन बना था। भूखा होने पर राह चलते आम तोड़कर खाया जाता होगा। हर आदमी भूखा न रहे इसलिए लगे होंगे आम। हर आदमी का पेट भरने के लिए किया इन्तजाम इसलिए आदमी के साथ आम जोड़कर 'आम आदमी' कहा गया। हर आम-ओ-खास को याद रहे ताउम्र कि आदमी के लिए है आम। आम आदमी का आम।

बोलता है बूढ़ा, "मीठे हैं। ले जाओ।"

"नहीं, अगली बार ले जाऊँगा।"

"अगली बार पता नहीं बचेंगे...ले जाओ।" आग्रह से भरी हैं आँखें बूढ़े की।

"सच कहूँ...मन तो कर रहा है लेकिन पैसे नहीं, मेरे पास।" समर के मुँह से हकीकत निकल गई

"कोई बात नहीं है। उधारी कर लो।" बूढ़े ने उदारता से कहा।

"मैं उधारी नहीं करता।" समर ने कहा और दिमाग के भीतर चलने लगा, उदारता से भरी उधारी सुनने में ही अच्छी लगती है क्योंकि बाद में उसका खमियाजा वह उठा नहीं सकता न आने वाली पीढ़ी पर ढाल सकता है। वह कोई उद्योगपति तो है नहीं कि नहीं चुकाया तो न बदनाम होगा, न वसूली होगी। समर को लगा उदारी से भरी उधारी कहीं का नहीं रखेगी...कहना चाहता था जिसे ताड़ गया बूढ़ा। खामोश लड़के के साथ दोनों चुप हो गए कि बकरी का बच्चा उछल कूदकर आ गया। पीछे-पीछे बकरी भागते हुए आ गई। उदार, उधार से पैदा हुई चुप्पी को काले रंग के बकरी के मासूम बच्चे ने उछाल दिया। बकरी के बच्चे में समर को अपना बच्चा नजर आता है जो खामोशी से भरी उदासी को इसी तरह उछाल देता है।

मनमाने ढंग से उछल-कूद करते हुए बकरी का बच्चा सड़क पर आ गया जिसे

रोकने-पकड़ने के लिए भागता है बूढ़ा। उछल-कूद देखकर समर के चेहरे पर मुस्कुराहट आ जाती है और समर अपनी साइकिल लेकर रवानगी डालता है जबकि बूढ़ा बकरी के बच्चे के पीछे। बूढ़े को लगता है कहीं एक्सीडेंट न हो जाए। साइकिल चलाते हुए समर को लगता है बूढ़ा उसे आवाज देगा। बूढ़े को सुनाना है और समर को सुनना है। न समर रुकता है, न आवाज आती है।

आँगनबाड़ी कार्यकर्ता ने समर से बेटे के लिए कहा था इसे प्राइवेट स्कूल में डालो। बड़ा होशियार है नये कानून के कारण पढ़ाई का खर्चा सरकार उठाएगी। इसी बात की खुशी के साथ समर अपने बेटे को प्राइवेट स्कूल में लेकर जा रहा है, साथ में नीले राशन कार्ड की फोटोकॉपी ले जा रहा है। रास्ते में है आम का ठेला है। ठेले के पास बूढ़ा खड़ा है। बूढ़ा देखता है, मुस्कुराहट के साथ। समर मुस्कुराता हुआ साइकिल से उतरता है। साइकिल के डंडे पर बैठा हुआ बेटा तपाक से बोलता है, "पापा आम...। वो देखो...तोड़ें?" वह अत्यधिक उत्साहित होकर बोलता है कि समर और बूढ़ा उसे देखते हुए अपना सारा तनाव उतनी ही तेजी से फेंक देते हैं।

"स्कूल से आने के बाद।"

"स्कूल क्यों जा रहे?" सुबह से दसेक बार पूछ चुका है बेटा समर से यही सवाल इतनी ही मासूमियत के साथ।

"एडमिशन कराने..."

"एडमिशन...क्या होता है पापा?"

"स्कूल में भर्ती कराना। मेरा बेटा प्राइवेट स्कूल जाएगा...। बड़े स्कूल में। बड़ा आदमी बनेगा?"

"आम तोड़ें पापा..." अमराई में लगे हुए आम को ललचाई निगाह से देखता है बेटा। बेटे को देखता है उम्मीद भरी निगाह से समर। बाप आम खरीद नहीं पाता और बेटा तोड़ना चाहता है। बेटे को बड़े स्कूल...बड़ा आदमी के बजाय आम बड़े दिखते हैं। लटके हुए आम को देखकर समर को लगता है क्या वह आम है? आदमी तो है लेकिन 'आम आदमी' किसी और को कहा जाने लगा है। जिनके बस में है आम वही है आदमी।

"स्कूल से आने के बाद तोड़ेंगे आम...ठीक है।" बूढ़ा कहता है बेटे से कि समर को लगता है बेटे के मन मुताबिक पहले आम तोड़े। तोड़े...बहुत दिनों से कुछ तोड़ा नहीं। चलाए पत्थर कि हाथ खुल जाए लेकिन बूढ़े के बोलने के बाद समर बेटे को साइकिल पर बैठाता है।

स्कूल का बड़ा गेट और हलके नीले रंग वाली शर्ट पहने गार्ड को देखकर समर को

झिझक सा कुछ लगता है जो उसके दिमाग में दाखिल होता है। उसे छोड़ने की कोशिश के साथ इंग्लिश कलर की आलीशान बिल्डिंग में दाखिल होता है। गाड़ी न रोकता, न पूछता। किधर मिलेगा फॉर्म? समर को सूझ नहीं पड़ता है। पहले किससे मिलना चाहिए? किससे पूछे? कहाँ एडमिशन की बात करूँ? तमाम सवालों के साथ तपती हुई दोपहरी में हरा-भरा बगीचा और बोगनबेलिया पर लदे फूल राहत देते हैं। कोई भी पेड़ फलदार नहीं हैं। निराश होता है समर कि बाईं तरफ अधिकांश लोग जा रहे हैं, उसी तरफ जाता है।

सरिये वाली जालियों में अलग-अलग कमरे हैं। पूछने वाला जालियों से बाहर होता है। जेल में कैदियों से मुलाकात वाला फिल्मी सीन की याद आते ही समर दो खिड़कियों को छोड़कर अगली खाली खिड़की में कहता है, ''बच्चे का एडमिशन करना है।''

''व्हिच क्लास?'' रोबदार आवाज नर्म सी लगी लेकिन समझ में नहीं आया समर को।

''एडमिशन...एडमिशन इस बेटे का।''

''नर्सरी?''

''हाँ।''

खिड़की के भीतर से वो इशारा करती है, अगली खिड़की का, जहाँ लाइन लगी है, दस-बारह लोग हैं। उनके पीछे खड़ा हो जाता है समर। समर बेटे को देखता है। बेटे के कारण ही इतनी बड़ी बिल्डिंग में खड़ा हूँ, बेटा ही मुझे यहाँ लाया है। गर्वित भाव से देखता है बेटे को।

लाइन में लगी हुई नजरों की तरफ जाती है समर की नजर तो लगता है वे नजरें निकाल रही हैं समर का 'एक्स-रे।' एक्स-रे निकालती नजरों में नजर डालता है, तो वे नजरें इधर-उधर तलाश करने लगती हैं कि अब किसका एक्स-रे निकालना है। खिड़की के भीतर बैठी महिला की आवाज बेहद धीमी गति से आती है, ''ओनली स्पेशल केस कंसीडर...प्लीज यू कंटेक्ट प्रिंसिपल मैम...'' लोहे की जाली में से आवाज निकलकर गलियारे में आई और बड़ी जाली से टकराई। गलियारे में बड़ी-बड़ी जालियाँ हैं। जाली ही जाली। कितनी महँगी होंगी लोहे की जालियाँ? स्कूल में इतनी जालियाँ समर के अमराई वाले खयाल को कैद कर लेती हैं। जालियों के भीतर खड़े लोगों के कपड़े, जूते...सब महँगे लगते हैं। महँगी-महँगी चीजें पहनकर-लेकर आए हैं लोग। लाइन में खड़े किसी भी आदमी-औरत के साथ बच्चा नहीं है। सबके साथ में, हाथ में मोबाइल हैं, महँगे। समर के साथ उसका बेटा है। बेटे के हाथ में समर की उँगली है। सरकते हुए खयाल तोड़कर कहता है समर बेटे से, ''इस स्कूल में पढ़ेगा मेरा तेजस। पढ़ोगे न बेटा?''

बेटा तमाम नजरों को पढ़ चुका है। बेटा नजरों को पढ़ने के बाद जवाब नहीं

देता है। गोया कि उसने सुना ही नहीं। बेटे के कन्धे पर हाथ रखकर समर कहता है, "क्यों...क्या हो गया बेटा?"

"कुछ नी।" बेटे ने सपाट जवाब दिया। उसके चेहरे को पढ़ पाने में समर ने असमर्थता महसूस की।

लगभग आधे घंटे बाद समर की बारी आती है। समर कहता है, "एडमिशन चाहिए।"

ऊँची कुर्सी पर बैठी हुई मैडम समर को देखती है फिर समर के बेटे को। मैडम चुप हो जाती है। लगता है दिमाग उसकी जबान को रोक रहा है। वह लिखने लगती है। जिनकी जबान नहीं खुलती वे लिखने लग जाते हैं। समर भी चुप है कि लिखने के बाद बोलेगी। नहीं बोलती क्योंकि वह जानती है इन्तजार में खड़े आदमी के लिए चुप्पी कितनी मारक होती है।

"फिफ्टीन थाउजेंड", समर की आँखों में आँखें डालकर मैडम कहती है। जबकि मैडम को कहना था, तुम्हारी औकात?

"..."समर की जबान ने जो कहा, वह मैडम सहित कोई नहीं सुन सका। सब, सब सुन नहीं सकते हैं चाहकर भी लेकिन बेटे ने सुन लिया—

"पन्द्रह हजार।" मैडम ने अपने गुस्से को सँभालते हुए कहा।

"पन्दरा हजार...वो मैडम तो फ्री का बोल रही थीं।" आश्चर्य से कहता है समर।

"फ्री...। फ्री में नहीं पढ़ाते हम।"

"...लेकिन..."

"पढ़ाई हवा नहीं है जो फ्री में मिल जाए। बिजली, हवा फ्री में मिल रही है, तो आदत पड़ गई फ्री की।"

"आप दे रही हैं क्या हवा-बिजली...वो आँगनबाड़ी वाली मैडम...उन्होंने बोला तो आया हूँ।" अपने आपको संयत करने की कोशिश करता हुआ बोला समर।

"अब पानी भी फ्री में नहीं मिलता है, तो पढ़ाई के लिए कैसे सोच लिया...सरकारी में जाओ...प्राइवेट में ही पढ़ाना है, तो अपने मोहल्ले में पढ़ाओ...जाओ भाई...।" गुस्से से इकट्ठा हुआ तनाव बाहर निकाल दिया मैडम ने।

"उधर छोटे-छोटे कमरों में लगता है...अम्बेडकर वैदिक इंग्लिश स्कूल। उसमें नी पढ़ाना।" इनकार से भर गया समर।

"अम्बेडकर वैदिक इंग्लिश स्कूल...? बढ़िया है। गुड। वेरी गुड। अम्बेडकर भी है। वैदिक भी और इंग्लिश भी। और क्या चाहिए तुम्हें, अपने अम्बेडकर के अलावा?" विद्रूपता, ताने की पैकेज्ड बोतल को समर के ऊपर खाली करते हुए बोली।

''डॉक्टर अम्बेडकर। डॉक्टर अम्बेडकर तो हम सभी के हैं मैडम। उन्हीं की बदौलत हम...। आप महिलाएँ आ रहे हैं।'' समर एक साँस में बोल गया। अपने साथ अमराई के आम की मिठास लेकर आया समर को न मीठापन लगता है, न हरापन।

''ये तो नहीं मालूम लेकिन भाईसाब आपको तो दो के साथ एक फ्री में मिल रहा है।'' लगा सेल्सगर्ल खड़ी हो गई जो हर तरह से समझाना चाह रही है। मैडम तनावमुक्त होने के लिए मजाक उड़ा रही है।

''मैडम हमें पता है वह क्या है? वह फ्री में भी नहीं चाहिए...फर्जी है।''

''फ्री में नी मिले पढ़ाई। जो फ्री में ले पढ़ाई तो उसका अँगूठा काट लेते थे। याद है न...। अब जमाना बदल गया है। अब अँगूठा माँगेंगे तो...।'' बोलते-बोलते चुप हो गई। अँगूठे से दबा हुआ पेन अपने गरदन की तरफ ले गई। मोटी गरदन पर क्रीम पाउडर की चढ़ी हुई परत उमस के कारण इधर-उधर जा रही है। गरदन की बजाय मोटी किताब दिखी जो तय करती है कि कौन क्या है। इन्हें हर कोई नहीं पढ़ सकता। मोटी किताबें भारी होती हैं। बहुत भारी। उसके वजन तले दबा होता है दिमाग।

''जमाना नहीं बदला मैडम...। अँगूठा काटने वालों की आदत जाती नहीं...छोड़ो मैडम अभी तो मेरे अँगूठे को पढ़ने दो।'' पटाक्षेप करता हुआ बोला समर।

''सीधी सी बात है फ्री में पढ़ाना है तो वहीं पड़ोस में पढ़ाना पड़ेगा। बड़े स्कूल के सपने मत देखो।'' उसने नैपकिन अपनी गरदन से लगाते हुए कहा।

''यहाँ...'' समर के बोलते ही बात काटते हुए मैडम ने कहा, ''यहाँ फ्री में नहीं पढ़ाते हैं...समझ में नहीं आ रहा है कब से समझा रही हूँ यहाँ नहीं होगा एडमिशन। फ्री में समझा रही हूँ फिर भी...'' गरदन से परत निकलने के कारण चिल्लाने लगी। उपहास उड़ाता मैडम का चेहरा सख्त हुआ।

''सुन लिया, समझ लिया मैडम। फिर वो मैडम कैसे बोल रही थीं?'' समर की जबान तल्ख हो गई।

''वो भला मैडम में मैडम है? एक मामूली सी कार्यकर्ता...। जाओ...उसी के पास जाओ...उसी से लो फ्री में...'' ऊँची कुर्सी से उतरकर खिड़की के पास आकर बोली मैडम।

''ये कोई बोलने का तरीका है? इस तरह बातें करते हैं आप लोग?'' समर ने खुद को शान्त रखते हुए कहा।

''फ्री वालों के लिए फ्री वाला तरीका...ओके...गो। यू डोंट वेस्ट माय वैलुएबल टाइम...'' अपनी साड़ी में आए सिलवटों को ठीक करते हुए कहा मैडम ने। दिमाग के भीतर की सिलवटें बढ़ती जा रही हैं।

"नया कानून आया है बच्चों को फ्री में पढ़ाने का..." समर के भीतर साहस आया। समर का चेहरा जाली के पास आ गया।

"वो कानून है? एडमिशन नहीं दिया तो हमें फाँसी पर चढ़ाओगे? जेल में...। कानून...जाओ।" बोलने के बाद कुर्सी पर बैठी और समर के पीछे खड़े व्यक्ति से कहा, "प्लीज आप आइए।"

"अगली बार कानून के साथ आऊँगा..." समर ने कहा। बेटा सहमी हुई नजर से देखता है तो समर मजबूती से हाथ पकड़कर अहसास दिलाता है कि अभी कुछ नहीं बिगड़ा। बेटे को लेकर आगे बढ़ा।

स्कूल के सामने स्टेशनरी, गणवेश की दुकान के अलावा जनरल स्टोर्स की दुकान से लगी हुई फलवाले की दुकान है, जिसमें सजे हैं कई तरह के आम। समर बेटे को देखता है। तेजस देखता है आम, पपीता लेकिन न मचलता है, न बोलता है। सजी हुई दुकान को देखता है तेजस। बेटे की उदासी को देखकर कहता है "समर, कुछ चाहिए बेटा?" जवाब नहीं देता है तेजस। समर रुकना नहीं चाहता है। अभी अभी बड़ी दुकान से होकर आया है। चुप और उदास बेटे से कहता है समर, "तेजस, आम की इस बड़ी दुकान में नहीं हैं ताजा आम। हम पेड़ से तोड़कर खाएँगे आम।" तेजस दुकान को अनदेखा करता हुआ आगे बढ़ जाता है और कहता है, "आम तोड़ेंगे हम..." तेजस नये लक्ष्य की तरफ बढ़ता दिखा तो समर उसे देखता रहा।

साइकिल चलाने में दिक्कत आ रही है समर को। लगता है ताकत नहीं बची। धूप का असर लगता है, सोचता है तो याद आता है कि ऑयलिंग नहीं करवाई थी...कि पहिये में हवा कम है। हाँ, हवा कम है। टायर पिचके हुए दिख रहे हैं। उत्साह, उमंग की सारी हवा निकाल दी मैडम ने जिसे आँगनबाड़ी की कार्यकर्ता ने भरी थी। समर ने कभी नहीं सोचा था कि वह अपने बेटे को इस स्कूल में पढ़ा सकेगा लेकिन शिक्षा गारंटी कानून ने भरोसा दिलाया कि उसका बच्चा भी इसमें पढ़ सकेगा लेकिन उस मैडम ने घर का रास्ता दिखा दिया। कभी साइकिल को तो कभी सड़क को देखता है समर। कभी बेटे को तो कभी सूरज को। आँगनबाड़ी की मैडम का भरोसा तो कभी स्कूल की मैडम की प्रताड़ना के साथ चलता है कि उसे चलना है।

अमराई पहुँचते ही बेटा चिल्लाता है, "पापाबकरी...।बकरीपापा...।" साइकिल से कूदकर भागना चाहता है बेटा। तेजस की खामोशी अब टूटी कि जालियों की कैद से छूटा हो। वह इस कदर उत्साहित होता है कि उसने संसार का कोई विशिष्ट जीव देखा हो। बेटा पहली बार देखता है आजाद बकरी को। उछल-कूद करती बकरी को। उतारकर बेटे को साइकिल ठेले के पास खड़ी करता है।

बेटा फिर कहता है, "बकरीपापा...पकड़े...पापाबकरी...पापाबकरी..."

तेजस की बात आम के पत्ते-सी भाले के जैसी नुकीली लगी, जो अपने हरेपन के साथ थी।

चार-छह बकरी के बच्चों को देखकर चिल्लाता हुआ भाग रहा है उसके पीछे-पीछे समर...। बूढ़ा भी आ जाता है। जैसे ही बकरी का बच्चा उछलता हुआ भागता है तेजस समर के पास आ जाता है। अनपेक्षित सा लगा तेजस को। चलता-भागता हुआ बकरी का बच्चा कैसे उछलता है? जबकि समर के बचे हुए उत्साह पर 'पापाबकरी' भारी पड़ गया। पापा और बकरी में भेद नहीं किया। तेजस को पापा में बकरी नजर आई या बकरी में पापा? बेटे ने पापा और बकरी को एक कर फैसला सुना दिया कि अब समर का क्या होगा? हँस नहीं पाया समर। समर को अपनी गरदन नजर आने लगी तो बूढ़े को देखा। बूढ़े का पाजामा ऊँचा है, थ्री फोर से थोड़ा लम्बा। कुरता भी छोटा है। बूढ़े ने जानबूझकर छोटा सिलवाया है या इनके भाई का होगा?

स्कूल, मैडम फिर बकरीपापा के शब्दों से लड़ता हुआ समर पूछता है, "इतने सारे आम कैसे तोड़ते हो?" समर को इस तरह बोलते हुए लगा कि एक साथ बहुतों को तोड़ना है कि टपकाना है।

"हवा रात में ढेर सारे आम टपका देती है। बाकी हेकड़ी से तोड़ लेते हैं हम।" बाँस के मुँह पर कपड़े की थैली दिखाते हुए कहता जाता है बूढ़ा, "सुबे-सुबे जो गिर जाते हैं उनको उठाकर इकट्ठा करते हैं। फिर हरेक पेड़ को देखते हैं कौन-सा आम पक गया...पकने वाला है।"

बूढ़े का चेहरा खुरदरा है जो मटमैला-सा है। आम की छाल की जगह बूढ़ा दिखा।

बूढ़े ने कहा, "आम तो झाबुआ-अलीराजपुर के होते हैं...बड़े-बड़े। एक आम चार किलो का...नूरजहाँ, शाहजहाँ...श्रीदेवी नाम से...वहाँ तो बाटली, गधामार, रशिया, केशर, रंगराज, फकिरवाला, राजापरी, सिन्दूरी, दशहरी, लँगड़ा, नीलमपरी, तोतापरी, बादाम, करेला, सफेदा, दाडम, रूमानी, बाम्बेग्रीन, मकाराम...। और भी नाम के आम हैं...हाँ, वनराज तीन रंगों में आता है हरा, पीला और लाल...चालीस से ज्यादा किस्म हैं...सड़क के दोनों तरफ, जहाँ देखो वहीं आम। आम ही आम। सबसे बड़ा आम चार किलो से ज्यादा का, कट्ठीवाड़ा में होता है। सबसे ज्यादा बारिश वही होती है। वहीं काजू भी है। आम काजू के परिवार का है...काजू समझकर आम खाकर पेट भरते हैं...।" हँसने लगा बूढ़ा कि कुछ ज्यादा ही बोल दिया हो।

"वहाँ इतने बड़े आम कहाँ से आए होंगे?"

"पुराने लोग बताते हैं...गुजरात से लाए थे।" बूढ़ा कहता है और तभी तेजस तेजी से कहता है, "पापाआम...आमपापा...तोड़ें... ? कहा था...याद है...तोड़ें...बोला था, तोड़ना है। तोड़ें?" तेजस बकरी के बच्चे को पकड़ने की बजाय आम तोड़ने

पर आ गया। तोड़ने के इरादे से लबालब भरा है तेजस। तोड़ना है। तोड़ना है, क्या तोड़ना है?

स्कूल...। या आम? गिरे हुए की बजाय लटके हुए को तोड़ना है। कैसे तोडूँगा? तोड़ने का तरीका बूढ़ा बता चुका है। क्या वही तरीका है?

हेकड़ी से? समर सोचते हुए चल रहा है खेत में। आम के आसपास वाली जमीन छोड़कर फसल बोई जाती है। फसल कटाई के बाद दरांती से काटे हुए पौधों के बीच चल रहे हैं बिना सवाल-जवाब, प्रतिरोध, सहमति के। चलने में दिक्कत आ रही है। बाईं तरफ घनी छाया में दूसरे वृक्ष के बीच खटिया है...वहीं झोंपड़ी है। कुआँ और बुढ़िया दिखती है। समर देखता है तेजस को कहीं ये कुआँपापा... पापाकुआँ...तो नहीं बोलेगा? तेजस बुढ़िया को देखता है फिर आम को। आम तोड़ना है जबकि समर तय नहीं कर पाया कैसे तोडूँगा आम? फिर भी चल रहा है।

''नाना थारा पग म खापो भरीई जाएगो। देखि नी जाजो।'' तपती हुई दोपहरी में घने पेड़ से गुजरकर आती हवा की तरह घूँघट में से बुढ़िया बोली तो देखता ही रह गया समर। बुढ़िया ने तेजस की तरफ देखते हुए कहा। समर को खापा का नुकीलापन तब दिखा जब दिखाया गया। समर ने बेटे को गोद में उठा लिया। अमराई के खाली हिस्से में बोये हुए अमेरिकन भुट्टे के खापा को देखकर। बाकी हिस्से में हल से खापा को जमीन से उखाड़ने का काम अभी पूरा नहीं हुआ है। मजदूर नहीं मिल रहे हैं। अमराई में चाहकर भी ट्रैक्टर से बखरने का काम नहीं किया जा सकता है। पेड़ ही पेड़ हैं। पेड़ में आम गिने-चुने लगे हुए हैं। जिस पेड़ के सामने बूढ़ा रुका, उस पेड़ की डगाल धरती को छूने के लिए लालायित है। समर के कन्धे से तेजस आसानी से आम तोड़ सकता है। समर कहता है तेजस से, ''तोड़...आम तोड़ना है न...तोड़।''

''नहीं...नहीं तोड़ना।'' इनकार भरे शब्द कहता है तेजस और आम को इस तरह स्पर्श करता है कि आम के होंठ हो।

''आम तोड़ना था न...तोड़...'' समर समझाता है।

''तोड़ लो मियाँ वरना आम टपक जाएँगे। बस चारेक दिन में सब टपक जाएँगे।'' बूढ़ा कहता है।

इतने निकट से देखने और छूने के बाद आम तोड़ने से मना करता है तेजस। बूढ़े का दिल भर आता है कि समर बेटे को उकसाता है, ''तोड़...तोड़...''

''मेरे को नी तोड़ना।'' उदासी में लटक गया तेजस का चेहरा। लटकते आम को देखने की बजाय बेटे को देखते हुए समर बोला, ''तुम ही तो कह रहे थे, आम तोड़ना है...फिर अब...अब क्या हो गया?''

''छोड़ो जी बच्चा नहीं तोड़ना चाहता है तो क्यों मजबूर कर रहे हो।'' मासूमियत से कहता है बूढ़ा।

"मैं तोड़ूँ...हटो...मैं तोड़ता हूँ।" समर बेटे को गोद से उतारते हुए कहता है।

"आप भी मत तोड़ो..." तेजस बोलता है तो वहीं का वहीं खड़ा हो जाता है समर।

"चलो नी तोड़ते हैं। वहाँ बैठते हैं।" झोंपड़ी की तरफ इशारा करते हुए बूढ़ा बोलता है और समर चल देता है बेटे को गोद में उठाकर।

झोंपड़ी में से आम लाता है बूढ़ा। "चिक साफ कर देना।" समर को आम देते हुए कहता है बूढ़ा। समर आम के हरे पत्तों से साफ करने की कोशिश करता है। असफल होता देख बूढ़ा कहता है, "लाओ...मैं साफ करता हूँ..." ले लेता है आम और जरमन के बड़े से लोटे के पानी से धोकर अपने कुर्ते से साफ कर तेजस को आम देता है बूढ़ा। ना-नुकर के बाद ले लेता है आम तेजस।

"चार दिन में सब टपक जाएँगे...मतलब?" समर संशयग्रस्त सवाल करता है।

"जिस तरह का मौसम बन रहा है, ये मौसम आम को रहने नहीं देगा। सबको टपका देगा। सबको।" भय जैसी हलकी परत आती है चेहरे पर। जिसे अपने ऊपर हावी नहीं होने की कोशिश करते हुए बूढ़ा कहता है, "पिछले हफ्ते तक तो साग इकट्ठी कर लेते थे...अब बाकी पक गए पेड़ पर..." चुप हो जाता है बूढ़ा कि आती हुई आँधी का अहसास हो चुका हो।

"आम तो पकाते हैं, है ना?" समर सवाल का जवाब परोसता है।

"साग को रात भर रखो वह अपने आप पक जाती है। कार्बेट या दीगर चीजों से आम नहीं पकाते हैं हम। जैसा है वैसा ही बेचते हैं।"

"आम को नंगा नहीं देखा कभी, बिना पत्तों का। पतझड़ नहीं आता है?" समर वातावरण को सामान्य करने के लिए कहता है।

"आम के सारे पत्ते एक साथ झड़ते नहीं। गिरते हैं टुकड़ों में। नये आ जाते हैं तो पता ही नहीं चलता है कि पत्ते पुराने होकर झाड़ से जुदा हो गए हैं।" बूढ़ा बोला तो लगा उदासी का कोई पेड़ बोल रहा हो।

"आम नंगा हो जाए तो..." समर के दिमाग में अभी भी स्कूल में मैडम की बातें और व्यवहार हैं।

"तो समझ लेना दीमक लग गई या कीड़ा...। तभी।"

"आदमी को दीमक नहीं लगती...?" समर खुद को समझने के लिए बोला।

"जिन्हें लगती है उन्हें नहीं दिखती..." बूढ़ा ऐसी हँसी हँसता है जिसके तल उदासी बैठी हो। बूढ़ा अमराई देखता है जो नाम की रह गई। पुराने पेड़ लगातार कम होते जा रहे हैं, आम के नये पौधे लगा नहीं रहे हैं। खेती लायक हो गई अमराई जिसमें बोये हुए बेमौसम के मक्के के खापा हैं। समर को अमराई में स्कूल लगता है जहाँ ढेर खापा हैं, नुकीले, तेज, वहीं तेजस को पढ़ाने की हसरत है। समर को अमराई में आम से ज्यादा खापा नजर आने लगे।

"अब तो बहुत कम रह गए आम के झाड़।" बातचीत बनाए रखने के लिए कहता है समर।

"हाँ...। बच्चे का एडमिशन हो गया?"

"नहीं। वे..." समर का जवाब पूरा होने से पहले ही पसीने से लथपथ तेजस ने कहा, "बकरी ले लो पापा।"

"बकरी...?" स्कूल की बातों को बकरी तोड़ती है।

"पापाबकरी ले लो।" जिद पर आ गया बेटा।

"कहाँ रखेंगे?" समर समझाने के लिए बोलता है।

"अपने घर में रखेंगे। ठीक है।" तेजस समर के गले में हाथ डालकर निर्णय देता है।

"ऐसे नहीं ले जाते हैं। खरीदनी पड़ती है।" समर कहता है।

"तो खरीद लो।" मासूमियत से भरकर गोद में बैठ जाता है तेजस।

"आम..." विषयान्तर करता है समर आम दिखाते हुए।

"बकरीपापा...बकरीपापा..."

नहीं समझा पा रहा समर। समर अभी भी स्कूल में लटका हुआ है। लटका हुआ समर कहता है, "शेर...शेर खरीद ले।"

"शेर नी चाहिए...बकरीपापा..." तेजस डर को भगाता हुआ बोलता है।

बूढ़े ने खेत में पड़ी हुई, कटी हुई फसल के बिखरे हुए अवशेष, जिसे खापा कहते हैं, को हटाकर अपने दोनों हाथों के पंजे हिलाए और चेहरे के भाव बदलकर खर्राश भरी आवाज में कहा, "शेर..."

"शेर मत खरीदना पापा।" तेजस ने डरकर कहा। उसे सीने से लगाया समर ने।

"शेर बचे ही नहीं। फिर कैसे खरीदेंगे तुम्हारे पापा?" बूढ़े को लगा बच्चे को समझाए।

"शेर खरीदते नहीं बेटा। जंगल नहीं इसलिए शेर भी नहीं है। जो शेर बनते हैं वे खाल पहनकर डराते हैं शब्दों से।" समर बोलता रहा लेकिन सीने से चिपका रहा बेटा।

"अल्फाजों में नहीं रहा डर। डर है पुराने वक्त का, पुराने जख्मों का...जख्म भरने भी नहीं देते...छोड़िए...आम खिलाइए बेटे को...आप पना लेंगे या आम?" बूढ़ा बोला तो लगा वक्त के साथ वह अपने बच्चों को याद कर रहा है। कच्चे आम को भूनकर बनता है पना जो लू लगने नहीं देता। बूढ़ा लू से बचाना चाहता है समर को।

"अभी जख्म लेकर आया हूँ स्कूल से। पता नहीं बच्चा भूल पाएगा या नहीं..." समर ने कहा। कहते हैं लोग आसानी से मिल जाता है आम और स्कूल लेकिन समर को लगा उसके बस में न आम है, न स्कूल।

"पापाबकरी..." फिर बोला तेजस कि स्कूल से लेना-देना नहीं हो ।

"बकरी भाग गई तो...।" समर हँसने की खातिर कहता है।

"बाँधकर रखेंगे। फिर नी भागेगी। ठीक है।" बेटे के पास तरकीब है।

"बेटा...पापा के पास पैसे नी है। इसलिए बकरी खरीद नी सकते हैं।" समर के चेहरे पर सपाटता के साथ सूनापन आ गया है।

"बिना पैसे की खरीदेंगे पापा।"

"बिना पैसे के कुछ भी खरीद नहीं सकते...न मिल सकता एडमिशन।" जख्म, हकीकत में शब्दों में उतर गए।

"तो पकड़ लेते हैं...। बकरीपापा।" जैसे नई तरकीब आई और उल्लास लाई तेजस में।

"जान ले लेंगे चाचा..." डराता है समर।

"दे देना चचा को जान। ठीक है।" निष्कर्ष स्वरूप समझाते हुए कहता है तेजस।

"फिर बकरी के साथ तू रहना...बिना पापा के।" समर भावनात्मक हथियार रखता है ताकि बकरी की बात खत्म हो वरना दिन-रात यही जिद चलती रहेगी। घर पर जीना मुहाल कर देगा तेजस। उसे हर हाल में सहमत कराना है कि क्यों नहीं खरीद सकते बकरी को । समर को अहसास है कि वह बहुत देर से अमराई में है और तेजस की जिद को यहीं छोड़ जाने की जद्दोजेहद से गुजर रहा है।

"एक ही मिलेगा। पापा या बकरी। दूसरे की तो जान जानी ही है बेटा।" समर की जान निकलती जा रही है। कैसे समझाए? सपने देखने की कोशिश में जान पर बन आई है। तेजस चुप हो गया। वह इसके मायने समझने में लग गया जबकि समर जाने के लिए खड़ा हुआ। चलते हुए समर ने बेटे से कहा, "बकरी का क्या करोगे?"

"...मस्ती करूँगा, खेलूँगा।" चमकती हुई आँखें बड़ी हुईं तेजस की।

"मेरे साथ मस्ती करोगे? मैं बनता हूँ बकरी।" हँसते हुए कहा बूढ़े ने।

तेजस ने अविश्वास के साथ देखा बूढ़े को। हवा तेज हो गई। धूल से भरी हुई। मौसम बनाने वाली हवा। वातावरण बनाने में हवा के साथ धूल चलती है। आकाश में बादलों का छितरा हुआ झुंड ने उजाले को किनारे किया। उजाला तीखी धूप दे रहा है। वह पसीने के साथ बदन भी जलाता और गला भी सुखाता है। इस उजाले का क्या मतलब? काले बादल जरूरी हैं। जरूरी है बरसात, मौसम में बराबरी के लिए। इतना तीखा उजाला नहीं चाहिए। समर सोचता हुआ बूढ़े को देखता है। तेजस खापा पकड़ता है, जिसे जमीन में से निकालकर रखा गया है। खेत के कुछ हिस्से में खापा नहीं निकाले गए हैं। समर की नजर को देखकर कहता है बूढ़ा, "खापा को मजूर ही निकाल सकते हैं। यहाँ ट्रैक्टर नहीं चल सकता है। जगह देखकर, समझकर ही ट्रैक्टर चलाया जा सकता है।"

समर बूढ़े के खेत में, बूढ़े की अमराई में, खापा देखता है। पैर में घुस न जाने की हिदायत की याद के साथ उस नुकीले हिस्से की पोली हो चुकी सूखी हुई डंडी को पकड़ता है। जड़ में मिट्टी लगी हुई है। बूढ़ा उत्सुकता में है। समर को अपने हाथ में खापा की बजाय लटका हुआ स्कूल दिखता है। बूढ़े को क्या दिख रहा होगा? समर मिट्टी से भरा खापा मारता है, तेज हवा से घबराए पेड़ पर। सूखी हुई मिट्टी पेड़ की बजाय अपनी जमीन से मिलने के लिए बिखरती हुई आ रही है। खापा से जकड़ी हुई मिट्टी आम की चाह में पत्तियों से टकराती हुई तने पर दम तोड़ देती है।

बूढ़ा उदास होता हुआ कहता है, ''इस अमेरिकन की मिठास ने देशी भुट्टों को कहीं का नहीं रखा है।'' समर को लगा कि बूढ़ा कह रहा है कि उसे भी कहीं का नहीं रखा गया है।

''हमें कहीं का नहीं रखा है। अगले जन्म की चिन्ता का डर दिखा-दिखाकर सदियों से पूजा-पाठ की मिठास से बेसुध कर रखा है। हमें होश कब आएगा? कब खुद पर भरोसा कर हकीकत समझेंगे...कब? उनके बीज हमारी धरती को और ये लोग हमें बंजर बनाने में लगे हुए हैं। बंजर नहीं हुए हम। हम बंजर नहीं हो सकते हैं। अमेरिकन भुट्टे से लेकर मोटी किताबों की मिठास का जहर पहचानना होगा। हमें पूजा-पाठ, पाप-पुण्य का डर छोड़ना होगा। पढ़ाना होगा बच्चों को। अधिकार है पढ़ना। अधिकार। अधिकार न मिले तो...'' समर तय कर चुका है कि तेजस को उसी स्कूल में पढ़ाकर ही रहूँगा। इसके लिए जो भी करना हो करूँगा। बोलते-बोलते समर ने खापा उठाया। खापा से खेत की मिट्टी पूरी तरह से दूर नहीं हुई है।

''तोड़ दो पापा...'' तेजस नारे की तरह बोलता है। उसकी आँखों में चमक है। समर को अहसास हो चुका है कि अब तोड़ना ही पड़ेगा। बेटे के दिमाग में आम है या स्कूल...मैडम? बेटे से कुछ न कहकर खापा देखकर बूढ़े से पूछता है समर, ''इसका क्या करोगे?''

''हम तो इस अमेरिकन को जलाते हैं। इस दफे लेट हो गए हैं। ज्यादा लेट।'' बूढ़ा मुस्कुराता है। खापा पकड़कर, गोया किसी अपराधी को पकड़ा हो।

स्कूल और मैडम समझकर खापा उठाता है समर और कहता है, ''इसका तो भूसा बनाना बेहतर होगा।''

(2013)

काली सड़क

"अरे हमारे दुआरे साक्षात् काली मैया आएगी तो हमारे भाग नहीं सुधरेंगे?" कमल ने चबूतरे पर सवाल फेंक दिया। सवाल में भरी हुई हैं, बोलने-बताने-सुनने के लिए ढेर सारी बातें।

"काली मैया?" मानिक ने अपने पैर को सीधा करने की कोशिश करते हुए जानना चाहा। उसने कमल को नहीं देखा, देखा अपने पैर को, जो ज्यादा देर तक खड़े रहने से अकड़ गए थे।

"काली सड़क। काली सड़क का योग-संयोग है।" फिर उसी उम्मीद से कहा कमल ने, जो उसके चेहरे पर चमक रही है। पुनर्वास स्थल पर विस्थापितों को बसाने के लिए बनी हुई बिल्डिंग के आसपास काम शुरू होने से, अपने टोले-मजरे की सड़क बनने की आशा सभी को है।

"ये सड़क तो बनेगी। पक्की बनेगी।" काशीराम ने कहा। काशीराम के बारे में उसके पीठ पीछे कहते हैं लोग, "पगला गया है काशीराम। जब देखो तब सड़क की बात करता है। उस दिन तो सुधाकर की मैयत में भी बोला था, सड़क बन जाएगी तो सबको फायदा होगा। लेकिन इधर अगर कॉलोनी कटी तो फिर मैयत कहाँ से ले जाएँगे?" कमल ने कहा था, "तू फिकर मत कर। कितनी भी दूर घूम-फिर के जाना पड़े, तेरी मैयत हम लोग ले जाएँगे।" तब शवयात्रा में हँसी चलने लगी थी। उपहास, ताने कन्धों पर थे।

"तुम्हारे घर में तो पता नहीं कौन-कौन से मैया-भैया और न जाने कौन-कौन बैठे हैं?" मानिक ने सवाल उठाया और खड़ा होकर बोला। चेहरों ने उसकी तरफ देखा। उन्हें देखते हुए फिर कहा मानिक ने, "इतने सारे मैया-भैया-छैया तुम्हारा भाग नहीं बदल सके, तो...तो ये अकेली बदल देगी?"

मानिक को कम उम्र का माना जाता है जबकि उसकी शादी के लिए लड़की की तलाश शुरू हो चुकी है। दुबली-पतली काया वाले मानिक के होंठों पर काली मूँछ है, जो शादी करने का एकमात्र प्रतीक है।

"तेरे को तो समझना ही मुश्किल है। उलटी खोपड़ी को कुछ समझ आ सकता है क्या?" कमल कहता है और सोचता है कि लोग उसकी तरह सोचें और विचार करने से पहले कहें।

"तेरी खोपड़ी तो सीधी है ना? कितने सालों से सुन रहे हैं सड़क बनेगी...। मजूरी मिलेगी...बदलेगी तकदीर...क्या हुआ अब तक?" कमल ने तैश में कहा तो लगा कमल सड़क की बजाय मानिक पर अपना गुस्सा उतार रहा है जबकि अचानक हाथ साफ करते हैं, ज्वालाप्रसाद। सब जानते हैं हाथ में ऐसा कुछ नहीं लगा, जिसे साफ किया जाना हो। बुढ़ापे को छूने के लिए उम्र से आगे निकल चुके ज्वालाप्रसाद बीड़ी बुझाने लगे। वे अपने बाएँ नकली पैर को निकालकर पेड़ के सहारे खड़ा करते हैं, तो काशीराम ज्वालाप्रसाद को देखता है। देखता है बुझती हुई बीड़ी को बुझाने के अलावा किस तरह से मसला जाता है, किस तरह से उसके बाकी हिस्से को तोड़ा जाता है...।

"जो-जो लिखा है सो-सो तब होगा। अब धरती में बीज डाला है तो उसे पेड़ बनने में वक्त तो लगेगा न कि झट से आज लगाया और कल गप-गप उसके फल खा लेंगे...होता है ऐसा?" कमल फिर कहता है।

"धरती भी तो तुम्हारी मैया है ना...जगत मैया...हमारे पास क्यों नहीं है धरती? क्यों नहीं आती हमारे पास धरती मैया? पैसों वाले के पास ही रहती है तुम्हारी धरती मैया। उन्हीं की है लछमी मैया...हमारे पास क्या है?" मानिक तिलमिलाता है और नीचे झुककर छोटा पत्थर उठाकर आसमान की तरफ फेंक देता है। पेड़ की लटकी पत्तियों को हल्का स्पर्श करता हुआ पत्थर उन्हें काटता है। चन्द पत्तियाँ कटती हैं। मानिक का गुस्सा रत्तीभर निकलता है।

"सब भाग्य का खेल है। पहले पाप किया होगा।" कमल गिरती हुई लहराती पत्तियों को देखते-देखते बोला, तो लगा पत्तियाँ नहीं उसकी बात कटकर गिर रही है।

"तुम तो बड़े पापी हो, तुम्हारा बाप भी पापी। बाप का बाप भी पापी और बच्चे भी पापी...सारा पाप क्या हमारी जात वालों ने ही किया है जो हम सब भुगत रहे हैं?" मानिक बोलता है और फिर झुकता है नये पत्थर की तलाश में। वह सीधे आँखों में आँख डालकर बात करता है।

"तू तो सचमुच का पापी है रे, तेरे मुँह से पता नहीं कौन निकलता है?" ज्वालाप्रसाद बुझी हुई बीड़ी की राख को तितर-बितर करते हुए हँसते हुए कहते हैं, सब जानते हैं, ये मजाक उड़ाया है, कमल का।

"रावण...रावण भी पापी था?" मानिक रुकता नहीं है। बोलता जाता है। लोग-बाग कहते हैं, उसके मुँह नहीं लगना चाहिए।

"नहीं तो क्या था? इनआनटोटल वह पापी नहीं था न ही बामण।" बिखरी हुई राख को बिखेरते हुए कहता है ज्वालाप्रसाद।

"रावण बामण नहीं था?" कमल निर्णय वाली बात को सवाल की तरह करता है। "बामन होता तो क्या उसे जलाते? अपने वाले को जिन्दा जलाकर खुशी मनाते? जिन्दा जलाने के लिए औरत होती है या फिर शूद्र। तू सब छोड़ ये बता सड़क बन जाएगी तो चाय की दुकान लगाएगा?" ज्वालाप्रसाद बात को सड़क पर ले आए। अब बात सीधे ही जाएगी।

"दुकान? दुकान लगाने के वास्ते पैसे कहाँ हैं? पापियों के पास पैसे कहाँ होते हैं?" मानिक जिसकी शादी की चर्चा पसरी हुई है, जिसका स्कूल छूटा हुआ है, जिसके पास कोई काम-धन्धा नहीं है। फिर भी उसकी शादी करवाना चाहते हैं उसके घरवाले। ताकि मन लगा रहे। ताकि कुछ सूझ पड़े उसे। समझता ही नहीं मानिक, सबका यही निष्कर्ष है। नहीं समझता। अपने मन की करता है और कहता है।

"बैंक से लोन लेंगे। लोन नहीं मिलेगा तो बड़े बा के हाथ जोड़ेंगे तो वे दया करके दे देंगे करजा।" कमल दूसरा रास्ता खोजता है।

"पेले वाला तो करजा निपटा नहीं...। अब क्या देगा तुम्हारा बा? इनआलटोटल बाबा जी का झंड?" अपनी नकली टाँग को शरीर से अलग निकालने के बाद ज्वालाप्रसाद इत्मीनान से जेब में से निकालते हैं बीड़ी का बंडल। बंडल दोनों हाथ में लेते हैं। मक्खन निकाले जाने वाले डंडे को जिस तरह घुमाया जाता है उसी तरह बीड़ी के बंडल को घुमाते हैं, ताकि बंडल ढीला हो, तो बीड़ी निकाली जा सके। बाएँ हाथ को दाहिने हाथ की कुहनी के नीचे लगाकर दाहिने हाथ की मुट्ठी बनाकर हिलाने लगे। काफी देर से दोनों की बातें सुनकर काशीराम ने बीड़ी का सुट्टा जोर से लगाया फिर अंगार निकालती बीड़ी मानिक को दी। सुलगती हुई आग को अपने भीतर खींचने के लिए बिना कुछ कहे ले ली बीड़ी मानिक ने। बूढ़ा हो या जवान, बीड़ी-दारू पीते हुए सबको एक समान बना देती है। समानता स्थापित नहीं करती है, आगवाली बीड़ी-दारू।

"इसकी समझ में नी आता है। हमारे घर के सामने अगर सड़क बन जाएगी तो हमारे दिन नहीं फिरेंगे? वो देखो उस सड़क के किनारे कितने होटल, गुमटी, दुकान, ठेले लग गए। कितनी गर्दी रहती है। कितना पैसा आता है।" कमल कहता है।

"पता ही नहीं चला स्साला। ये एकदम अचानक कैसे हो गया? चार-छह महीने पहले वहाँ आदमी तो क्या कुत्ता भी खड़ा नहीं रहता था। पता नहीं कहाँ से ये लोग आ गए और बना ली दुकानें। इतने पास होके भी हम लोगों को भनक नी पड़ी।" काशीराम के हाथ में फिर बीड़ी आ गई, जो आधी जल चुकी है, फिर भी भरपूर आग है उसमें। कश लेकर धुआँ निकालता है, नाक में से और मुँह बन्द करता है। वह बीड़ी पीते-पीते बीड़ी को दबाता है, आगे-पीछे दबाते हुए फिर कश लेता है। पीते हुए बीड़ी दबाने का यह तरीका उसे सबसे अलग करता है। जबकि मजरे

से तीन किलोमीटर दूर गड्ढे वाली सड़क का दो महीने पहले की एक रात में डामरीकरण हो जाने की घटना ने सबको जोड़ा और इस वजह से बातों में नई उम्मीद और आशंका की धड़कन बढ़ा दी थी। सड़क के दोनों किनारों पर चाय की गुमटी, भजिए-कचौरी का होटल, तम्बाकू-पान-गुटके की दुकान, पंचर वाला, किराना। सभी प्रकार की दुकानें बनीं, चलीं और सजने लगीं। इन्हीं गुमटियों ने मजरे में अफवाह फैला दी कि छोटी सी गुमटी हो तो घर-परिवार तेजी से चलता है। मटमैले रंग के टपरे और कमोबेश उसी रंग में रंगते, उसमें सोने वाले लोगों की सुकून की नींद जा चुकी। वे लेटे-लेटे बन्द आँखों से सोचते और जिसे सपना कहा जाता, उसे देखते रहते। सपने में काली सड़क खिलखिलाहट से भरी हुई दिखती। सड़क किनारे टपरे के पास गरम खौलता तेल होता। तेल में बेसन और मसालों से बनी चीजें उछलती-कूदतीं। उसका खुशबूदार नाच अपने स्वाद के साथ पूरे गाँव में पसरता। फैलता। छा जाता। मटमैला रंग धीरे-धीरे उतरता हुआ गायब होने लगा...टपरे मकान की शक्ल में तब्दील होने लगे। बच्चों के तन पर कपड़े झूलने लगे।

"उस सड़क से हमारे मजरे तक...वो ठेठ वहाँ तक पथरीली जमीन पर खुदाई नी होती...। इन्होंने मशीनों से गड्ढे खोदे थे। हम चाहकर भी गड्ढे नी खोद पाए। न घर बना, न दुकान बनी...," ज्वालाप्रसाद ने कहा। सपने को सत्रह साल पीछे ले गया। उनकी बात में विपरीत दिशा में बना हुआ पुनर्वास गाँव है। पुरानी याद और संघर्ष है। उनकी आवाज में जलती हुई बीड़ी का आखिरी हिस्सा है जिसे पीना खतरनाक है, जिससे या तो होंठ जलेगा या हाथ...।

"तुम्हारी धरती मैया को तरस नी आता तुम पर कि चल भगत तेरी इच्छा कर पूरी।" मानिक फिर बात को आज में ले आता है, कमल को देखकर, जमीन पर बैठते हुए हँसना चाहता है, लेकिन हँस नहीं पाता। वह मिट्टी के भीतर पत्थर ढूँढ़ते हुए मिट्टी साफ कर रहा है। उसे उम्मीद है, पत्थर इसी जगह से निकलेंगे।

"इस सारे एरिया के खेत बिक गए हैं। कितने सारे ईंट के भट्ठे खुल गए लेकिन...हमारी नींद नी खुली।" काशीराम दोहराता है। खुद से कहता है, दूसरे सुनते हैं। कहने से पहले उसने बन्द मुँह से धुआँ निकाला था।

"हमें तो बीसेक साल पहले भी आस थी जब सुना था कि नयागाँव इधर ही बसेगा। गाँव बसने से हमें भी दिन-रात मजूरी मिलेगी। उस मजूरी से हम लोग मजे से रहेंगे लेकिन न मजूरी मिली, न दिन बदले।" काशीराम की आवाज में मजूरी की आस इमारत की नींव में दफन हो गई थी।

"वो तो हमारे साथ धोखा हुआ धोखा...मशीनों से पूरा काम चला। मशीन ही मशीन थी। यहाँ तक कि मकान जुड़ाई की मजूरी भी नी मिली। बाहर का ठेकेदार बाहर के मजूर लाया था। हम देखते ही रह गए।" बूढ़े ज्वालाप्रसाद ने कहा, जिसने अपने हाथ को तकिया बना लिया है। ऊबड़-खाबड़ फर्श पर लेटे हुए।

"हमारी हाय लग गई, इसलिए कोई नहीं बस पाया यहाँ। जिनके लिए गाँव बसाया, वो भी देखकर गए तो वापस ही नी लौटे।" कमल बोला तो तपाक से गुस्से में कहा काशीराम ने, "हाय...। काय की हाय? अरे जिस जगह पर पेड़ नहीं, पौधे नहीं...पानी नहीं...। जहाँ कोई जानवर तक नी जाता हो वहाँ कोई इनसान कैसे रह सकता है भला?"

सब चुप हो गए। अचानक पता चला कि हवा भी नहीं चल रही है। पत्ते भी हिल नहीं रहे। गर्मी से परेशान लोग घरों से बाहर निकलकर यहाँ बैठे हैं, लेटे हैं कि सुकून मिले। वे सुख इसे ही कहते हैं।

"सच कै रहा अब भी कुछ नहीं होगा। हो भी कैसे? वहाँ न कुछ उगे न लगे।" तीसरा जो मानिक की बातें दोहरा रहा था वह सोना चाहता था चबूतरे पर लेकिन लोगों को न लगे इसलिए लेटे-लेटे ही बोला। उस पर थकान चढ़ गई थी। कुछ भी न करने के बाद भी। "अब हम भी रै रहे हैं।" पल भर की नींद लेकर जागे हुए बूढ़े आदमी ने फिर कहा।

"हमारी तो मजबूरी है।" ज्वालाप्रसाद ने तपाक से कहा।

"मजबूरी... ? कायकी मजबूरी है?" काशीराम ने बोला और बाकी सभी की तरफ देखा।

"हमारे बाप-दादा की नाल गड़ी है न यहीं पे। यहीं रै वे, तो हम कैसे जा सकें?" उठने की कोशिश करते हुए बूढ़ा आदमी बोलता रहा। लेकिन उठ नहीं पाया, तो उसने करवट बदलते हुए मुँह में जमा बलगम फेंक दिया।

"अरे इस तरह कब तक रहेंगे, बर्बाद हो गए हम। क्या बच्चों को भूखा मरने देंगे?" काशीराम बोला। वह नये नेता की तरह उभरा हुआ चेहरा है। मान लिया गया उसे ज्वालाप्रसाद का उत्तराधिकारी। ज्वालाप्रसाद ने इस मर्तबा चुनाव से दूर रहकर काशीराम को पंच पद पर निर्विरोध जीतने में भूमिका निभाई थी। आरक्षित सीट पर इक्कीस साल की उम्र के नेता काशीराम की इस बात पर कमल को गुस्सा आ गया वह बोला, "सुभ-सुभ बोलकर...नहीं तो चुप रहा कर।"

"इस बार की तैयारी से तो लगे कि अब सरकार नी मानेगी। लोगों को बसा देगी। सरकार क्या नी कर सके।" बूढ़ा बलगम के बाद लटकते थूक को पोंछता हुआ बोला। हाथ में दम नहीं रहा न निगाह में कि बलगम छूट नहीं पाया।

"सरकार? सरकार को उन लोगों ने नानी याद दिला दी। जबरदस्ती नी कर सके...वो कोई हमारी भौजाई है...जिसके साथ जो चाहे वह जबरदस्ती कर ले।" मानिक फिर बोलता है।

"फिर इतनी गाड़ियाँ क्यों आती हैं? लाल बत्ती, पीली बत्ती...लम्बी-लम्बी कार...कितनी रंग-बिरंगी गाड़ियाँ हैं?" कमल कहता है। वह अपनी बात पर डटा हुआ है।

“मैंने तो शहर में भी नी देखी इतनी गाड़ियाँ...इस टाइप की गाड़ियाँ...लगता तो है, इस बार दम लगा देगी सरकार।” काशीराम की बीड़ी की आग बुझ गई। बोलने–सोचने के चक्कर में याद ही नहीं रहा कि एक कश मार लेना चाहिए, ताकि आग बनी रहे कि जलती रहे बीड़ी कि चलती रहे बात।

“दम ? इनआलटोटल यह बता पिछवाड़े में है दम ? छोड़ उसे और लगा इसका दम।” बीड़ी सरका दी ज्वालाप्रसाद ने। उसी अन्दाज में खींचा दम। ज्वालाप्रसाद की जलती हुई बीड़ी से काशीराम ने अपनी बीड़ी सुलगा ली। दम लगाकर उसने धुआँ फेंका। गरदन ऊँची कर उस धुएँ को फूँक मारकर धुएँ से खेलने लगा। फिर बोला, “ये स्साला धुआँ...फेफड़े में जाए तो परेशान करे। इसे तो हवा में ही लटका देता हूँ। इसी इमली के पेड़ पे। इमली के पेड़ पे भूत रहते हैं ना, उनके पास भेजता हूँ। जा, भूत के फेफड़े खराब कर।” हँसता है काशीराम। सुनता नहीं धुआँ और भाग जाता है। मानिक भी धुआँ उड़ाना चाहता है इसलिए कहता है, “धुएँ की ताकत क्या है ? इसे तो हवा में कुछ देर रहना है फिर खो जाना है। पता ही नहीं चलता कि है, था भी कि नी।”

“बीसेक साल पहले भी हमारी बातें इसी तरह थीं, पता ही नहीं चलीं धुएँ की तरह।” ज्वालाप्रसाद कहते हैं।

“धुआँ देखो, धुएँ की ताकत देखो।” बीड़ी का कश जोर से लिया। इस वजह से काशीराम की आँख लाल हो गई और गाल भर गए। मुँह में जमा किया हुआ पूरा धुआँ मानिक के मुँह पर फेंका। हड़बड़ा गया मानिक और खाँसने लगा, “ये भी क्या मजाक करे हो।”

“मजाक नी। धुएँ की ताकत बता रहा हूँ। धुएँ को भी इकट्ठा करके किसी के मुँह पर मारो तो उसे समझ ही नहीं पड़ता कि क्या हो गया है ? हमारी बातें भी इकट्ठा हो जाएँ तो उनका असर देखो...इकट्ठा होना पड़ेगा। सत्रह साल पहले क्या हुआ उसे छोड़ो। अब देखो, क्या करना है आगे।” काशीराम उठ जाता है। बीड़ी को पैर से मसलता हुआ कहता है। खामोशी छा जाती है चबूतरे पर।

गाँव है लेकिन उसे गाँव नहीं माना जाता सरकारी कागजों में, न गाँव वालों की नजरों में। इस टोले का अपना अलग कोई नाम नहीं है। जब कभी जरूरत पड़ती है तब कहा जाता है कि वो दगड़कोट गाँव का मजरा। टोले, मजरे को कोई नाम नहीं दिया जाता है। वक्त, जरूरत ही उसे पुकारा जाता है, उस नाम से जो बाहरी होते हैं। दगड़कोट के नाम स्कूल है, जो इस मजरे में नहीं है क्योंकि वह मजरे में नहीं आता। मजरे के नाम से कोई स्कूल स्वीकृत नहीं होता। इसी तरह की तमाम चीजें आती हैं लेकिन मजरे में आने के पहले ही रुक जाती हैं। स्टेशन का नाम दगड़कोट है,

इसलिए स्कूल सरीखी चीजें वहीं रुक जाती हैं। सब जानते और कहते हैं, रोक लेते हैं दगड़कोट वाले, तहसील वाले, जिले वाले...मतलब रोकने वाले हर जगह हर स्तर पर होते हैं।

नाम रखे जाने का रिवाज नहीं है, मजरे-टोले का। जब रिवाज ही नहीं है तो नाम रखा जाता नहीं। परम्परा को ही जरूरी और कायदा मानते हैं तभी तो इसे किसी गाँव की सरहद में बाँधा जाना था। सो दगड़कोट के हिस्से में आया। जमाने भर से सुनते आ रहे हैं कि दगड़कोट गाँव की बजाय पानकोट गाँव में जुड़ने से मजरे का हित होगा। एक तो दगड़कोट से दूरी ज्यादा है, दूसरा दगड़खेड़ी वाले यहाँ के लोगों से जुड़ ही नहीं पाए।

टूटे हुए थे। कटे हुए थे। बाहर थे गाँव से फिर भी जिन्दा थे। जिन्दा है, इसलिए एक चबूतरा बच गया था, जिसे भेरू बाबा का चबूतरा कहा जाता है। नीम-पीपल के पेड़ को चबूतरे से बाँध लिया था। उस पेड़ से पीठ कर लेटे थे, बैठे थे, खड़े थे भेरू बाबा। जिसकी जो श्रद्धा-नजर हो वह मान सकता है। भेरू बाबा की मूर्ति, एक अनगढ़ पत्थर, जिस पर सिन्दूर का लेप होता है। न हाथ दिखते, न पैर, न मुँह, न नाक। हाँ, आँख होती है कौड़ी की, जबकि जमाना कहता है, जिसे ऐरा-गैरा माना जाता है उसे कि इसकी तो कौड़ी की औकात नहीं है, वह कौड़ी यहाँ आँख है। आँखें ही क्यों हैं? जमाने को देखने के लिए, लोगों के दुख-दर्द देखने के लिए लेकिन नहीं देखते हैं कि देखने नहीं देते या कि वह कौड़ी है। उसी चबूतरे की छितरी हुई छाया इतनी पसर जाती है कि लोग आकर बैठने लगते हैं। खोये-खोये सभी लोगों के हाथ-पैर, गला-मुँह, नाक-आँख सब एक जैसे हैं। फिर भी सबके बैठने, टिकने और खड़े होने का तरीका अलग है। मतलब सोच भी अलग है तो वे जरूरत और मूड के हिसाब से आकर बैठते हैं, टिकते हैं। बतियाते हैं।

यहीं सुनाई देती है आवाज, जो महिलाओं की है। चबूतरा ऊँची जगह पर है। यहाँ से सब दिखता है। कपड़े धोने वाली से लेकर मेन रोड पर आने-जाने वाले, कच्चे रास्ते वाले सब। यहाँ बैठकर मजरे और गाँव की गतिविधि देखी जा सकती है। यहाँ देखने वाले और देखने वालों से बोलने वाले अपना पूरा दिन काट सकते हैं।

"ये कलाबाई भी न...न दिन देखे, न रात...बस शुरू हो जाती है।" कुएँ के पास बातें हो रही हैं। ये आवाज रुकमणी की है।

कलाबाई पूरी ताकत से गीले कपड़ों को पछाड़ती है कि इस पछाड़ की आवाज पूरे गाँव में गूँजती है। चुप रहकर गरजती है कलाबाई। सारा गुस्सा कपड़ों को पीटने में लगा देती है। चालीस पार, कसा हुआ बदन और काले रंग की है कला। कुएँ से पानी निकालते-निकालते कहती है कम्मो, "इतना न पछीट। कपड़े फट जाएँगे।"

"जिसका भाग फटा हो, उसके कपड़े फटें तो फटें", कहती है रुकमणी फिर रुककर हस्तक्षेप करती है रुकमणी, "बदन पर फटे कपड़े अच्छे लगते हैं?"

"न लगें अच्छे। गन्दे न हों। वैसे भी कपड़ों से बदन कहाँ ढकता है? जिसे जो देखना हो वो देख ही लेता है। फिर कपड़े पहने हों या न हों।" कलाबाई बोलती है, अपने काम के साथ। जब चुप होती है तब काम नहीं करती। कलाबाई चुप नहीं रहती है। कहते हैं लोग बहुत बोलती है कलाबाई। कोई नहीं कहता कि बहुत काम करती है कलाबाई। उसके सारे काम कुएँ के पास गन्दे और साफ पानी में बिखर जाते हैं। चिपक जाते हैं। कुएँ के बाहर उस पानी के लिए कोई नाली नहीं है, कोई रास्ता नहीं है, कलाबाई के सपनों की तरह।

"कला रात में तू पछींटती है या तेरा खसम?" कम्मो कहती है और खिल-खिलाती है।

"ये क्या करती होगी, जो करना हो, वो करता होगा।" रुकमणी कहती है, हँसती है, शरमाती है, उकसाती है और खामोश हो जाती है, जवाब के लिए।

"वो क्या पछाड़ेगा?" कलाबाई बात अधूरी छोड़ती है, फिर रुककर कहती है, "वो...तो।" और तेजी से बिना साबुन के कपड़े घिसने लगती है।

"तू ही घस-घस करती होगी कला ऊपर-नीचे घस-घस...। है न?" कम्मो कहती है कामुकता से भरी मुस्कान के साथ। बाकी हँसती हैं और हल्की मुस्कुराहट की लकीर कलाबाई के चेहरे पर पड़ती है, जो दिखती नहीं।

सुबह हुई। कोहरे के भीतर घरों से निकलने वाला धुआँ शामिल होकर आकाश की तरफ जाने की जिद करने लगा। उसे कोहरे ने दबोच लिया। चूल्हों में से धुआँ निकलता है। सुबह वाले धुएँ के पीछे-पीछे भागते हैं बच्चे। चीखते-चिल्लाते। ऊधम मचाते बच्चों की घर वापसी होती है, ऊर्जा लेने के लिए। जबकि बिना ढोल-ढमाके के चूने की लाइन डालने वाले मजदूर अपने काम में लग गए। मजरे की महिलाएँ अपनी नित्य क्रिया के अहम पड़ाव पर निकली हुई हैं। मजरे से दिखने वाली चूने की लाइन देखने के बाद उन्होंने अपने-अपने दिमाग का वापर किया। रात के अँधेरे में काले रंग का एक बड़ा साइन बोर्ड मेटाडोर से आया था। उसे जमीन पर उतारकर लेटा दिया गया था। लेटा हुआ साइन बोर्ड मुनादी कर रहा है कि पुनर्वास स्थल की ओर जाने वाला रास्ता है, जिसकी लम्बाई 2.5 किलोमीटर है, कार्य अवधि एक साल है।

तड़के करीब पाँच बजे मजरे वालों की नींद भाग गई जब उन्होंने आवाज सुनी। बुलडोजर ने किसी से भी बिना जान-पहचान किए खुदाई शुरू कर दी। सूरज की दिशा में खड़ी है छोटी पहाड़ी। उसकी खुदाई करने लगा बुलडोजर। महिलाओं के लिए पहाड़ी की खुदाई माथे पर बल लाने लगी। उसी छोटी पहाड़ी के पीछे वे टट्टी करने के लिए अलस्सुबह या साँझ ढलने पर बैठतीं। प्रश्न उनके विकल्प का था।

दूर-दूर तक निगाह डालने पर भी ऐसा कोई सुरक्षित स्थान दिखाई नहीं देता जहाँ पर आड़ हो, जहाँ बैठा जा सके। पथरीली जमीन की सपाटबयानी है कि अब नहीं होगी कोई आड़। चट्टान और पथरीली जमीन में पसरा कई एकड़ का ऊबड़-खाबड़ वाला कँटीला भाग जिन्दगी में उतर आया।

पथरीली जिन्दगी सुबह की शर्म को लेकर चिन्तित होने लगी तो वहीं बच्चों ने सूरज की पहली किरण देखने के ख्वाब को हकीकत में बदलने का आगाज समझा। छोटी पहाड़ी इतने बड़े सूरज को सुबह-सुबह रोक देती थी कि ठिठुरन भगाने के लिए बच्चे उस पहाड़ी पर भागते चढ़ जाते। बच्चों को लगता सूरज दिख जाने पर सर्दी भाग जाती है। वे पहाड़ी को सूरज की राह का रोड़ा मानते। उन्होंने पहाड़ी का जाना, सूरज का सुरक्षित आना, माना। अब भागने की कोई जरूरत नहीं होगी। यहीं अपने-अपने टपरों में अब जल्दी और सीधे आएगा सूरज। गर्मी और रोशनी को लेकर बच्चों को मजा आ गया। अपने घर पर अपने सूरज से मिलने की हसरत पूरी होने का समय आ गया। हैरानी में छिपी हुई खुशी कह रही है कि अपने टपरे पर खड़े होकर सूरज से बात करने के साथ समय को भी अपने साथ रखेंगे और स्कूल जाएँगे। बच्चों की खुशी बड़ों से अलग होती है। उम्र और कद में बड़ों के लिए अब सूरज कोई मायने नहीं रखता। सूरज आने का वे इन्तजार नहीं करते और पहुँच जाते साहूकार की दुकान। उनके लिए सूरज साहूकार था इसलिए गम या खुशी नदारद है।

मजदूर और अधिकारियों की भीड़ रंग-बिरंगी गाड़ियों की लम्बी कतार, गाड़ियों पर दप-दप करती लाल और पीली बत्तियाँ। धूल उड़ाती गाड़ियों में गजब की समानता है। कच्चा रास्ता जो मजरे में से गुजरता है, वे गाड़ियाँ उस पर चलती है और तमाम धूल को टपरों में भेजती हैं। गाड़ियों के माध्यम से आई धूल सपनों का कभी विस्तार करती। कभी खतम करती।

इस कच्चे रास्ते को पक्का होने में कितने दिन लगेंगे ? सवाल के तमाम जवाब में यह सबसे अच्छा जवाब लगा, जब गड्ढे वाली सड़क एक दिन में बन सके तो फिर ये पन्द्रह दिन में तो हर हाल में बन जाएगी।

काशीराम ने दाँत माँजते हुए कहा, ''ये पहाड़ी खोदकर मुरम दो किलोमीटर दूर ले जाएँगे ट्रैक्टर ट्राली से फिर उधर बनाएँगे सड़क।'' नींद भाग गई थी और इस अधूरी नींद पर रोने की बजाय दाँत ही साफ किए जाए, यही सोचकर दाँत माँजने के लिए बुझे हुए चूल्हे के भीतर से कोयला निकाला। उसकी देखा-देखी दूसरे भी मुँह साफ करने के लिए सोचने लगे। कोई नीम की कोमल ताजा टहनी तोड़ने की सोच रहा है।

''अपनी वाली सड़क के लिए इतना मुरम-पत्थर जरूरी नी है। सीधे सड़क बना सकते हैं।'' सागर ने भोलेपन से कहा।

"तू नादान है बेटा। उमर बढ़ने के बाद भी समझ नहीं आई। वो बड़ा बोर्ड लेटा हुआ है न। वो बता रहा कि अपने मजरे के बीच में से अब सड़क नहीं बनेगी।" ज्वालाप्रसाद ने आँखों पर सीधी पड़ती रोशनी से बचाव करते हुए कहा।

"क्या... ? मैंने तो गुमटी बनवाने का ऑर्डर दे दिया था। सोचा, दस-पन्द्रह दिन में सड़क बन जाएगी तो घर के सामने गुमटी खड़ी कर दूँगा। मैं तो कर्जा उधार ले के सामान भी ले आया। मैंने भोत सोचा, सड़क किनारे चलती है गुमटी इसलिए।" कहीं दूर चला गया बोलते-बोलते सागर। "अपने रास्ते को बस चौड़ा करके पक्का करना है। इसी कच्चे रास्ते से सब गाड़ियाँ आती-जाती हैं और यह जल्दी पहुँचने का शार्टकट भी है। ये सबको पता है इसलिए तू कुछ तो भी मत बोला कर काशीराम। सड़क तो इधर से ही जाएगी लगा ले शर्त।" मानिक बोल गया न चाहते हुए।

"तुम्हारी बात सच है। ये ही है शार्टकट लेकिन सड़क नहीं बननी है इस पर।" काशीराम ने ज्वालाप्रसाद की ओर देखते हुए कहा।

"क्यों, उनके बाप का राज है ? ये हमारी मुरम यहाँ से ले जा के दो किलोमीटर दूर पटकेंगे ? तू भी काशीराम कुछ भी बोलता रहता है। अरे नादान भी जाने कि कच्ची सड़क को पक्की करना आसान है। वो खेत की काली मिट्टी के ऊपर मुरम डाले तो क्या हो ?" मानिक ने कहा तो लगा जैसे कोई घर के भीतर आँखों के सामने ही चोरी कर रहा है और घरवाला बेबस है।

सत्रह साल बाद भी फिर लगा ज्वालाप्रसाद को अब नहीं तो कभी नहीं, तभी तो कहा हमारी औलादें हमें माफ नहीं करेंगी। ज्वालाप्रसाद की जिद के बारे में गाँव और गाँव के आसपास वालों को भी पता है। सत्रह साल पहले जब यहाँ मशीनों से काम हो रहा था, तब ज्वालाप्रसाद और मजरे वाले ने विरोध किया था। मजरे के पास पुनर्वास गाँव बसाने, मंजूरी दिलाने की माँग थी। नई जगह पर स्कूल, सामुदायिक भवन, पंचायत भवन और दूसरी बिल्डिंग बननी थीं। ज्वालाप्रसाद को लगता था, अगर ये मजरे के पास बन जाएँगी तो मजरे वालों को इसका फायदा मिलेगा। दगड़कोट पंचायत से नाता छूटेगा। पानी की टंकी से पानी। बिजली के खम्भों से बिजली, लोगों के आसपास बसने से रोजगार...लगा था सब हासिल हो जाएगा, लेकिन ये अभी तक नहीं मिला। नेता, अफसर, पत्रकार सबसे मिले ज्वालाप्रसाद अपने साथियों के साथ। जितने ऊपर वालों को लिख सकते थे कागज पत्र, सब लिखे। बहुत भागदौड़ की लेकिन मजरे से ढाई किलोमीटर दूर डूब प्रभावित वालों के लिए नया पुनर्वास स्थल बसने लगा।

न सुविधा मिली, न मंजूरी तो ज्वालाप्रसाद ने सबको किया था तैयार। इस बार नहीं तो कभी नहीं, बोलते हुए। निर्माण कार्य रुकवाने की चेतावनी दी। भूख हड़ताल पर बैठे। सब किया लेकिन जब काम रुका नहीं तो काम रुकवाने के लिए

मजरे वाले, आदमी औरत, बच्चे...सब पहुँचे। उस दिन काम बन्द करवा दिया था।

काम बन्द करवाने के लिए हर रोज जाते। काम बन्द हो गया कई दिन। लेकिन मजरे वालों के लिए कुछ नहीं हुआ। हुआ तो इतना कि एक दिन आई थी पुलिस। आते ही लगाए थे डंडे। जिन्हें भागना था वे भागे। ज्वालाप्रसाद पिटता रहा। ज्वालाप्रसाद को पड़ते रहे डंडे। ज्वालाप्रसाद कहता रहा, पैर पर नहीं, सिर पर मारो डंडे। माथे पे मारो। जोर से मारो...मार, और मार। माथे पर मार। ले-ले जान। अब जीकर क्या करूँगा। मार और मार, यहाँ सिर पर...यहाँ पर, मार। जोर से। बहुत जोर से। तेरे में ताकत नहीं है क्या रे...दिखता नहीं तेरे को मेरा सिर। कान नहीं कि दिमाग नहीं। मार...और मार...।

ज्वालाप्रसाद पिटता रहा। चिल्लाता रहा। बोलता रहा। अकेला पड़ता रहा। उस अकेले को पुलिस मिलकर पीटती रही। पीटते वक्त सिर को छोड़ा। जानते थे वे, मर जाएगा। मर जाए, इतना मारना नहीं चाहते थे। इतना मारें कि मरने से ज्यादा मर जाए। बहुत मारा था...।

अखबार ने अगले दिन बताया था भगदड़ मची। एक को मामूली चोटें आईं।

अस्पताल में एक पैर ज्वालाप्रसाद का काट दिया। पड़ा रहा था अस्पताल में चार महीने।

"मैंने जो सुनी वो कही", काशीराम ने दो-टूक कहकर एक झटके में सत्रह साल पहले वाली बात को आज के धरातल पर खड़ा कर दिया। दया काका ने रुककर बोला, "वो तो पटेल बा की जमीन है, परावेट...ये सरकारी तो फूकट में मिले सड़क बनाने के वास्ते। खरचा भी कम लगे सरकार को। शार्टकट भी पड़े और परावेट जमीन का पैसा भी नी देना पड़े। उधर पटेल का खेत है, तो जमीन का पैसा भी लगे और गिट्टी, मुरम, पत्थर भी ज्यादा लगे।" दया काका ने फिर कहा, "पहले अपनी जमीन को देखने भी नी दे वो...नजर ना लगे। उसी को माँ कहे और अब बेचे...ये नी हो सके।"

"मुँह से भले माँ कहे पर रखे घरवाली की तरह। माँ पड़ी रहती बाहर खाट पे...। घरवाली को निकलने न दे।" कमल सड़क से घर के भीतर घुस आया।

"किसी औरत के बारे में ऐसी नी बोले।" ज्वालाप्रसाद बोले तो खोया, लूटा महसूस करने वाला सागर उदासी में डूब गया फिर भी बोला, "वो... हमारी लुगाई के बारे में बोले भी। ताके भी तब परायी औरत के बारे में नी बोलना चाहिए।"

"अपनी हो या परायी, औरत, औरत है। उसके बारे में ऐसा नहीं बोलना। मूल बात छोड़ के इधर-उधर मत भागो। अब समझ लो इस बार हम इकट्ठा नी हुए तो हमारी औलाद हमें माफ नी करेगी।" ज्वालाप्रसाद वापस लौटा।

"हमें तो बड़े लोगों को मिलने वाले बेजा फायदा के खिलाफ आवाज उठानी चाहिए। लम्बी दूर की सड़क नहीं बननी चाहिए अपनी टेकरी बचाना चाहिए।" मानिक ने कहा तो चौंक गए वे लोग जिन्हें सत्रह साल पहले का दिन याद आया। उन्हें ज्वालाप्रसाद की पिटाई याद आई। उन्हें नया ज्वालाप्रसाद दिखने लगा। अब किसके पैर काटने पड़ेंगे।

"चाहिए का क्या मतलब?" सागर नई उमर का नया लड़का फिर बोला।

"बोलते है, हमें भेदभाव मिटाना चाहिए। हमें गरीबी हटानी चाहिए, भ्रष्टाचार मिटाना चाहिए...आई समझ में?" खिल्ली उड़ाते हुए मानिक ने कहा।

"ये करना चाहिए, वो करना चाहिए...ऐसी भासा मत बोल। तेरे लिए नी है। ये तो उनकी भासा है। बोलने के वास्ते। चल अपने सीधे रस्ते...। करना चाहिए...। बड़े आए करने वाले...। अरे तो करो न वे किसने रोका।" काशीराम बोला तो लगा बस मान लेना चाहिए।

"चलो चलते हैं बड़े साब के पास शिकायत करेंगे।" सागर ने कहा।

"ऐसे कैसे जाएँ? पहले तो काम रोक दें...। अरे कहीं से भी सड़क बन जाए...। ये कोई बात है? बताओ।" मानिक ने काशीराम की तरफ देखते हुए कहा।

"ऐसा करना भी मत, बड़ों से लड़ाई मोल नहीं लेनी चाहिए। जमीन उनकी, अफसर उनके, नेता उनके। उनके ही पत्रकार...हमारा कौन? दिख नहीं रहा ज्वाला का पैर?" बूढ़ा थका हुआ था, लेटे-लेटे थकान आ जाती है, ज्यादा लेटा रहना आदमी को कहीं का नहीं रखता।

"हमको तो जाना ही पड़ेगा। बोलना ही पड़ेगा।" कला ने आकर कहा, तो उसे देखते हुए बूढ़े आदमी ने कहा, "तू तो रेने दे।"

"क्यों रेने दें। हमको तो जाना ही पड़ेगा।" एक जिद कला के चेहरे पर सबने देखी और बूढ़े ने सुनी। बूढ़े ने कला की बजाय ज्वाला से कहा, "कहाँ इनके चक्कर में पड़ रिया तू। दूसरी टाँग सँभाल ले। काम आएगी।"

"एक और टाँग होती तो कौन सा निहाल कर लेता। कौन सी चोटी चढ़ लेता? कर क्या लेता? इनआलटोटल ये बता दूँ लाठी खाने और टाँग कटवाने का कोई मलाल नहीं है। जो चाहा वो किया है मैंने...। मेरी छोड़ो अपनी कहो बाबाजी? और हाँ, इनआलटोटल तुम लोग भी अपने मन की करो।" ज्वालाप्रसाद ने बूढ़े से कहने के बाद सामने खड़े और बैठे युवाओं से कहा।

"हव। तुमने काम बन्द कराया तो लाठी और ज्यादा किया तो गाँव से बहिष्कार।" बूढ़े ने हार नहीं मानी।

"यहाँ हमें मिला क्या? गाँव वालों के लिए हम हैं क्या? मजदूर...हैं न...कब इनसान समझा...मजदूर भी नहीं माना है...उन्होंने तो बस हमें इनसान नहीं एक जात ही समझा और हमेशा दूर रखा। मजरा बनाके। क्यों बनाया मजरा? क्यों है

हम गाँव से दूर, गाँव वालों से अलग? ये क्या है? बहिष्कार ही न। ये तो सदियों से है। सालों से है, अब नी सोचना। नी डरना...। गाँव नी रहना...तुम्हारे सरीखी जिनगी नी चाहिए हमको...जहाँ भी रेंगे तो ढंग से। अपने मन से।'' मानिक गुस्से में था। और इसके बाद कोई कुछ नहीं बोला। बस तय किया गया। कुछ ही घंटों में सड़क बनते हुए देख चुके लोगों को लगा, एक दिन की भी देर कर दी तो ढाई किलोमीटर वाली सड़क बन न जाए, फिर कितना भी कुछ कर लो, कुछ होना-जाना नहीं। इन्हीं बातों के साथ दो किलोमीटर पैदल चलने के बाद मिली बस। उस बस ने उन्हें नागपुर माफी के तिराहे पर उतारा। कहा, बैठे रहो। तीन घंटे बाद मिली दूसरी बस ने शहर के बस स्टैंड पर उतारा। वहाँ से दो-ढाई किलोमीटर दूर बड़े ऑफिस में पैदल पहुँचे। थक गए बुरी तरह से और बड़े ऑफिस में अभी नहीं मिलेंगे साब सुनने के बाद बरांडे में बैठे-बैठे ही उनकी आँख लग गई।

उन बन्द आँखों में सपना आता है। कलेक्टर से मिलने के लिए सब जाते हैं। वर्दीधारी बूढ़े ने अकड़ते हुए कहा, जो अपने गाँव का था, ''ठीक है जाओ। धीरे बोलना, हाथ जोड़ना, जल्दी समझना और थोड़ी देर में वापस आना, जो कहे वह मान लेना वरना बाहर।''

सब हाँ कहते और अन्दर जाते, नमस्कार करते हुए हाथ जोड़ते तो कलेक्टर कहता है, ''बैठो।'' चपरासी को बुलाकर पानी पिलाता। मानिक कहता है, ''साब। नई सड़क, सड़क की जगह बन जाएगी तो हमारी जिन्दगी सुधर जाएगी। पहले मजदूरी मिलेगी पूरे घरवालों को। पूरी मजदूरी मिलेगी तो हम लोग छोटी-मोटी जगह पर गुमटी, ठेला लगा लेंगे। थोड़ा-बहुत सामान बेचेंगे, घर चलेगा तो बच्चे पढ़ाई करेंगे, वे पढ़ेंगे और जिन्दगी हमारी सफल हो जाएगी।''

पूरी बात सुनने के बाद कहते हैं कलेक्टर, ''अभी लगाता हूँ फोन।'' फोन पर बात होती है। दस मिनट में ही दूसरे अधिकारी आ जाते हैं। ''ई ई साब, दगड़कोट पुनर्वास स्थल की सड़क का माजरा क्या है? ये दगड़कोट के मजरे से आए हैं, क्यों नहीं बनाते हो मजरे में से रोड?''

''सर, बीच गाँव से सड़क निकालेंगे तो फ्यूचर में प्रॉब्लम्स आएगी। सर्वे रिपोर्ट में यही नोट था और फिर सँकरी गली से ट्रक निकल भी नहीं पाएँगे। उधर से सड़क बनी तो इनके झोंपड़े तोड़ने पड़ेंगे, बारिश सिर पर है फिर ये बेचारे कहाँ जाएँगे? फिर जैसा आप कहें सर? टेक्निकल मैटर है सर...।'' बोलने वाला अफसर था। ज्ञानी था। बातें कैसे करना है जानता था। सामने वाले के हित की बात कर, उसे कैसे बर्बाद करना चाहिए, यह मालूम था उसे। उसने टेबल पर नक्शे सहित ढेर सारे कागज रखे और लगा बताने। उसकी बातों में गरीबों के लिए चिन्ता और परिवर्तन में दिक्कतें ढेर सारी थीं। जो कर रहा है वह सबके भले के लिए है।

उधर कुर्सी पर बैठे हुए आदमी के माथे पर बल को देखते हुए काशीराम बोला, "ऐसी बात तो नी है सर। दो बैलगाड़ी का रोड है। अभी भी सारी कार-गाड़ी, ट्रक सब वहीं से जा रही हैं। इसके बावजूद अगर रोड बनाने में हमारे झोंपड़े आएँगे तो हम उसे तोड़ने के लिए तैयार हैं। रोड के लिए यही शार्टकट है। हमारा भी भला और सरकार का भी फायदा।"

"आप मुझे बोलने दोगे? थोड़ी देर चुप रहोगे?" श्रीवास्तव, कार्यपालन यंत्री ने कहा। फिर रुककर बोलने लगा, "ये ये अप्रूवल ऊपर से हुआ है...।" उसकी आवाज में हकलाहट सी थी।

"ठीक है, मैं बात कर लूँगा।" कलेक्टर ने कहा। फिर जहाँ पर सड़क बन रही है, उस जगह पर सड़क बनाने से रोक दिया जाता है। मजरे के बीच में से सड़क बनाने की बात होने पर सभी कलेक्टर के हाथ जोड़ते और इतनी खुशी से भर जाते कि आँखों में आँसू आ गए। जो चाहा वह मिल गया, दिन भर की भूख-प्यास खत्म हो गई। भूख-प्यास का खयाल आते ही खयालों के आकाश से नीचे गिर पड़ते हैं। चपरासी कहता है, "चलो उठो, भागो यहाँ से।"

अन्दर बड़े साब से इतने प्रेम से मिले और ये अक्खड़ आदमी डाँट रहा है। उसे गौर से देखते हैं, अरे ये तो अपने गाँव का नहीं है। ये तो चपरासी हो नहीं सकता। अगर यह चपरासी नहीं हो सकता है, तो वह कलेक्टर कलेक्टर नहीं हो सकता। कलेक्टर और चपरासी के सपने में इतना डूबे कि अँधेरा हो गया, धूप कब चली गई, मालूम ही नहीं पड़ा।

वे सब सपने और बरांडे से बाहर आ गए। बड़े दरवाजे के बाहर लाल बत्ती अभी जल रही थी, चपरासी, जो श्यामराव नहीं था जो इनका दोस्त नहीं था, उसने कहा, जितने खड़े थे, उन सबसे, "बड़े साब से मिलने वाले, दूसरे साब से मिले, मीटिंग अभी चल रही है साहब बिजी हैं। पहले भी बताया था न। कायको अपना दिन खोटी करते हो।" बोलते-बोलते चपरासी दूसरे साब के कमरे की तरफ सबको ले गया। जो कहना था बड़े साब से वह दूसरे साब से कहा गया और सुना कि 'हम कार्यवाही करेंगे' लेकिन सन्तुष्टि नहीं आई। कला ने बहुत कहा। कितना क्या-क्या नहीं कहा कि आज की रात यहीं रुक जाएँ। बस स्टैंड पर कहते-सुनते रात कट जाएगी। सुबह मिलकर जाएँगे। जिद करेंगे लेकिन चार महिलाओं के होते हुए पराए शहर में रात काटने के लिए कोई राजी नहीं हुआ। पैसा नहीं, खाना नहीं फिर भरोसा भी नहीं कि रुक गए तो मुलाकात हो ही जाए। आखिरकार रात ढलने से पहले आखिरी बस का विचार जीवन के अन्त की घोषणा के जैसा लगा और सब वापस गाँव लौटे।

खेत की काली मिट्टी के ऊपर मुरम बिछ रही थी। सड़क की शक्ल दिखना शुरू हो रही थी। जिस तेजी से सड़क बन रही थी, अर्जी देने के बाद कुछ होगा, का

इन्तजार हो रहा था। पत्थरों की मूरतों के आगे हाथ जोड़ने और नारियल फोड़ने के बाद इन्तजार, इन्तजार ही होता है।

पंचायत का सरपंच पान लगवा रहा है, मेन रोड की गुमटी पर। उससे जो जैसा बोलना चाहिए वैसा बोला। जवाब सरपंच ने दिया, "ऊपर से काम हो रहा, हम क्या कर सकते हैं?"

ज्वालाप्रसाद, जिसके बारे में गाँव में एक बात मशहूर है, इसके मुँह नहीं लगना चाहिए, उम्र के सत्तर धूप देखने के बाद भी उसकी रीढ़ की हड्डी साबुत थी। चेहरे की काली चमड़ी, धूप में चमक रही थी, दाँत बरकरार थे जो चूल्हे के भीतर जली हुई लकड़ी के कोयले और राख घिसने से चमक रहे थे। उसने कहा, "तुम जब कुछ नहीं कर सकते हो तो छोड़ो सरपंची।"

"तुम्हारे कहने से नहीं छोड़ सकते।" सरपंच ने कहा। "इनआलटोटल ऊपर वालों ने खिलाया-पिलाया है, जो दबे जा रहा है हो?" बोलने वाले ज्वालाप्रसाद ही हैं।

"कौन मादर...कहता है," सरपंच ने कहा तो लगा अब अगला कदम लड़ाई होगी क्योंकि सरपंच का अन्दाज गुस्से में उतर आया।

"तो इतने अधिकार मिलने के बाद भी तुम कुछ क्यों नहीं करते? इतनी बिल्डिंगें, सड़कें बन रही हैं। पहाड़ी खुद रही है, खनिज की चोरी हो रही है और तुम चुप क्यों बैठे हो? क्या मजबूरी है, पता तो चले?" ज्वालाप्रसाद अपनी वाली पर आ चुका।

"हम क्या कर सकते हैं?" सरपंच बोला तो लगा वह आदमी बोल रहा है, जिसे इस मामले में कुछ भी लेना-देना नहीं है।

"सरपंच महाराज तुम चाहो, तो इनआलटोटल सब कर सकते हो। संवैधानिक अधिकार बहुत है। पंचायत राज अधिनियम में इनआलटोटल पावर है। कोई भी पत्थर, मुरम तुम्हारी, मतलब पंचायत की मर्जी के बिना खोद नहीं सकते। ग्रामसभा की मंजूरी के बिना इनआलटोटल कोई जमीन सरकार ले नहीं सकती। उसका मुआवजा बना नहीं सकती। इनआलटोटल कोई भी मकान, दुकान, सड़क पंचायत की मंजूरी के बिना बन नहीं सकती। लेकिन इनआलटोटल पंचायत की मंजूरी के बिना सब कुछ हो रहा है और तुम, तुम्हारी पंचायत क्या भाड़ झोंक रही है?"

सरपंच ज्ञानी था। वह जानता था कि ज्वालाप्रसाद जो कह रहा है वह ट्रेनिंग वाली बात है, रट्टू तोता। ट्रेनिंग वाले की बात का जवाब मौन रहकर देने में ही भलाई है। सरपंच खुद को समझ रहा था। सरपंच कहलाने वाला आदमी जानता था कि बिना बोले भी देश चलाया जा सकता है, तो फिर वह पंचायत क्यों नहीं। जबकि वो नर था, सिंह था तो भी चुप था। सरपंच ने विषयान्तर करते हुए मई के तृतीय सप्ताह के दूसरे दिन ढाई बजे के करीब सिगरेट सुलगाते हुए, सोचते हुए मजदूरी

की स्थिति के बारे में पूछा। ज्वालाप्रसाद इन्तजार कर रहा था कि धुएँ के अलावा जो शब्द निकले उसे पकड़े। इसलिए झपटते हुए कहा, "जब निकम्मे लोग पंचायत में आ जाते हैं तो ठेकेदार मजदूर भी बाहर के लाता है। ठेकेदार चार टुकड़े फेंककर पहाड़ी खोदता है और इनआलटोटल ट्यूबवेल का पानी निकालता है। जैसे उसके बाप ने लगाया हो और हमारी लुंज-पुंज पंचायत टुकुर-टुकुर देखती रहती है...इधर रोड बनवाने की ताकत तो नहीं तुममें। इनआलटोटल जो भी काम हो रहा है किसकी मरजी से?"

ज्वालाप्रसाद की आँखों में लाल धागे उतर आए और जुबान पर थूक सूख गया। सरपंच अपनी स्मृति का स्मरण करते हुए खामोशी में दूसरी सिगरेट के आखिरी छोर पर पहुँच गया। उसके दिमाग में मुरम ढोती हुई ट्रैक्टर ट्राली दिखी जो बिना परमिट से उत्खनन कर बिना रॉयल्टी चुकाए जा रही है। इसी स्वप्न दुनिया में डूबते हुए सरपंच ने अगले कश के लिए हाथ बढ़ाया। मासूम आग से उसकी उँगली को चटका लगा। आग किसी को नहीं बख्शा करती, सरपंच को लगा और वह सिर झुकाए धीरे-धीरे खिसकने लगा।

ज्वालाप्रसाद ने जाते हुए सरपंच की तरफ देखते हुए कहा, "बिल्ली का गू न लीपने का, न छापने का।"

ज्वालाप्रसाद सरपंच कभी बन न सका। पंच बन जाता है। हमेशा वोट का गणित उसे सरपंच के चुनाव में मजरे के बाहर खड़ा कर देता है। सरपंच बनने के लिए पूरी पंचायत के लोग थे। पंचायत मतलब गाँव के लोग, अपने गाँव वालों को सरपंच बना लेते। अपने गाँव का मतलब अपने वाला, फिर वह कुछ भी हो, आता-जाता-समझता न हो लेकिन मजरे वाले को सरपंच न बनने देना, यह नीति थी उनकी। वैसे भी मजरे वाले गाँववालों की न जात के थे, न पाँत के, इसलिए वे काबिल नहीं माने जाते।

मजरे की तरफ लौटता हुआ ज्वालाप्रसाद जानता था कि जिला मुख्यालय से आश्वासन लेकर आए हुए जवान वक्त बीतने पर उम्मीद और गुस्से की आग में पक रहे होंगे। कटे हुए नीम की छाँह में चबूतरे पर बैठे होंगे। वहीं पर जाता है। "सड़क के ठेकेदार की गाड़ी कौन सी है?" यूपीएससी के सवाल की तरह हँसते हुए सवाल फेंकता है।

"चपटी लम्बी काले रंग वाली जिसके काँच भी काले हैं। उस कार में छह-सात बैठ सकते हैं।" मानिक ने कहा, तो काशीराम बोला, "वो तो इंजीनियर की है, ठेकेदार की तो सुनहरे रंग की है, जिसमें चार जने ही बैठ सकते हैं।"

"मुझे तो मालूम ही नहीं इंजीनियर की कौन सी है और ठेकेदार की कौन सी गाड़ी है। जब देखो कोई सफेद में आता है, लाल में जाता है, काले वाला सफेद में और कभी-कभी तो वो छोटी लाल रंग वाली भी आ जाती है।" कमल ने अपने भ्रम को खोलते हुए कहा।

इतने सारे भ्रम हैं जो धूल की तरह बिखर गए। कोई नहीं जानता उसका मालिक कौन है कि किसकी गाड़ी है और उसमें बैठने वाला कार का मालिक है या नहीं? "अच्छा, ये बताओ उस एप्लीकेशन का इनआलटोटल क्या हुआ?"

"कार्यवाही होगी। और क्या?" मानिक द्वन्द्व से बाहर आकर बोला।

"किस पर, ठेकेदार, इंजीनियर या तुम लोगों पर...?" ज्वालाप्रसाद बीड़ी सुलगाते हुए बोला तो तुम लोगों पर शब्द से हड़बड़ा गए सब। हम पर क्यों? ऐसा क्यों बोला ज्वालाप्रसाद ने? ज्वालाप्रसाद ने बीड़ी सुलगाते हुए आग छोड़ी। आग सही जगह लगी थी।

"ये देख मैंने कहा था न कि काली वाली ठेकेदार की है, वो देख वह उतर रहा है।" कहता है मानिक।

"उसके दूसरी तरफ देख वो इंजीनियर उतर गया।" काशीराम बोला। फिर कहा, "और पीछे से लाल रंग की गाड़ी खड़ी होगी।" उस कार में ठेकेदार व इंजीनियर बैठे रहे। ड्राइवर उतर गया।

"चलो देखते हैं ये स्साला बोलता क्या है? ये किसकी गाड़ी है? आज तो पता लगाते ही हैं..." मानिक ने कहा, तो ठिठकते मन चल पड़े। इस कच्चे रास्ते से मेन रोड दूर नहीं है। मेन रोड पर पहुँचकर किनारे के पत्थरों को हटाते हुए वे बढ़ने लगे, ताकि ठेकेदार, इंजीनियर को यह न लगे कि ये कौन है? मजदूरों की तरह काम करता समूह गिट्टी-पत्थर हटाने लगा। उनके सामने अफसर और ठेकेदार बात कर रहे हैं।

"बरसात पहले आ सकती है। जल्दी निपटाओ यार।" हरे चश्मे वाले ने तोन्दुल सफेद झक कपड़े वाले से कहा।

"करना क्या है ये गिट्टी तो बिछ गई। अब तो बस मुरम की एक लेयर डालनी है।"

"ऐन बरसात के पहले मुरम डालोगे तो बह जाएगी। सारा मीडिया है। देखेगा तो उछालेगा।"

"वो मैनेज हो जाएगा किसी भी पेपर में कुछ भी छपने वाला नहीं है।"

"किस-किस को मैनेज करोगे? बाहर वाले भी तो आएँगे...।"

"बाहर वाले कोई दूध के धुले हैं? हैं तो इनसान और वो किसके बूते आएँगे? लोकल वालों के ही न।"

"मैं कोई रिस्क नहीं लेना चाहता। मेरा प्रमोशन ड्यू है।"

"तो डामर बिछा देते हैं, आप नाहक डरते हैं, श्रीवास्तव जी।"

"बिना डब्ल्यूबीएम के...?"

"अब स्साला मुरम मत डालो, डामर ऐसा मत डालो, तो क्या करें...।" वो बोलते-बोलते उखड़ गया।

"मुरम भी डालो और डामर भी...एक साथ।" तीसरा बोला, जो कार के भीतर था।

"एक साथ कैसे डाल सकते हैं ? ठेका तो गिट्टी-मुरम का है...और डामर ?" वर्मा ने सत्य को आशंका के साथ कहा।

"वर्क रिवाइज कर देंगे। बट क्विक करो।" कार के भीतर से आवाज आई तो सड़क से होती हुई खुशी की तरंग उन तीनों में दौड़ गई।

"एक बात बताऊँ श्रीवास्तव जी, सड़क इधर से बनवाने की बजाय मजरे से बनवाते तो सारा टेंशन खत्म हो जाता और काम भी जल्दी पूरा हो जाता, इतनी मारामारी ही नहीं करनी पड़ती।" वर्मा के भीतर का आदमी बोल पड़ा।

"वर्मा साब तब न इतना लम्बा रोड बनता और न ही इतनी लम्बी होती आपकी गाड़ी।" ईई श्रीवास्तव हँस रहा है और सिगरेट का धुआँ धूल में छोड़ रहा है। धूल-धुआँ या ताने का असर था कि वर्मा को बुरा लगा। बात सँभालने लगा श्रीवास्तव, "सर बात यह नहीं है, पहले हम भी मजरे के अन्दर से सड़क निकाल रहे थे। पुराने रोड को चौड़ा कर पक्का बनाना तय किया था। लेकिन गाँव वालों ने कहा कि पक्की सड़क का सबसे ज्यादा फायदा सरकारी दामादों को होगा। उनके घर के आगे पक्की सड़क बन जाएगी तो चाय-कचौरी-समोसा, पान, किराना...। पता नहीं किस किस की दुकान लगती। सरकारी दामादों को वैसे भी नौकरी और लोन देने में सरकार आगे रहती है, तो ये स्साले पूरे सिस्टम को खराब कर देते। वर्मा साहब इनको मौका और परिस्थिति अच्छी मिले तो स्साले सबको पीछे छोड़ देते हैं। आप भी उस अहिरवार से कम थे वो आपसे जूनियर था, वह बॉस हो गया, वहाँ वो यहाँ ये...। मुझे तो गाँव के पुजारी ने समझाया था। अनपढ़ है लेकिन स्साला समझदार है। मुझे तो लगता है वर्मा जी जहाँ मौका मिले, वहाँ दबा देना चाहिए। ये साँप से ज्यादा खतरनाक होते हैं और वैसे भी बता दूँ सर, पटेल से डील हो गई थी। धर्म और अर्थ का संयोग हो चुका है।" वर्मा जी का उतरा हुआ चेहरा चमकने लगा। उसी समय कारों के पास आते हुए मानिक ने फुसफुसाते हुए कहा, "वो लम्बी वाली सिलवर कलर की है न, उसको फोड़ने का मन हो रहा है।"

"नुकीला ले ले, छेद हो जाएगा।" बोलते हुए कमल के चेहरे पर पर मुस्कुराहट छा गई।

"छेद मत करना," ज्वाला बोले, तो बाकी उसे देखने लगे। "हम काँच पर मारेंगे। बस, क्रैक आना चाहिए। चोट न लगे किसी को। अब ये दूसरी टाँग किस काम आएगी ?" ज्वाला बोले तो उनके दिमाग में कुछ और चल रहा था जो भविष्य से जुड़ा हुआ था।

न जाने कितने मर-खप गए, इन बीस सालों में।

उधर मजरे में काशीराम चालीस पार हो गया। अभी भी है पंच। इस बार उसने तय किया कि नये लड़के को बनवाएँगे पंच। जवान लोगों के नाम पर दो-तीन हैं। बाकी बस गए उस शहर में जहाँ पर एप्लीकेशन देकर उम्मीद पाली थी, बीस साल पहले। उसी शहर में है 'ज्वाला चौक।' मजरे में घर घट गए। एक पतली और छोटी सी सड़क बन गई। छोटे बच्चे नहीं हैं लेकिन आँगनबाड़ी खुल गई। दो साल पहले बिजली के खम्भे गड़ गए। लेकिन उखड़ गए लोग, परिवार। छोड़ दिया गाँव। पेड़ हैं अभी भी लेकिन भेरू बाबा नहीं हैं। डूब वालों के लिए बनी बिल्डिंगों में उग आए बेकाम पौधे। मकड़ियाँ और उनके रिश्तेदार जो शुद्ध रक्त समूह के हैं, स्थायी निवासी हो गए।

'ज्वाला चौक' पर खड़े रहते हैं। न लिखा है, न सरकार ने कहा है, 'ज्वाला चौक' लेकिन इस चौराहे के इस हिस्से को सब ज्वाला चौक कहते हैं। चौक में अपने खाली हाथों के साथ रोज सुबह इन्तजार करते हैं, कोई आए, काम बताए, भाव-ताव करे और ले जाए। यहाँ पर खड़े आदमी के बारे में शहर में कहते हैं लोग, वह बड़ा मजबूत होता है, जो कहो उसे पूरा करता है। अधूरा काम छोड़कर नहीं जाता है, फिर चाहे अँधेरा क्यों न हो जाए। दगड ?कोट के आदमी से काम करवाना चाहिए। दगड़कोट वाला अपना काम पूरा करके ही जाता है।

(2015)

हल्केराम

"किसी का मजाक नहीं उड़ाना चाहिए।" उसने बात काटते हुए इस विनम्रता से कहा कि उसकी ओर विशाल देखता ही रह गया। इस आदमी की छोटी-छोटी सी आँखें। आँखों में गीलापन, चेहरे पर तरलता से भरी हुई नदी, ठहरी हुई लगती है। और वह विनम्रता से भरा हुआ है। बोलते हुए उसका अन्दाज ऐसे लगा कि आप जो चाहें वो सजा दें लेकिन इस तरह से बोलना ठीक नहीं है। कुछ भी हो लेकिन किसी के सरनेम, नाम की चीर-फाड़ नहीं करना चाहिए।

विशाल उसे एकटक देखता रहा कि वो कौन सी बात हुई जो इस आदमी को नागवार लगी कि उसने ये फैसला सुनाया। विशाल को समझ नहीं आ रहा था। वक्त निकल गया लेकिन इसे कौन सी बात चुभी? जब यह पता नहीं चल पाया तो उसने वक्त को बातों के साथ वापस किया।

रूप-रंग-आकार-पहनावा लगता है वो झोंपड़ी है जो दरिद्रता से भरी हुई है। लेकिन वह एक दुकान है। सड़क पर चलने वाले को पता नहीं चल सकता है कि वो दुकान है। जो पहले से जानता है, वही जान सकता है कि यह दुकान है। इसका कोई दरवाजा नहीं है। सड़क से सीधे बरांडे में पहुँच सकते हैं। झोंपड़ी अर्थात् दुकान के भीतर जाते ही दो खटिया रखी हुई दिखती है। आधी दीवार प्लेटफार्म बन गई। उस पर बिक्री योग्य सामान रखा हुआ है। थोड़ा सा आगे बढ़े तो चूल्हा जल रहा है। लकड़ियाँ अनमने ढंग से जल रही थीं। कोई आगे तो कोई बीच में किसी को चूल्हे के मुहाने पर रखा हुआ है। लकड़ियाँ लम्बी हैं। उम्र के आखिरी पड़ाव वाली कोई बुजुर्ग हो जैसे। गौर से देखने पर पता चलता है कि लकड़ियाँ रखने वाले ने बेहद संजीदगी से योजनाबद्ध रूप से चूल्हे में डाल रखी है। किसे कितना जलना है और किसे गर्म होना है, यह तयशुदा है। लोहे की मोटी काली कड़ाही में उबलता हुआ तेल इन्तजार में हैं। तेल में जो डाला जा रहा है, वो क्या हो सकता है? विशाल यह जान नहीं पाया। तलने वाले आदमी के पास एक बड़ी थाली में बहुत सारे समोसे रखे हुए हैं। समोसे से छोटे आकार का क्या हो सकता है? विशाल ने पूछना चाहा

और नजर चारों तरफ घुमाई ताकि कोई पहचान का सिरा मिले। नजर उठाते ही भजिये दिखे। सवाल की बजाय मुँह में पानी आया। पीले रंग में झाँकती हुई हरी मिर्च ने उसकी जबान गीली कर दी। गीलापन इतना कि होंठों पर उसकी एक परत चढ़ानी पड़ी। तराजू नहीं है। फटे हुए अखबार के पास जलेबी है। भरी दोपहर में जलेबी? जब समझ नहीं पाया तो इधर-उधर देखने के बाद कड़ाही पर नजर टिकी। हार मानकर विशाल ने तलने वाले आदमी से पूछ लिया, "ये क्या तल रहे हो?"

तलने वाले की निगाह कड़ाही में उन्हें पलटने में लगी हुई है। तलता हुआ एक अटक रहा था, उसे ठीक करते हुए वो आदमी बोला, "गुझिया। मीठी...।" वो विशाल की अज्ञानता जान चुका था। डिटेल बताते-बताते रुका। जैसे वो जान गया कि वो इस आदमी को भी जान गया है। कोई एक नाम किसी को परिभाषित करता है। और गुझिया के मायने विशाल जान चुका है। तलने वाले जानते हैं, बाहरी आवरण को तल दो तो भीतर का पकता है। आवरण से पता चल जाता है कि कच्चा है या नहीं। विशाल ने उसके चेहरे को देखा और चुप हो गया। मान लिया गया कि अब इस उबलते तेल में जो झाग है, जिसके कारण गुझिया की पहचान मुश्किल थी। बोलने के बाद साफ हो गई तो उसने कहा, "स्वेटर क्यों पहन रखा है?"

सवाल अनपेक्षित था। भजिये-समोसे-गुझिया, गुटका की दुकान में अखाद्य सवालों के बीच में स्वेटर का सवाल करने के बाद विशाल को खुद अटपटा लगा। उसे भी लगा। वह बोला नहीं। उसने सवाल को तल दिया। पाँच राज्यों के चुनाव परिणाम आ चुके थे। जोड़-तोड़ की सरकारों की बात फटे हुए अखबार में नहीं थी। उसने स्वेटर सवाल, गठजोड़ सरकार पर ध्यान देने की बजाय कल रात की बारिश में गेहूँ की फसल के नुकसान को याद किया। अध-मार्च की बारिश ने मौसम को बिगाड़ दिया। मौसम आदमी की तबीयत बिगाड़ देगा। समाचार-सवाल का क्या है? आते-जाते रहते हैं जबकि इस मौसम के खिलाफ यह स्वेटर था। विशाल के दिमाग में इसकी बजाय यह बात आग की लपट बन गई कि आग के करीब होते हुए स्वेटर क्यों पहना? सवालिए को समझ नहीं आ रहा कि क्या लाल आग का भरोसा नहीं रहा?

विशाल ने उसे देखा, उसमें आग नहीं दिखी। चुप्पी, घुन्नेपन की तरफ धकेल रही है। उसकी खामोशी को कोई नहीं सुन पा रहा है। और वो तेल में गुझिया को आगे-पीछे कर रहा है ताकि कोई अधपकी न रहे। उसकी उम्र पकी हुई है। सिर से बाल गायब हैं। चेहरे पर झुर्रियाँ सवार हैं। तोंद ने अपना स्वतंत्र अस्तित्व ग्रहण कर लिया। उसकी कुर्सी का बीच वाला हिस्सा टूटा हुआ है। उस पर गुदड़ी डली हुई है। उस गुदड़ी पर धुएँ के साथ तेल की चिपचिपाहट है।

"समोसे गरम हैं?" विशाल के पूछने पर उसने हाँ कहते हुए मुंडी हिलाई। उसने बातचीत की सम्भावना समाप्त की। लेकिन विशाल ने सवाल जारी रखा,

"कितना बिक जाता है?" उसने कुछ नहीं कहा। और अब वो बोलेगा नहीं, यह जानती होगी महिला इसलिए उस महिला ने कहा, "कोई हिसाब नहीं। कब कितना बिके? कभी बिके, कभी नी बिके।" जब सब चुप हो जाएँ या बोलने में अटकने लगें तो किसी को जरूर बोलना चाहिए, यह बात वो महिला समझती है, जो दुकान चला रही है। जब सब तरफ खामोशी हो जाए तब बोलना और बताना चाहिए, यह उसकी आँखों से झलकने लगा।

"तो भी कितने का धन्धा हो जाता है?"

"अब तेल ही देखो। बाजार में अस्सी-चौरासी का मिले। खुल्ले में और बेसन..." तभी एक ग्राहक को गुटके का पाउच बेचा और रुपये वापस करने में वो लग गई। तेल के दाम से तय है कि यह मिलावटी है। वर्ना बाजार में डेढ़ सौ से ज्यादा भाव वाला तेल है।

"कितने का है गुटका?" सुनकर वो महिला मुस्कुराई और बोली, पाँच। विशाल को लगा वो उनका भरोसा हासिल नहीं कर सका। या उन्हें सवाल नासमझी से भरे लग रहे। विशाल गम्भीर है। वास्तविक रूप से जानना चाह रहा है। तभी भजिये ने सवालिए का ध्यान अपनी ओर खींचते हुए इस द्वन्द्व से बाहर निकाला। विशाल बोला, "ये भजिये क्या हिसाब से बेचते हो?"

"पाँच के पचास ग्राम।"

"और कचौरी?"

"पाँच की एक।"

"मतलब कुछ भी लो। सबके दाम एक जैसे...। ये तो अंधेर नगरी चौपट राजा, टके सेर भाजी टके सेर खाजा, वाली बात हो गई।" इस बात पर वो पुरुष हँसा नहीं। विशाल मुस्कुराया और महिला मुस्कुराई। उसकी हँसी उसके चेहरे के साथ आँखों में चमक रही थी कि लगा बता रही है कि उस उम्रदराज लगने वाले आदमी की उम्र उतनी नहीं है जितने का अन्दाजा लगाया था लेकिन वो उस उम्र की मोड़ से जा चुका है। हाल-फिलहाल चुप है। उस वक्त उस महिला ने लकड़ी की पतली लम्बी डंडी निकाली। कड़ाही की झाग में से गुझिया को डंडी से पलटने लग गई। जैसे उसे पता हो कि कौन सी गुझिया पक नहीं रही। किसे पलटना है किसे जलने से पहले बाहर निकालना है। वो जानती है किसको उसकी जरूरत है।

...दरअसल इसी मोड़ पर उस तलने वाले से विशाल ने पूछा था आपका नाम क्या है और देर तक चुप रहने के बाद उसने कहा था, "चिरौंजीलाल।" विशाल का मोबाइल बजा और वो हलो-हलो शब्द कई बार बोला उसको उधर से आवाज नहीं आ रही थी। कनेक्ट होने के बावजूद सुन नहीं पा रहा था कि उस हलो-हलो में चिरौंजी का नाम सुन नहीं पाया। नाम सुन लेता या इस वक्त विशाल अगर उस महिला से बात करता तो बात आगे चल सकती थी। उस महिला से बोलने की

बजाय उस आदमी से बात करने लगा जिसने अपना सारा ध्यान तेल में लगा रखा था। एक बेमतलब का सवाल किस तरह से बातचीत को असहज बना देता है, यह दिखने लगा था।

"चिरौंजी का मतलब क्या होता है?" बेहद संजीदगी से जानने और बातचीत का सिलसिला शुरू करने की गरज से विशाल ने कुछ कहने ही वाला था कि उसके साथी ने फिर पूछा था। चिरौंजीलाल ने जवाब नहीं दिया। सारी गुझिया कड़ाही में डल चुकी थी और जो पहले वाली थी, उनकी जगह पर नई वाली आई, इसी उपक्रम में चिरौंजीलाल लगे हुए थे। तभी उस खाली वक्त को उस तीसरे ने हथिया लिया था जिसकी खिचड़ी दाढ़ी है। वो बोला, "सरदार चिरौंजी।" और वो बोलते-बोलते जोर से हँसा। विशाल के मोबाइल की घंटी बजी तो विशाल ने मोबाइल कान से लगाया ठीक उसी वक्त चुप बैठा विशाल का साथी बोला, "बोलो चिरौंजी, क्या अर्थ है? सरदार और चिरौंजी? क्या घालमेल है।" उस आदमी ने जवाब नहीं दिया न ही देखा तब फिर बोला विशाल का साथी, "सरदार हो नहीं, चिरौंजी लगते नहीं हो। मामला बड़ा गड़बड़ है।" वो हँसा लेकिन कोई भी नहीं हँस सका। विशाल मोबाइल लेकर इधर-उधर चलने लगा कि मोबाइल चले। विशाल और चिरौंजीलाल के बीच टूट चुके संवाद के इस वक्त में जिसने हस्तक्षेप किया था, वो विशाल की तरफ देखता हुआ बोला, "किसी का मजाक नहीं उड़ाना चाहिए।"

...खामोशी उस माहौल में जिज्ञासा से तनाव का आकार लेने लगी। विशाल को लगा उसने ऐसा क्या कहा? आवाज या अन्दाज क्या ऐसा था? इन दोनों सवालों के जवाब में उसे कुछ नहीं मिला। नि:शब्द हो गया कि इस दुबले-पतले आदमी ने ऐसा क्यों कहा। दरअसल विशाल उस वक्त मोबाइल में था जब उसके सहयोगी ने हँसी ताने के साथ कहा था।

विरोध करने वाले उस आदमी की आँखों के भीतर कई जाले जैसी चीजें दिखने लगीं। आँख के आसपास का मांस सिकुड़ने लगा है। उसकी ऊँचाई पाँच फिट से बहुत कम है। उसे अहसास हुआ कि जो सवाल उसने दागा है, उसका नतीजा है खामोशी तो उसने कहा, "गलत बोला?"

"नहीं। कहाँ रहते हो?" विशाल ने बिना जाने-समझे तपाक से कहा।

"यहीं।" उसने हाथ ऊँचा कर गाँव की तरफ देखते हुए कहा। जैसे कुछ घरों के ऊपर से छलाँग लगाते हुए बताना चाहता हो। वो चाहता है कि उसका हाथ डंडाकार हो जाए। जब नहीं हुआ तो हथेली को जमीन की तरफ किया।

"किस गाँव के हो?"

"इसी।" और विशाल को इस गाँव का नाम नहीं मालूम। किसी जगह लिखा हुआ नहीं है, गाँव का नाम। गाँव बोले तो गाँव। उसका कोई भी नाम हो, कोई फरक नहीं पड़ता। नाम की बात को छोड़कर कहा, "क्या करते हो?"

"जो काम मिल जाए। और कोई काम है कि मिलता नहीं।" वो हँसा। वो हँसना चाहता था। इस चाह में उसकी हँसी उसका साथ नहीं दे रही थी। विशाल हँसे तो शायद उस आदमी की हँसी का सिलसिला शुरू हो लेकिन उसके पास हँसी नहीं थी। उसके पास की कुल जमा बची हुई हँसी खर्च हो गई और हासिल कुछ नहीं हुआ तो उसे अपने अकेले होने का अहसास अपराध के साथ हुआ। तभी वो खिचड़ी दाढ़ी वाला बोल पड़ा, "कछु न कछु काम मिल जाए।" विशाल ने उसे अनसुना करना चाहा। उसकी उम्र उन दोनों से ज्यादा है। तभी उस हँसी वाले दुबले-पतले ने कहा, "कोई मेरे बच्चों का एडमिशन करा दो। वो मास्टर कहता है पहले टीसी लाओ। अब कहाँ से लाऊँ?" अपराधबोध के सन्दूक से अचानक एक अलग सा सवाल निकला।

"कहीं बाहर गए थे क्या?" विशाल को उससे बात करने का मन हुआ इसलिए संजीदगी से बोला।

"कोटा। पत्थर काटने। तीन साल हो गए। अब वापस आ गया हूँ। कोटा में स्कूल जा नहीं पाते बच्चे। बात तो यह है कि न तो कोटा में पढ़ा सका और न यहाँ।" वो रुक गया। विशाल चुप था कि ये डिटेल बताए। फिर वो बोला, "उस मास्टर से बोला मैंने कि मेरे बच्चों को एडमिशन नहीं दे रहा तो मत दे लेकिन बैठने तो दे। दो-चार अक्षर पढ़ लेंगे। वो मास्टर फिर भी नहीं मानता। बैठने भी नहीं देता है। बोलता है पेले टीसी ला। वो स्कूल छोड़ने का प्रमाण पत्र। अरे जब स्कूल से सर्टिफिकेट मिला ही नहीं तो कहाँ से लाऊँ?"

"और कोटा में एडमिशन क्यों नहीं दिया था?"

"इस गाँव का स्कूल छोड़ा तो स्कूल ने टीसी दी नहीं थी। स्कूल वाले तब तो बड़े प्यार से टालते-समझाते रहे। मास्टर बोलता रहा टीसी दूँगा तो मेरी नौकरी जाएगी। सवाल-जवाब होंगे। बच्चा स्कूल छोड़कर क्यों गया? मास्टर ऐसा भोत कुछ बोलता गया तो मैं चुप हो गया था। उधर कोटा वाले सफा बोले पहले टीसी लाओ रिजल्ट बताओ और रहने का प्रूफ भी बना ही नहीं था तो कोटा में एडमिशन मिला नहीं। वहाँ चुप बैठ गए थे। पराए वतन में किस-किस से लड़े बोलें। समझ ही नी आए जो कागज हमारे पास है ही नहीं तो कहाँ से लाकर दें टी सी?" उसकी बातों से पता चला कि इस गाँव से कोटा आधे घंटे में पहुँच सकते हैं लेकिन एडमिशन के लिए आधी उम्र लग जाएगी। प्रदेश की सीमा बदल जाने से इनसान की पहचान खो जाती है। गुम पहचान की तलाश में थका हुआ आदमी बोल रहा है। अपने गाँव में अब पहचानते तो सब हैं लेकिन रिकॉर्ड से बाहर हो गया। उसके बोलने से विशाल को लगा और बोला जा सकता है। उसे मुद्दा समझ नहीं आया तो फिर बोला, "कोटा जाने से पहले कहाँ पढ़ते थे?" विशाल समझना चाह रहा है कि अगर यहीं पढ़ता था तो फिर टीसी की जरूरत क्या है? पहले नहीं दी तो अब क्यों माँग रहे हैं?

"जेहि। इसी स्कूल में।" यहाँ से स्कूल नहीं दिख रहा है लेकिन यह पक्का है इसी गाँव के स्कूल की बात कर रहा है। उसका गुस्सा आकार ले रहा था। आवाज तल्ख होती जा रही है और विशाल के दिमाग में उस मास्टर का नियम के खिलाफ जाने की वजह जानने का मन हुआ। लेकिन पता नहीं चल पा रहा है। मास्टर को ऐसा नहीं करना चाहिए, गैप होने के बाद उम्र के हिसाब से एडमिशन दे सकते हैं, नहीं दे रहे हैं। क्या कारण हो सकता है? सोचा, तभी खिचड़ी दाढ़ी वाले ने कहा, "कहाँ से आए बाबूजी?" विशाल ने उससे कहा, "बताता हूँ। अभी आप रहने दो। इनको बताने दो।" उस दाढ़ी वाले आदमी ने अपने चेहरे को दोनों हाथों से ढका और घुटने में सर धँसा लिया। उसकी ओर देखे बिना बात का सिलसिला बरकरार रखते हुए विशाल ने कहा, "ये बताओ आपका नाम क्या है?"

"हल्केराम।" हल्केराम ने अपना नाम बताया। चुप हो गया। विशाल राजगढ़ से जाने के लिए तूफान गाड़ी में से उतरा था। जो यात्रियों को ढोने के काम आती है। तूफान का पहिया पंचर हो गया था और स्टेपनी नहीं होने से पंचर बनवाना जरूरी होने से वे रुक गए थे। यहाँ सड़क से दूर एक पक्के मकान की दीवार पर लिखा हुआ है, "यहाँ पर पंचर जोड़ी जाती है।" इसके नीचे एक खिड़की है। जिसके नीचे गेरू से लिखा हुआ है—172 30-1-20-17

इसका मतलब था कि पोलियो की दो बूँद इस घर के भीतर बच्चे को पिलाई गई है। घर बन्द है। जिसकी दीवार पर पंचर और है का रूप बदल गया कि शब्द पोलियोग्रस्त हो गए। यहाँ बिजली नहीं होने से हवा भरने की मशीन बन्द है और इसलिए इस झोंपड़ी उर्फ दुकान में वक्त बिताया जा रहा है। विशाल संविदा पर सरकारी नौकरी कर चुका है और फिलहाल एक एनजीओ में काम कर रहा है। एक अनमने सफर के इस पड़ाव में वो क्या बताए कहाँ से आया? क्या करता है? विशाल को यह बताना गैरजरूरी लगा तभी हल्केराम अचानक से बोला, "मेरी जिन्दगी तो बेकार हो गई।" पहचान की माँग का दर्द था या किसी अँधेरी सुरंग की यात्रा की निराशा कि लगा वो टूटा हुआ है।

"क्यों?"

"बच्चों को पढ़ा नहीं सकता। वोटर लिस्ट में नाम नहीं है तो चुनाव में वोट दे नहीं सकता। राशन की दुकान से गेहूँ चावल नहीं खरीद सकता। मजूरी कर नहीं सकता...। पता नहीं क्या-क्या नहीं कर सकता। इसीलिए तो कहता हूँ...सच कहता हूँ जिन्दगी बेकार हो गई है।"

"किसने कहा?" दिमाग में उसकी बीवी थी। बाप था। मास्टर था। ग्राम पंचायत का सचिव सरपंच था। कौन था वो जिसने उसे बताया कि उसकी जिन्दगी बेकार हो गई? क्या उसने खुद को बताया? विशाल उसे गौर से देखने लगा। विशाल अपने बारे में सोचने लगा।

"मुझे पता है। कोई नी बोला। कोई नहीं बोलेगा। मालूम है मैं बेकार हूँ। कम से कम मेरे बच्चे तो पढ़ें-लिखें।"

"अभी तो बहुत है जिन्दगी। बेकार नहीं गई।"

"चली गई। अब कुछ नहीं बचा। कुछ भी नहीं।" हल्केराम को कोई कन्धा मिलता तो वो नदी में बहा देता।

"कितनी उम्र है?"

"चालीस।"

"आपको किसी ने ऐसा बोला क्या?"

"पता है मुझे। बेकार..." उसने गरदन हिलाई कि लटक गई पता ही नहीं चला। वो इस दुकान या झोंपड़ी के मुहाने पर बैठ गया। उसे लगा लड़खड़ा गया तो गिर जाएगा। वो बैठ गया। हवा ठंडी हो गई थी। उसके चेहरे पर सवार थी।

विशाल के भीतर उदासी लड़खड़ाते हुए आई। विशाल को भी लगा ज़िन्दगी बेकार चली गई। उसके पास अब कुछ नहीं था कि उसे सहारा देने वाली बात कर सके। कई नौकरी, कई शहर छोड़ा हुआ आदमी चुप हो गया। शब्द से बेरोजगार विशाल झोंपड़ी देखने लगा। जब झोंपड़ी बनाई होगी तब बनाते वक्त रहने का सपना था या दुकानदारी करने का इरादा? विशाल की पूछने की हिम्मत नहीं हुई। अपने आपसे बात करते हुए लगा कि वो किसी टीवी चैनल का एंकर बन गया है। जिसका उद्देश्य बेमतलब के वाक्यों से वक्त का पेट भरकर फैलाना होता है। समाचार के नाम पर फालतू बातों को पालतू बनाने की होड़ में निरर्थक बात-बहस हो जाती है, इसलिए उस स्वेटर वाले ने एक बार भी कुछ नहीं बोला। वो अपने काम में डूब गया या फिर गर्म तेल की कड़ाही में खुद को उबाल रहा है? उसने अपने मन के, अपनी जुबान के सारे रास्ते बन्द कर दिए। उससे दूसरी बार बात शुरू करने के लिए विशाल के पास शब्द नहीं हैं इसलिए उसने दुकान के आखिरी हिस्से पर नजर घुमाई। वहाँ कड़ाही में से गुझिया निकालकर वो स्वेटर वाला चाशनी में डुबा रहा था। चाशनी में लाल रंग था। लाल रंग की जलेबी है। उसी में इसे डुबाया। कुछ लोगों ने समोसे खरीदने शुरू किए। विशाल का मन भजिये खाने का हो रहा है लेकिन पेट इनकार कर रहा है। तभी साथ वाले बुजुर्ग जैसे आदमी ने कहा, "समोसे गरमागरम अच्छे लगते हैं। ठंडे होने पर मजा नहीं आता।" इस बात ने विशाल की उदासी कम नहीं की। उसने फिर हल्केराम से कहा, "कोटा में कितनी मजदूरी मिलती थी?"

"ढाई सौ रोज।"

"घरवाली को?"

"दो सौ।"

"कोटा से वापस गाँव क्यों आए?" विशाल को लगा वो खुद से कहना चाह रहा है क्यों नहीं लौट जाता अपने शहर।

"काम बने नी। पत्थर टूटे नी। पी-पी के कितना काम करे?"

"आज पी है?" एक हल्की सी मुस्कुराहट के साथ अपनत्व से भर गया था विशाल का मन और इसी वजह से हल्केराम ने बेहद सहजता से कहा, "हाँ।" हल्केराम बारीक लकड़ियों को तीन-चार इंच की साइज में तोड़कर जमीन में गाड़ते हुए बोलता जा रहा है।

"कितने की?" विशाल की मुस्कुराहट में जिज्ञासा थी।

"बीस की। आपसे क्या छिपाना।" हल्केराम खुल गया। विशाल की उदासी ले गया। एकदम हल्का महसूस किया विशाल ने। इतना भरोसा जताना विशाल को निहाल कर दिया। उसी रौ में उसने कहा, "बड़ी सस्ती है। बीस में कितनी मिलती है?"

"सौ ग्राम। जितनी बंजारे बनाते हैं। कच्ची...।"

"ये तो कम है?" हँसते हुए विशाल ने कहा।

"भोत है। ज्यादा की पी लूँगा तो चूल्हा हड़ताल कर देगा। कामकाज ठप हो जाएगा। सब देखभाल करके सोच-समझ के पीना पड़ता है। रोज-रोज नहीं पीता। इतनी औकात नहीं अपनी। जब ज्यादा गम हो तब मार लेता हूँ...।" वो नजरें मिलाने के बाद जमीन की तरफ देखने लगा। उसके बोले हुए औकात और गम ने उसे और विशाल को हिला दिया। वो चन्द पल पहले हँसी में बात हो रही थी वो वापस अटक गई। जैसे जिन्दगी हो गई। चुप्पी कब आई पता ही नहीं चला। तो उस समय वो खिचड़ी दाढ़ी वाला फिर बीच में बोला, "इतना मत बोलाकर हल्के और हल्का हो जाएगा।"

"बोलने दो।" विशाल ने खिचड़ी दाढ़ी वाले से कहा। उसका यूँ बीच में बोलना विशाल को खटक रहा है। उसने हल्केराम के शरीर को देखा। वो बेहद दुबला-पतला है। उसकी शारीरिक हालत बता रही है कि वो बीमार है। कुपोषित है। गमजदा है। उस दाढ़ी वाले का अन्दाज बता रहा था कि उसने ज्यादा पी रखी है और खुद को सँभाल नहीं पा रहा है जबकि हल्केराम ने या तो कम पी है या उतर रही है। वो संयत है। सब चुप है। चाशनी से निकालकर गुझिया अब उस मिट्टी के प्लेटफार्म पर रख दी गई है। इस दौरान गुटका ही बिक रहे हैं। कचौरी, भजिये, जलेबी को किसी ने नहीं खरीदा है। सब एक भाव होने के बावजूद। कई ग्राहक आए और गुटका ले गए।

"बेकार होके जिन्दगी खतम हो गई। खतम। अपना तो सब कुछ खतम हो गया अब। अब बस लगता है बच्चों के लिए कुछ करूँ लेकिन कुछ नहीं कर पाया तो खुद मर जाऊँगा या बच्चों को खतम कर दूँगा।" उसकी आँख में पानी नहीं रुक रहा है। हल्केराम से विशाल ने कहा, "अभी तो तुम्हारी उमर चालीस है। बहुत बाकी है जिन्दगी।"

विशाल को यकीन हुआ कि उसे इस बात पर यकीन नहीं हुआ। विशाल को अपनी बाकी बची हुई जिन्दगी पर भरोसा नहीं है। कब मर जाऊँ? पता नहीं। फिर ये तो थक गया है अपने तन से और बचा नहीं है मन। क्या कहूँ? नहीं जानता। कुछ नहीं बोलता विशाल और चुप हो जाता है कि गुटका बेचने वाली कुछ बोलना चाहती है लेकिन बोल नहीं पा रही है। उस स्वेटर वाले का पक्का इरादा है कि वो चुप रहेगा। खिचड़ी दाढ़ी वाला बोलना चाह रहा है लेकिन उसे कोई बोलने नहीं दे रहा है। जो चुप हैं उनको सुनना चाह रहे हैं कि विशाल स्कूल वाली बात फिर से शुरू करता है। "माटसाब को पता है कि तुम्हारे बच्चे तीन साल पहले यहीं पढ़ते थे?"

"हाँ, उनको सब पता है। बड़ी वाली मेघा है और बेटा मिलिन्द है। वो तो बोले दोनों की चाइल्ड आईडी भी लाओ और पंचायत मंत्री बोले तुम्हारा नाम गाँव से काट दिया है। अब अगले साल वोटर लिस्ट में नाम जुड़ेगा फिर आईडी बनेगी। फिर भी एडमिशन मिलेगा कि नहीं पता नहीं। सबूत चाहिए, वो मेरे पास नहीं है वो सब तो स्कूल में है और मेरा घर गाँव में होके भी अब छह महीने रहने के बाद फाइनल होगा। इसके बाद निवासी का जाति प्रमाण-पत्र भी चाहिए। फिर तब बोलेंगे बच्चों की उमर ज्यादा हो गई। अब किसलिए पढ़ाई?"

हार चुके आदमी को भरोसा देने के लिए विशाल ने कहा, "लेकिन नियम तो यह है कि उम्र के हिसाब से क्लास में एडमिशन दे देना चाहिए। टीसी तो जरूरी नहीं है। पता नहीं क्यों नहीं दे रहे हैं एडमिशन? कोई और बात तो नहीं है? कुछ उलटा-सीधा गुस्से में तो नहीं बोला?"

"सच्ची ईमान से बोल रिया हूँ कि हर बार हाथ जोड़े, पाँव पड़े। भोत बार और वो बोले मैं क्या करूँ? कायदा है। सरकार ने नहीं लिखा कि टीसी जरूरी नहीं। नहीं लिखा कि आईडी-आधार जरूरी है। मास्टर ऐसा बोलते हैं। बोले कि स्कूल अगले बरस खुलेगा तब देखेंगे और ऐसा बोल के मेरी तरफ देखते हैं। फिर क्या बोलूँ? पाँच-छह इंच वाली लकड़ी से जमीन को खोदते हुए फिर बोला, "सच्ची कसम खाता हूँ एडमिशन होने पे दारू-नशा सब छोड़ दूँगा। एडमिशन दिला दो साब वर्ना मेरे बच्चे मेरे जैसे मजूर हो जाएँगे। मैं अपने बच्चों को कुछ नहीं दे पाया। बच्चों को मजूर बनाना नहीं चाहता मैं। जो काम मैं करता हूँ वो मेरे बच्चे नी करें। बस इतना चाहता हूँ।"

सब चुप हैं। हल्केराम की आँखों में आँसू है। एक इरादा है। ढेर सारा दुख है। एक बड़ा सपना है। एक अपनी दुनिया है और सब उसके आसमान तले बैठे हुए हैं। कोई बोलता नहीं कि जान गए हल्केराम को। इस चुप्पी को तोड़कर फिर बोलता है हल्केराम, "स्कूल में सब बच्चों को नुक्ती का लड्डू मिलता है, पन्दरा अगस्त को। मेरे बच्चों को नहीं मिलता। बच्चों पे क्या गुजरती है? उसने ऐसा कौन सा गुनाह किया है जिसकी सजा वो भुगत रहा है?...आपको मालूम है? नी मालूम।

मुझे मालूम है, क्या सोचते होंगे मेरे बच्चे। और सच बताऊँ तो मेरे को भी नहीं मालूम मेरे बच्चों के दिल पे क्या गुजरती होगी। बात नुक्ती के एक लड्डू की नहीं है। वो मास्टर क्यों नहीं चाहता कि मेरे बच्चे पढ़ें? आपको मालूम है? नहीं। आपको कुछ नहीं मालूम। कुछ नहीं। मेरे को मालूम है। सब मालूम है। कोई नहीं चाहता मेरे बच्चे पढ़ें। और एक बात बताऊँ, मैं चाहूँ तो उस मास्टर को ही खतम कर सकता हूँ। ये बात मास्टर भी जानता है। लेकिन उसे खतम नहीं करूँगा। किस-किस को खतम करूँ? किस-किस को?'' हल्केराम ने लकड़ी को जमीन पर इस तरह खड़ा किया कि विशाल को लगा सबसे बड़े कोर्ट के न्यायाधीश ने ऐतिहासिक फैसला सुना दिया हो। सब हक्के-बक्के रह गए। हत्या का विचार हत्या सा लगा कि तभी गुझिया-कचौरी बेचने वाली महिला सामने आई। बोलने लगी, ''सुन हल्कू उठ। स्कूल चल। अब देखते हैं जमाने को। मास्टर कैसे मना करता है। तू चल। वो नी माने तो शिकायत करेंगे। बच्चे तो पढ़ेंगे। हर हाल में पढ़ेंगे।'' वो इस तरह से आई और बोली कि लगा ये इतना गर्म उबलता हुआ तेल है जिसमें कुछ भी डालो वो उसे तल देगी।

(2016)